D1346315

afgeschreven

Nachtdanser

Nach

CHIKA UNIGWE

ROMAN *De Bezige Bij Antwerpen*

Openbare Bibliotheek
Bijlmerplein 93
1102 DA Amsterdam Z-O
Tel.. 020 – 697 99 16

Voor mijn nichten en mijn zussen

Deel een

I

Op de derde dag bezocht ze Madam Gold opnieuw.

'Vrouwen met behoorlijke billen kunnen niet stilzitten!' verklaarde Madam Gold kordaat. 'Dat was je moeders probleem.' Ze ging verzitten op haar helft van de sofa, alsof de verwijzing naar billen haar opeens bewust had gemaakt van de hare. 'Pfff, die hitte wordt onze dood nog, *ooo*', verzuchtte ze, terwijl ze de kortgekapte pruik aftrok die het grijzende dunne haar verhulde dat boven op haar hoofd met een elastiekje slordig bijeen werd gehouden. 'Hoe houd je het uit met zulke zware vlechten bij deze hitte, Mma!'

Mma glimlachte flauwtjes bij wijze van antwoord. Madam Gold tastte met een volle hand in haar beha, haalde er een gebloemde zakdoek uit en wiste het zweet van haar gezicht. Ze propte de zakdoek terug, wendde zich tot het meisje en sloeg met een abrupte beweging haar armen om Mma heen. Fel fluisterde ze: 'Ik weet drommels goed hoe het leven is voor een jonge meid als jij.'

Zowel die opmerking als de knuffel verraste Mma geheel. Madam Gold, haar moeders beste vriendin, was niet iemand die gauw uiting gaf aan haar gevoelens. Ze liet Mma even plotseling weer los als ze haar had beetgepakt, alsof ze ook zelf verrast was door dat gebaar van genegenheid. Bijna teder zei ze: 'Je moeder was koppig. Heel koppig.' En toen, alsof ze er zorgvuldig over had nagedacht, nam ze het gezicht van het meisje tussen haar handen en zei langzaam: 'Iedere man verdient een zoon...' Ze laste een pauze in en leek haar woorden te wikken, alsof ze de zin eerst stukje voor stukje wilde uitproberen alvorens hem uit te spreken. 'Iedere man... een man als... je vader was... een man. Al helemaal een man die zoveel geduld heeft gehad als je vader... Je vader was heel geduldig...' En toen: 'Ja, zelfs een uit steen gehouwen kerel zou een zoon niet afwijzen wanneer zijn vrouw hem slechts een dochter heeft kunnen geven.' Ze verhief haar stem. 'Ik zeg niet dat het goed was wat hij deed. *Mba nu!*' Haar stem daalde weer in volume en klonk droevig: 'Ik zeg alleen dat hij heeft gedaan wat iedere man in zijn plaats zou hebben gedaan. Iedere man, *nwoke obuna*, zou hetzelfde hebben gedaan. Luister je naar me? Ze zouden ergens anders op zoek zijn gegaan naar een zoon. Niet meer dan normaal. Ze zouden hun zaad op allerlei andere plekken rondstrooien in de hoop dat er ten minste één zaadje vrucht zou schieten. Wie je iets anders wil wijsmaken is een leugenaar. Luister je wel? *I na-egekwa m nti?*'

'Ja, tante.' Ze was dankbaar toen Madam Gold haar gezicht losliet. Ze had haar adem ingehouden gedurende de toespraak, want de oude vrouw stonk uit haar mond alsof ze net bonen had gegeten. Of een gekookt ei. Ze had echt moeite moeten doen om niet achteruit te deinzen om de aanval van die slechte adem te ontwijken.

Madam Gold pakte het glas water van het tafeltje naast haar en begon te drinken. Een tijdje was alleen het klokkende geluid te horen terwijl ze dronk. Gloek. Gloek. Gloek. Totdat het glas leeg was. 'Met deze hitte heb ik de hele tijd een droge keel', zei ze. Met het hoofd in de nek riep ze naar de keuken achter zich om meer water. Een meisje van ongeveer acht jaar kwam haastig aangelopen met een plastic kan half vol water en zette dat op de salontafel. Ze bleef staan.

In haar hand had ze een blaadje papier dat ze Madam Gold aarzelend aanreikte.

'*Ogini?* Wat heb je daar, Ebele?' vroeg Madam Gold ongeduldig.

'Een boodschappenlijstje, *ma*. Voor het avondeten. Ik moet naar de markt voordat alle kramen dicht zijn.'

Madam Gold pakte het lijstje van haar aan, nam het vluchtig door en vroeg waarom ze alweer maggiblokjes nodig hadden. 'Je hebt gisteren toch al maggi gekocht?'

'Ja, *ma*, maar die hebben we allemaal gebruikt in de stoofschotel van gisteravond.'

Madam Gold maakte een sissend geluid, trok een bruine handtas onder de bank vandaan en telde wat biljetten uit. Ze gaf het geld aan het meisje en stuurde haar weg met 'Geen tijd verdoen daar, *oo*. Koop alleen wat we nodig hebben en kom dan direct naar huis!' Ze zette haar tas weer neer, keek naar Mma en zei: 'Weet je, vroeger kochten onze ouders eten in het groot in en konden ze alles thuis bewaren. Heel anders dan tegenwoordig. Nu moet je elke keer dat je kookt de deur uit om uien of maggiblokjes te kopen! Geen mens kan het zich nog veroorloven om in het groot inkopen te doen, of wel soms?'

Mma zat op het randje van de sofa naast Madam Gold met haar handen dichtgeknepen op schoot. Ze zei niets en naar Madam Gold luisterde ze niet echt meer. Ze vroeg zich af wat ze voelde. Haar keel was kurkdroog, maar bij haar aankomst had ze een drankje afgeslagen en nu wilde ze er niet om vragen; ze moest zich maar even flink houden.

Zo, dus ze had ergens een broer. Na jarenlang te zijn opgegroeid als enig kind, sloeg het nieuws van een broer in als een bom. De ontdekking dat haar vader hen niet in de steek had gelaten al evenzeer. In plaats daarvan had haar moeder ervoor gekozen weg te gaan. Ze had een 'blij-blije' familie kunnen hebben, een gezin van het normale soort, waar haar moeder altijd de draak mee had gestoken: 'Al die blij-blije gezinnetjes die je overal ziet, krab het buitenste laagje eraf en wat overblijft, zijn allerlei somber-sombere dingen, vies-vieze dingen als stront.' Maar dat was precies wat Mma had gewild: er normaal uitzien, ook al waren er stukjes somberheid onder de oppervlakte. Daar had ze best mee kunnen leven. Het zou haar leven er oneindig veel beter op hebben gemaakt, zoveel draaglijker.

Ieder kind verdiende een vader. Zeker weten. Vooral een kind met een moeder zoals zij had gehad verdiende een vader om haar leven in evenwicht te krijgen. En wat voor verdriet de vader ook mocht hebben aangericht, haar moeder had haar nooit mogen weghouden van haar vader. Of haar vader weg van haar. Zo vreselijk leek dat verdriet trouwens niet te zijn. Had Madam Gold, die verstandige Madam Gold, niet net verteld dat iedere man zou hebben gedaan wat haar vader had gedaan? Dat niet *hij* zijn vrouw haar boeltje had laten pakken, maar dat *zij* was weggegaan? Wat er ook was gebeurd, *zij* en niet *hij* had het initiatief tot een scheiding genomen en dus had ze de gevolgen aan zichzelf te wijten.

Het was gewoon niet eerlijk, vooral niet omdat ze getuige was geweest van het verdriet van haar dochter. Als ze gewoon contact met haar vader had mogen hebben, was haar leven beslist anders verlopen. Dan zou ze over hem hebben gepraat tijdens een spreekbeurt. Dan had ze apetrots voor de klas kunnen staan en hebben gezegd: 'Mijn vader is architect.' Of: 'Mijn vader is schilder.' Wat deed hij eigenlijk? Ze had geen idee. Dat kon ze Madam Gold vragen. Hij was niet langer een denkbeeldig iemand, maar een mens van vlees en bloed.

'Wat doet... wat deed hij, tante? Mijn vader?' Ze wist niet goed of ze over hem moest spreken in de tegenwoordige of in de verleden tijd. Stel dat hij al dood was? Nee, ze wilde niet eens nadenken over die mogelijkheid.

'Zaken. Hij was zakenman. Ik neem aan dat hij dat nog altijd is.'

'Wat voor zaken?'

'Hij had een supermarkt. Een van de chicste in Kaduna destijds. Verkocht alles. Als je daar iets niet kon vinden, dan was het nergens anders in Kaduna te krijgen. Die naam had zijn zaak.'

Als ze een vader had gehad die ze kon laten zien als bewijs dat ze uit een normaal nest kwam, zou ze geen vriendjes hebben gehad die met haar uitgingen om haar vervolgens te dumpen voor iemand van het meer huwbare type. Dan zou Obi nooit zo hebben getreuzeld. 'Voor iedere man zou ze een prima echtgenote zijn', had een ex-vriendje tegen haar gezegd. 'Alleen je moeder... Wij zijn geen *oyibo, oo*, wij zijn geen witte mensen voor wie liefde genoeg is.' (Pas een behoorlijke tijd later was hij getrouwd met een geschikter meisje.) Hij had gelijk. Iedereen wist dat het huwelijk hier geen intieme aangelegenheid was tussen twee mensen zoals bij de oyibo's.

Madam Gold schonk nog wat water uit de witte plastic kan in haar glas en zei toen hard, alsof ze kwaad was: 'Je moeder had kunnen blijven! Ze had moeten blijven! Wat had je vader anders kunnen doen? Wat had hij kunnen doen? Je moeder was koppig. Ik praatte en praatte op haar in, maar mijn woorden gingen het ene oor in en meteen het andere weer uit. Haar besluit stond vast. Wat ik ook zei, niets kon haar op andere gedachten brengen en daarom moest ik het uiteindelijk opgeven. Als je medicijnen blijft geven aan een heel zieke man en zijn penis blijft omhoogkomen, kun je hem maar beter met rust laten, want dan heeft hij aan gene zijde al een vrouw gevonden. Niets kon je moeder op andere gedachten brengen.'

Ze pauzeerde alsof de herinnering haar had uitgeput, al die gesprekken die ze jaren geleden had gevoerd om Ezi van gedachte te doen veranderen. Toen zei ze: 'Mike hield van je moeder, wat meer is dan veel vrouwen kunnen zeggen. Hij hield van haar. Ze wist dat en ik denk dat ze hem wilde straffen door dat weg te nemen waarvan ze wist dat het hem het meest pijn zou doen. Het probleem was dat zij ook van hem hield en ze vergat dat het nooit zin heeft om jezelf pijn te doen om een ander dwars te zitten. Alles, alles waarvoor ze had gewerkt, gaf ze op toen ze wegliep. En waarvoor? Voor dat scharminkelige kind. Een piepjong ding nog! En ze was niet eens mooi, die Rapu.' Langzaam schudde ze haar hoofd een paar keer, als een lusteloze pop. 'Ik ken mijn plek. En ik weet wat de opties zijn buiten deze vier muren. Wat denk je dat ik zou doen als mijn man morgen een andere vrouw nam? Ik vergoelijk niet wat je vader deed. Ik praat ook niet goed wat Rapu deed, God beware. De hemel weet dat ik er kapot van was toen ik het hoorde. Ik bedoel, ik kon gewoon niet geloven dat Mike zoiets zou doen. We dachten altijd dat hij anders was. Maar ik zei tegen Ezi: "Wat gebeurd is, is gebeurd. Je moet het achter je laten en doorgaan."' Ze liet een droevig lachje horen en zei: 'Het was dapper van je moeder om die stap te zetten, om gewoon weg te lopen, zonder om te kijken. Zonder ook maar één keer om te kijken. Ze deed de deur achter zich dicht en keerde nooit terug. Daar is heel wat lef voor nodig. Zelf ben ik niet zo dapper. Maar ik weet ook dat het soms wijzer is om niet dapper te zijn. Je kunt alleen vechten als je leeft. Hoe zeggen ze dat ook al weer in het Engels? "*You* leev *to fight another day*".' In het Igbo vervolgde ze: 'Dat zei ik tegen haar. Ze was mijn beste vriendin en het was mijn plicht haar de waarheid te vertellen. Maar ze wilde naar niemand luisteren. Zodra Ezi's besluit vaststond, viel er niets meer aan te veranderen. Dat weet jij ook wel, want jij bent met haar opgegroeid. Je weet hoe ze kon zijn.' Ze ademde luidruchtig uit, alsof ze haar adem een tijd had ingehouden, en zei toen: 'Vrouwen kunnen zich dat soort koppigheid niet veroorloven. Luister je wel naar me? *I na-egekwa m nti, Adamma?*'

'Ja.' Er waren niet veel mensen die haar bij haar volledige naam noemden, Adamma. Haar moeder gilde dat naar haar als ze echt boos was. 'Adamma, kom hier! Laat je spullen niet zo slingeren. Raap die schooltas op!'

'Er is geen plaats voor dat soort koppigheid in het leven van een vrouw. Luister je wel?'

'Ja, tante.'

'Goed zo. Je moeder was voorbestemd een man te zijn. Ach, die Ezi...' Ze glimlachte en schudde zachtjes haar hoofd. 'Je moeder zou een prima man zijn geweest. Ze werd geboren in het verkeerde lichaam. Dat is het gewoon.' Weer zuchtte ze en ze wendde haar gezicht naar Mma. Bang nogmaals te worden verrast door een knuffel, boog Mma zich voorover en begon te krabben aan een denkbeeldige kriebel op haar been. Haar huid werd krijtachtig wit op de plek waar ze krabde en ze besefte dat ze van huis gegaan was zonder zich te hebben ingesmeerd. Ze had echt een droge huid die voortdurend gehydrateerd moest worden, vooral tijdens de harmattan – al was deze dit jaar abnormaal met die hoge temperaturen. Zonder veel succes probeerde ze dat witte met een duim van haar been te wrijven. Ook merkte ze nu pas dat ze inderhaast de rubberen slippers had aangeschoten die ze anders alleen thuis droeg. Al sinds haar vijftiende had ze geen slippers buitenshuis gedragen. En de paarse kleur ervan paste totaal niet bij haar lichtgroene jurk.

Even waren ze ondergedompeld in een peinzende stilte en toen zei Madam Gold: 'Rapu kon niet aan je moeder tippen. Dat meisje was niet te vergelijken met Ezi! Van geen kanten! Plat als een dubbeltje was ze, zowel van voren als van achteren. Geen billen, geen borsten, zo mager als een tandenstoker. In bed zou een man haar nergens beet kunnen pakken.' Weer zuchtte ze en toen zei ze rustig: 'Maar ja... Mannen slapen met alles en iedereen, en uiteindelijk kreeg zij wel voor elkaar wat je moeder niet was gelukt.'

Mma probeerde zich Rapu voor te stellen, zo mager als een tandenstoker, totaal niet te vergelijken met haar moeder. Haar moeder was weliswaar niet zo groot als Madam Gold, maar ze had 'body'. Ze was vol zonder dik te zijn. Misschien had Rapu wel die quasi rafelige look van een supermodel gehad. Ze wilde tegen Madam Gold zeggen: 'Tante, mijn moeder werd niet geboren in het verkeerde lichaam.

En dapper was ze ook niet. Zelfzuchtig was ze.' Maar toen ze daaraan dacht, herinnerde ze zich ook andere dingen die ze over haar moeder te weten was gekomen, waardoor ze haar in een ander daglicht, op een andere manier ging zien, alsof ze kennismaakte met een volslagen vreemde. Alles wat ze over haar meende te weten, kwam op losse schroeven te staan, waardoor het beeld dat ze altijd van haar moeder had gehad als een kaartenhuis ineenstortte, om plaats te maken voor een heel nieuw beeld. En de herinneringen voerden een geur naar haar neus. De geur van iets wat ze liever zou vergeten. De lucht van haar ondersteboven-gedachten. Ze kon niet langer blijven.

De G staat voor 'geweten', 'gewetensnood'. Voor 'gaan' ook. 'Een van de meest praktische lessen die het leven me heeft bijgebracht,' schreef haar moeder in haar memoires, 'is weten wanneer je moet opstaan en vertrekken. Niets wordt zo verafschuwd als de gast die langer blijft dan hij welkom is.'

Mma stond op. 'Ik moet weg, tante. Dank u wel.' Ze had het flesje Fanta niet aangeraakt dat op zeker moment toch voor haar was neergezet. Het flesje was zo koud dat er zich piepkleine ijskraaltjes op hadden gevormd. Het was haar niet eens opgevallen.

2

Secreet. Smart. Slachtoffer. Smartengeld. Mma speelde graag met woorden en ze kon nog veel meer S-woorden verzinnen om haar leven te beschrijven.

'Kom nu, Mma, wat weet jij nu over smart, over offers? Wie is nu het slachtoffer?' vroeg Madam Gold. Ze droeg geen pruik. Haar haar was gevlochten, maar de vlechtjes waren slordig en begonnen aan de uiteinden al los te raken, en boven haar voorhoofd staken bosjes haar sprieterig omhoog.

Dat was op de tweede dag, toen Mma's woede nog rauw was, nog pijn deed alsof er versgemalen peper of zout in een open wond was gewreven.

'Tante, u weet niet hoe mijn kinderjaren waren', zei Mma, al kende Madam Gold haar al zo lang als ze zich kon herinneren. Ze probeerde niet te huilen. Niet te rommelen, te roeren in haar rotjeugd. De R is een van de agressiefst klinkende letters van het alfabet. Rrrrrrr. Het is een grom. Een moeilijke klank om te temmen. De R staat voor 'roof', 'ruïne', 'rampspoed'. Rek de R en hij kan oneindig blijven rollen. Rrrrrrrrrrrrrrrr. Ze wilde niet terugdenken aan de kinderen die *ada ashawo* - hoerendochter - naar haar riepen als ze naar school liep. Die kinderen waren niet veel ouder dan zij. Ze vuurden die woorden als raketten op haar af en lachten wanneer die haar troffen. Vervolgens zagen die kinderen dat ze sneller ging lopen, als kon ze aan de inslag van de woorden ontsnappen door haar tempo te verhogen. Hun wreedheid was niet onbezonnen of willekeurig, maar berekend en aanhoudend. De hatelijkheden troffen doel en dagelijks vluchtte ze naar de beslotenheid van de schooltoiletten om te huilen; thuis perste ze haar gezicht in het hoofdkussen. Haar leven zonder - of van voor - de tranen kon ze zich niet herinneren. Ze probeerde niet te denken aan de woorden die door de lucht zeilden en op haar rug landden. Waar ze neerkwamen verschroeiden ze haar haar en sloegen striemen op haar huid. Ze probeerde niet te denken aan jongens die ze niet kende en die haar op weg naar school tegenhielden en wilden weten hoeveel ze vroeg voor haar diensten. Achter hen stonden ondertussen hun vriendjes nerveus te ginnegappen en elkaar high fives te geven, onder de indruk van hun eigen lef.

'Ze vertelde me dat ik geen vader had! Ik was het enige kind op school, zover ik wist, zonder vader, dood of levend. Hebt u enig idee hoe ik me daaronder voelde?' Mma's stem bleef vlak, want ze wilde Madam Gold niet afschrikken door te gaan roepen.

Ooit was ze zo kwaad geweest dat ze tegen haar moeder had gebruld met de gerechtvaardigde verontwaardiging van iemand die onheus is bejegend: 'Ik wed dat je niet eens wéét wie mijn vader is!' Ze maakte haar verwijten van de schandelijkste soort, in de hoop dat die vernederende beschuldigingen haar moeder zouden dwingen haar eindelijk te vertellen over haar vader, dat ze haar eindelijk de kans zou geven om naar die man op zoek te gaan als zij dat zelf vertikte. Maar haar moeder had haar typische langgerekte lach laten schallen en gezegd: 'Klopt, ik weet niet wie hij is. Ben je nu blij? Je hebt geen vader. *Kpom kwem. Onwe ife ozo?*'

Madam Gold begon iets te zeggen, maar stopte weer.

'Eh, sorry?'

'Ik begrijp best dat het niet gemakkelijk voor je was, maar voor je moeder was het erger. Je moeder... Heeft ze je verteld over Goody Goody en zijn vrouw? Nou? Heeft ze daarover verteld?'

'Nee. Wie zijn dat? Ze heeft het met geen woord over hen in haar... haar memoires.'

De M stond voor 'memoires'. Als het aankwam op overdrijven, moest je bij haar moeder zijn. Ze kon niet gewoon brieven schrijven, nee, het moesten 'memoires' zijn, teksten die halve verhalen vertelden, die haar op pad stuurden om meer te weten te komen.

Slachtoffer. Schande. Smart. Slopen. Smoesjes. Slopende smoesjes. Slang. Als je sist als een slang, krijg je de perfecte s-klank: sssssssssssss. Als kind had ze gelispeld, als gevolg van te lang duimzuigen. Jarenlang was het haar niet gelukt om de volmaakte sisklank te vormen. Wanneer ze met andere kinderen spelletjes deed waarbij gesist moest worden, dan moesten die lachen om de manier waarop ze zoiets als 'flflflfl' zei. Ze had moeten leren haar tong achter haar tanden te houden om hem te beletten zich met de sisklanken te bemoeien. Pas na maanden spraaktherapie kreeg ze de s onder de knie.

Haar moeder had haar een doos verhalen nagelaten. 'Memoires', verbeterde Mma zichzelf in gedachte, vasthoudend aan de term die haar moeder ervoor gebruikte. Halfvertelde verhalen, vormeloze verhalen die ze zelf ter wereld moest brengen, met Madam Gold als vroedvrouw. Ze was gekomen met vragen over de mannen in glimmende auto's over wie ze had gelezen in haar moeders verhalendoos en nu kreeg ze weer iets te horen over een andere man en zijn vrouw.

'Slangen zijn gevaarlijke beesten en daarom wil ik niet dat je er een als huisdier neemt', had haar moeder tegen haar gezegd toen ze in een fase was waarin ze per se een huisdier wilde. Ze mocht ook geen hond. 'Honden kosten handen vol werk. Ze moeten verzorgd worden als kinderen. Je moet ze uitlaten en de troep achter ze opruimen. Hun plas opdweilen, hun drollen oprapen. Een enorme verantwoordelijkheid.'

'Een kip dan?' Ze was met het idee van een kip als huisdier gekomen omdat een van haar boeken ging over Engelse kinderen die een kip als huisdier hadden en het beest 'Hannah' noemden. Hannah had donzige witte veren en een scherpe snavel. Mma zag al voor zich hoe ze haar kip rijst te eten gaf en hoe het dier de korrels uit haar hand pikte.

Ook geen kip. 'Kippen eet je op. Die laat je toch niet uit, gekkie? Je mest ze vet en dan hak je ze aan stukken en die gooi je in de soep. Ben je ooit iemand tegengekomen die een kip als huisdier had? Nou?'

'Een kat? Alsjeblieft?' Ze stelde zich een donzige knuffelpoes voor die op haar bed sliep zoals ze had gezien in een film op de tv. Een kat met een zwart-witte vacht en een lange staart. Een kat die ze kon aaien en die ze op de arm overal mee naartoe nam. 'Een kat dan? Toe, mama, toe, alsjeblieft...?' In die film liet het baasje zijn poes niet alleen op zijn bed slapen, het jongetje praatte er ook tegen als hem iets dwarszat. Hij noemde die kat zijn beste vriend. Zijn ouders maakten altijd ruzie, schreeuwden tegen elkaar en hadden helemaal geen oog voor hem. Daarom praatte hij tegen de kat over school en zijn vriendjes. Toen zijn ouders gescheiden waren, moest hij de kat thuislaten toen hij naar zijn vader ging, want die woonde in een flat waar huisdieren niet waren toegestaan. Het jongetje had tijdens het hele bezoek gehuild. Op een dag ving zijn moeder op wat hij met zijn kat besprak, waarna ze tegen hem zei dat het haar ontzettend speet en toen maakten zijn ouders het weer goed en aan het einde van de film gingen ze met hun allen picknicken en de kat kreeg een rode strik om haar staart om te laten zien hoe dol ze allemaal op het dier waren.

'Alleen heksen houden katten. Straks wil je ook nog een lange bezem om op te vliegen. Zeg, wat is dit allemaal voor onzin, Adamma? Als je zo achter me aan blijft drentelen terwijl ik probeer te werken, struikel ik nog over je!'

'Een slang dan?' Slangen hoefden niet uitgelaten te worden. Ze wist niet precies hoeveel uitwerpselen die reptielen produceerden, maar heel veel zou het vast niet zijn. Ze zag het al voor zich: een slang die helemaal opgerold in het stro lag en die zijn kop opstak wanneer ze naar zijn kooi kwam. Misschien kon ze hem een naam geven en hem daarop laten reageren. Misschien zou hij zijn lange tong uitsteken als ze hem riep. Ze had er ooit eentje gezien in een tijdschrift van haar moeder. Een enorme slang die een Amerikaans gezin als huisdier hield.

'*Tufia!* Wat een stom idee. Wie houdt er nu slangen als huisdier, Adamma? Ben je nu helemáál? Slangen zijn boosaardig. Wat ga je me straks nog allemaal vragen? Dat je de duivel zelf wilt? *Tufia!*'

Dus geen honden. Geen kippen. Geen katten. Geen slangen. Alleen een doos met dikke lagen stof en dikke lagen verhalen.

‘Wie is Goody Goody?’ vroeg Mma, ondertussend denkend: wat is dat nu voor een naam. Wie loopt er nu rond met zo’n naam?

‘Goody Goody was de duivel’, zei Madam Gold. Ze hakte haar woorden in mootjes, waardoor ze wrang weerklonken in de kamer. ‘Hij. Was. De. Duivel. *Heiii. Tufia*. Die man *bu ekwensu ojo*. Hij was verdorven. Hij werkte samen met zijn vrouw, die nog erger was dan hij. Ze had het gezicht van een engel, mooi als een *mammywata*, maar in haar hart was ze een duivelin. Je zou denken dat wij vrouwen elkaar helpen, maar die vrouw was doortrapt gemeen. Ik vertel je alleen maar over Goody Goody opdat je niet te streng oordeelt over je moeder. Luister je naar me? *I na-egekwa m nti*, Adamma?’ Ze wachtte tot Mma knikte voordat ze verder sprak. ‘Tja, *zij* had geen welwillende moeder die haar geld had nagelaten, zoals bij sommige anderen het geval is...’ Madam Gold keek Mma tartend aan, beschuldigend, haar uitdagend om iets te zeggen, iets geringschattends over haar moeder. Mma liet zich niet uit haar tent lokken, want ze besefte dat dit niet het aangewezen moment noch de goede plek was. Er viel een korte stilte, waarna Madam Gold met een zucht haar relaas vervolgde. ‘Het waren geldschieters, die Goody Goody en zijn vrouw. Die man is nu al jaren dood. Je moeder was wanhopig. Ze moest de huur betalen, jou te eten geven en ze had een plan voor een bedrijfje dat ze dolgraag wilde realiseren. Over opoffering gesproken! Praat me alsjeblieft niet over offers, want je weet niet half wat je moeder voor jou heeft doorstaan!’ Terwijl Madam Gold sprak, klonk haar stem steeds luider. ‘Wil je praten over opoffering? Verplaats je dan in Ezi!' Haar borst zwol op alsof ze probeerde niet te huilen.

'Waarom ging ze naar een geldschieter? Waarom niet naar een bank?' *Ze had toch wel andere opties? Niemand zal haar gedwongen hebben om naar Goody Goody te gaan.*

Madam Gold siste verontwaardigd en sloeg haar ogen op. '*Bank ke?* Waarom stel je vragen alsof je niet in dit land bent opgegroeid? Denk je nu echt dat de dingen zo enorm zijn veranderd sinds de jaren zeventig? Denk je dat ze dat niet heeft geprobeerd? Denk je soms dat jij de wijsheid in pacht hebt en dat je moeder een domkop was? Jullie kinderen lijken te vergeten dat hoe hoog de okraboom ook opschiet, hij nooit machtiger zal zijn dan de hand die hem heeft geplant. Denk je nu heus dat je ooit verstandiger kunt zijn dan de baarmoeder die jou droeg?' Madam Gold schudde het hoofd en siste weer. 'Je moeder had jou op haar arm en ging van de ene bank naar de andere, maar geen bank wilde een alleenstaande vrouw mét een baby en zónder onderpand geld lenen om te investeren in een zaak. Niet één bank. En toch bleef ze hopen haar snackbedrijfje van de grond te krijgen. Ze had alles helemaal gepland, ondernemend als ze was. Je moeder was intelligent, een prima stel hersens had ze. Ze was van plan om eersteklas vleespasteien, worstenbroodjes en hartige taarten op de universiteitscampus te leveren, zodat de studenten en het personeel niet het terrein af hoefden om ze elders te kopen. Ze was er zeker van dat het een succes zou worden. Op die manier kon ze thuisblijven bij jou en toch zorgen voor een zeker inkomen. Zeg op, waarom denk je dat ze dat wilde? Waarom wilde ze een job zodat ze thuis kon blijven? Jij, Mma, jij stuurde haar beslissingen. Jij en niemand anders. Dus begin alsjeblieft niet over offers, want je weet niet half hoe je moeder voor jou heeft moeten afzien. Enfin, om een lang verhaal kort te maken, ze sloot een lening af bij Goody Goody en zijn vrouw, tekende een contract en investeerde in een oven. De zaak ging echter op de fles, niet door haar eigen toedoen, maar er daagden allerlei na-apers op toen ze van start was gegaan. Er was geen houden aan. Ze was amper begonnen of een miljoen anderen begonnen ook. Van die vrouwen zonder hersens die azen op andermans idee. De concurrentie werd verbeten en de anderen doken onder haar prijzen. Je moeder maakte haar taarten met echte boter, voor haar draaide alles om kwaliteit. En ze was zo optimistisch. "Mensen herkennen kwaliteit meteen", zei ze. "Ze weten kwaliteit naar waarde te schatten en betalen er grif voor." Algauw bleek dat de mensen gewoon goedkope snacks wilden, dat het hun niet zo veel uitmaakte of de taart die ze kochten was bereid met echte boter of met hondenpis, als die taart maar redelijk van vorm was en een smaak had die in de buurt kwam van wat ze wilden eten. Concurrenten gebruikten olie en konden zo hun prijzen laag houden. Bij die handelaars liep het storm, terwijl de mensen haar hapjes met echte boter links lieten liggen. Ondertussen had ze echter wel een schuld af te lossen. Ze ging naar de vrouw van Goody Goody om haar, van vrouw tot vrouw, ertoe te bewegen haar man wat uitstel te vragen. Maar de vrouw van Goody Goody bezwoer Ezi dat als ze de schuld niet binnen twee dagen had afbetaald, ze de gevolgen onder ogen zou moeten zien. Goody Goody was niet een man om bij in het krijt te staan. Ik herinner me niet de precieze details van die "gevolgen", maar het had met jou te maken. Met jou. Weer met jou. Wil je het nog steeds over opofferen hebben?' siste ze weer.

Mma vroeg zich af of Madam Gold haar de schuld gaf van de keuzes die haar moeder had gemaakt. Dat is niet eerlijk, dacht Mma, terwijl ze vanbinnen brieste.

'Als ze niet binnen de afgesproken termijn met geld op de proppen kwam, moest ze dat bekopen met het leven van haar dochter of zoiets. Het gerucht ging dat Goody Goody fortuin maakte met het offeren van mensen en niemand trok zijn doen en laten in twijfel. Zelfs niet de politieagenten die tijdens hun lunchpauze rondhingen bij het politiebureau op korte afstand van zijn kredietkantoor en die een oogje dichtknepen voor wat zich daar allemaal afspeelde. Hij had de politie in zijn zak. Je kon je nergens voor hem verschuilen. Tegen wanbetalers zei hij altijd: "Het heeft geen zin om te proberen je voor mij te verstoppen. Ik ben een godheid, ik ben overal." Je moeder moest een manier vinden om hem terug te betalen. Wat zou jij in haar plaats hebben gedaan? Vertel het me, Adamma, ik luister. Ik ben een en al oor, laat maar horen. Nou? Wat had jij gedaan in haar plaats?'

V. De V kun je ook net zo lang aanhouden als je wilt. Het is een soort zoemen. Zoals het geluid van een vlieg. Vrouwenschoenen. Vreemdeling. Vreemd. Haar moeders schoenen. Vrouwenschoenen van een vreemde. Haar moeder was een vreemde. Daar kwam ze nu pas achter. Het was gemakkelijker om medelijden te hebben met een vreemde dan met een vreemde moeder. Daar kwam ze nu ook achter. Maar medelijden met een vreemde die ook haar moeder was, was iets nieuws. Het was vreemd en daarom concentreerde ze zich op iets anders, wat haar een veel gemakkelijker gevoel gaf, omdat het normaal was. Ze vroeg: 'En die mannen in hun glimmende auto's?'

'Ik vertel je dit allemaal opdat je niet te streng over haar oordeelt. Ze kon niets anders doen. De tijd begon te dringen. Ja, er zijn wel wat mannen geweest, maar ze... ze was altijd netjes en schoon. Ze was jong, ze was mooi, ze had een kind en ze was blut. Er waren massa's mannen die met haar wilden uitgaan, dus ze moest en kon kieskeurig zijn. Ze wilde een goed leven voor jou.'

Mma slikte de vraag in die ze eigenlijk wilde stellen en vroeg in plaats daarvan: 'En mijn vader? Wist u wie mijn vader was?' Ze keek Madam Gold niet aan toen ze die vraag stelde maar staarde recht voor zich uit, zich concentrerend op de twee stralende spleetjes licht onder aan de zware gordijnen, die waren dichtgeschoven om het licht buiten te houden.

3

In het begin schiep God de hemel en de aarde. De aarde was woest en leeg; duisternis lag over de diepte, en de Geest van God zweefde over de wateren. Toen sprak God: 'Er moet licht zijn!' en er was licht. En God zag dat het licht goed was. God scheidde het licht van de duisternis; dat was de eerste dag. Op de eerste dag was de aarde een vormeloze woestenij en duisternis lag over de diepte.

Tijdens de Bijbelles op de lagere school moest Mma ze allemaal uit het hoofd kennen, de zeven dagen van de schepping én de uitleg die de juffrouw eraan gaf. Die onderwijzeres, die altijd rondliep met een stok achter haar rug, hamerde de lessen er bij de leerlingen letterlijk in. Nu ze op haar knieën voor de doos in haar moeders kamer zat, moest Mma denken aan een aarde die leeg was en aan een duisternis zo volslagen dat ze die leegte opslokte. Ze wilde dat Obi in de buurt was. Obi liet haar zich minder eenzaam voelen, iets waar hij steeds weer in slaagde.

Soms had ze het gevoel dat Obi haar eerste echte vriendje was. Dat was hij natuurlijk niet, maar hij was de enige die zich niet had laten afschrikken door haar moeder. En dat was wel iets. Nee, dat was meer dan iets. Dat was 'groot-groot', zoals haar moeder zou zeggen, met die ergerlijke gewoonte van haar om woorden te verdubbelen om ze te benadrukken of gewoon zomaar-zomaar.

Ezi was niet altijd aardig tegen hem geweest. Ze vroeg hem of hij van plan was een fatsoenlijke vrouw van haar dochter te maken, en dan schaterde ze met haar volle lach die tegen de muren van het huis ketste, alsof die lach ook de spot dreef met alle andere mensen. Hoe gegeneerder Obi keek, des te langer rekte ze die lach. Als een elastiekje. En als je dacht dat het punt was bereikt waarop het elastiek zou breken, veerde het terug en begon het weer van voren af aan. Wanneer Mma probeerde zich voor haar moeder te verontschuldigen, wuifde hij dat weg met het argument dat haar niet te verwijten viel wie haar moeder was, dat er absoluut niets was waarvoor zij zich zou verontschuldigen.

Obi en zij waren van plan de vakantie samen door te brengen in Enugu. Zij omdat ze geen andere plek had om naartoe te gaan. Geen dorp, geen familie die haar uitnodigde voor rumoerige bijeenkomsten met een overdaad aan geitenvlees en gebraden kip en jollofrijst, gegarneerd met *moi-moi*. Hij omdat hij meer tijd met haar wilde doorbrengen. Het was de enige periode in het jaar dat hij twee hele weken vakantie had waarmee hij kon doen wat hij wilde. En wat hij dit jaar wilde, zei hij tegen haar, was die hele vakantie met haar doorbrengen. 'Ik wil volledig tot je beschikking zijn', had hij gezegd. 'Twee weken lang. Dag in, dag uit.' Even niet dat gehaast naar het werk, even geen deadlines, even niets. Twee weken lang zou hij zich verre houden van het advocatenkantoor waar hij junior medewerker was. Met plezier had ze ermee ingestemd dat zij die vakantie naar haar smaak zou regelen voor hen beiden.

Twee weken waarin hij kon doen wat hij wilde. Tenminste, als je geen rekening hield met zijn moeder. Eén telefoontje van haar met de boodschap dat hij met kerst thuis in Onitsha werd verwacht, en hij was weg.

'Het spijt me, Mma, maar mijn moeder zegt dat ik erbij móét zijn. Nneka, mijn nicht, trouwt en iedereen komt terug voor de bruiloft. Zelfs de Caribische vrouw van mijn oom komt er speciaal voor over, helemaal uit Londen.'

'Jeetje, is ze helemaal uit Londen komen lópen?' Ze had een bijtende ondertoon niet kunnen onderdrukken.

'Kom, doe nu niet zo sarcastisch, schatje.' Hij had zijn handen om haar taille geslagen en haar gekust om de pijn van de teleurstelling te verzachten. Mma wist dat ze het als een kind op een mokken had kunnen zetten of razend had kunnen worden, maar dat zou er toch niets aan hebben veranderd. Als het Nneka's bruiloft niet was geweest, dan zou het wel iets anders zijn. Zo zou het voorlopig ook blijven. Zolang ze niet getrouwd waren, zou ze voor zijn familie altijd op de tweede plaats komen. Ze wist dat het niets te maken had met liefde, maar dat was een schrale troost. Obi hield van haar, maar plicht was plicht. Zo simpel was het. Dat hoorde ze te begrijpen. En plicht was vaak sterker dan liefde. Iedereen begreep dat. Maar bij het vooruitzicht alleen gelaten te worden, schoot ze met dat begrip niet veel op. Alleen gelaten, vastzitten in het huis aan de Nenistraat om de saaie decemberdagen in haar eentje uit te zitten. Familie kon een blok aan je been zijn. Als iemand dat wist, dan was zij het wel. Per slot had zij met haar moeder moeten leven. Met het volle gewicht van die vrouw op haar schouders, dag na dag na dag, totdat het er alle schijn van had dat ze voorbestemd was voorgoed zo te leven, met een kromme rug van al die ballast.

'Kan ik dan niet met je mee?' zei ze dapper, terwijl ze hem in zijn hals kuste.

'Doe niet zo raar, Mma. Hoe zou ik je moeten voorstellen?' Obi, die niet veel langer was dan zij, woelde met zijn neus in haar vlechten. Met een pufje ontdeed hij zich van een haarsliert die hij in zijn mond had gekregen, en kuste haar op de zijkant van haar nek.

'Tja, wat je zegt...' zei ze. Eigenlijk wilde ze meer zeggen, maar het ontbrak haar aan de moed om dat te doen. Als ze dapperder was geweest, had ze dit moment aangegrepen om te zeggen: 'Wel, waarom legitimeer je onze relatie niet, zodat je me niet meer hoeft te verstoppen?' Zoiets zou haar moeder hebben gezegd, maar ze leek niet op haar moeder. Goddank niet. 'Doe niet zo raar, Mma. Hoe zou ik je moeten voorstellen?' De woorden bleven galmen in haar hoofd, die hele verdere dag en nog dagen daarna. Op onbewaakte momenten voelde ze een nieuwe pijn vanwege een gesprek dat al was gevoerd en dat wat Obi betrof van de baan was. Haar leven was een woestenij. En hoe vaak had ze niet manieren verzonnen om die woestenij te ontginnen? Om die wildernis te bewerken en er iets groens en mooois op te laten gedijen?

Ze herinnerde zich een film die ze drie dagen geleden had gezien over een kind dat de huishoudster van haar ouders doodde met een mes. Het was een Amerikaanse film. Het meisje was hooguit dertien en klein van stuk. Toch had ze wel zes of zeven keer op de huishoudster ingehakt. En net op het moment dat de huishoudster haar laatste adem uitblies, viel de stroom uit. Mma vond het nogal toepasselijk dat ze uitgerekend op dat moment in de film ook zelf in duisternis werd gedompeld. Gedurende de hele film had ze al een onbestemd, ongemakkelijk gevoel gehad, maar pas toen de stroom uitviel, wist ze wat het was. Er waren eenvoudiger manieren om te doden. Ze moest er niet aan denken: een mes in een lichaam duwen en het er weer uit trekken, alleen maar om het er weer in te steken, waarbij het jonge meisje had gehijgd en gepuft alsof het mes te zwaar voor haar was. En dan die duisternis, precies op dat moment, alsof het zo gepland was.

Ze trok de doos naar zich toe.

Op de eerste dag las ze de memoires. In tegenstelling tot wat je zou verwachten, was het niet uit nieuwsgierigheid dat zij ze uiteindelijk toch las. Het was een combinatie van factoren: de droom die ze de hele dag had proberen te vergeten; de schrale eenzaamheid van de verlaten stad; de stilte van het appartementsgebouw op nummer elf - nu haar huis en eigendom. Op een na waren alle gezinnen weg.

Het enige resterende huishouden - een weduwnaar met vier kinderen - was van plan geweest om met nieuwjaar naar hun dorp te rijden, een paar honderd kilometer van Enugu. De oudste zoon studeerde voor het toelatingsexamen voor de universiteit en kreeg nog bijles van een gepensioneerde natuurkundeleraar uit de buurt die hem allerlei moeilijke oefeningen liet doen. Die opgaven stonden de bezorgde vader zeer aan, maar ze stemden de jongen zwaarmoedig. Telkens als Mma hem tegenkwam, leek hij elk moment in snikken te kunnen uitbarsten. Het toelatingsexamen voor zijn geneeskundestudie halen was veel belangrijker dan kerst vieren met verre familieleden en beneveld raken door palmwijn, ook al was dit het jaar dat voor hem was uitgekozen om samen met zijn neven eindelijk te worden ingewijd in de overgangsriten die hem tot een man zouden maken. Er zou een groots familiefestijn komen met ontelbare geiten en zakken rijst, genoeg om het hele dorp te spijzen. Iedereen van de familie was teruggekomen, zelfs familieleden die helemaal in Kafanchan en Maiduguri woonden, mensen voor wie de reis naar het oosten te ver was om jaarlijks te maken. 'Ze zullen het wel begrijpen', zei de weduwnaar tegen Mma, alsof hij van haar verwachtte dat ze hem van zijn schuldgevoel afhielp. Mma, die nooit familie had gehad, nabije noch verre verwanten, wist niet wat ze moest zeggen. Alleen omdat ze jaren had getraind om zich te beheersen, om niet zo onbezonnen te zijn als haar moeder, kon ze zich inhouden, lukte het haar om niet tegen de man te brullen dat het haar geen bal kon schelen. Ze keek naar de sombere jongeman voor wie het bezoek naar huis was afgezegd en ze had geen medelijden met hem. Ook toen zijn vader zich beklaagde over het offer dat hij moest brengen, raakte dat haar niet. Door de zin voor traditie, de loyaliteit jegens familie, voelde ze zich eerder nog eenzamer. Ze had te veel met zichzelf te doen om energie te kunnen opbrengen voor andermans problemen.

En dan was er ook nog die onverdraaglijke hitte en tv-programma's die haar niet konden boeien. Er waren geen interessante films op de tv zoals in de dagen daarvoor; de twee bestaande kanalen moesten zo nodig oude westerse musicals heruitzenden. Onuitstaanbaar vond ze die. Volgens Mma waren toneelstukken niet bedoeld om te worden gezongen. En al helemaal niet zo'n stuk met mannen die er als macho's uitzagen.

Om de tv en de warmte van de woonkamer te ontlopen, ging ze op het balkon zitten. Tevergeefs masseerde ze haar slapen om een opkomende hoofdpijn op afstand te houden. Toen legde ze haar hoofd op de balkonreling, met één hand onder haar kin, de andere verstopt in de plooien van haar jurk. In haar hoofd woedde een wervelwind van gedachten die zo snel kwamen aanwaaien en weer vervaagden dat ze er haast duizelig van werd. Het lukte haar niet om zich te concentreren op één welbepaalde gedachte. Ook dat weet ze aan de droom, die rusteloosheid die haar in de ban had. En ze gooide het ook op de droom dat haar gedachten steeds terugkeerden, hoe ver ze ook afdwaalden, naar een bepaalde kast in de keuken.

Ze raapte de *Daily Times* van die dag van de grond en begon zich er lucht mee toe te wuiven. De krant, slap van de hitte, maakte een fladderend geluid terwijl hij voor haar gezicht wapperde. Veel verkoeling leverde het niet op. Het zat haar allemaal niet mee deze maand. Dit soort hitte was abnormaal voor december. Als dit is wat ze bedoelen met de opwarming van de aarde, dacht ze, dan staat ons een boel ellende te wachten. Gisteren had een predikant op de tv gewaarschuwd dat de opwarming van de aarde een voorbode was van het hellevuur. Hij had gezegd dat de wereld het einde elke dag een beetje nadert. Ten slotte zou de wereld uiteenbarsten in één grote vuurbol en zouden de uitverkorenen ten hemel worden gevoerd. Alle anderen waren echter veroordeeld tot eeuwige verdoemenis in de hel, waar ze zouden branden met de duivel, de vader der zonden zelf.

'Dus *ya folks* noemen het de opwarming van de aarde?' vroeg de predikant op de geaffecteerde toon die hem – en anderen als hij – als geslaagde, goed opgeleide pastor van de nieuwe tijd onderscheidde van de waardeloze, aan de deuren bellende, op de stoep prekende, ronddwalende geloofsventers. '*Y'all* noemen dit de opwarming van de aarde? Halleluja!' Hij viste een zakdoek uit zijn broekzak, wendde zich even af van de camera alsof hij verlegen was en wiste het zweet van zijn glimmende voorhoofd.

'Dit is niet de opwarming van de aarde! Nee, meneer, dat is het absoluut niet. Nee, mevrouw, zeker niet. De wereld noemt het misschien wel zo, maar ik zal u vertellen, mevrouw, dat is het echt niet. Ik zeg jullie dat dit het vuur is uit de HEL!' Bij dat 'hel' keek hij recht in de camera, met op zijn gezicht een glimlach die niet echt een glimlach was, alsof hij de draak stak met alle arme drommels voor wie de waarheid over de opwarming van de aarde nog niet was onthuld.

'Op dit moment... ik zeg: op dit moment, NU dus... O, de Heer zij geprezen! Halleluja! Ik herhaal: op dit moment leven wij zoals de mensen ten tijde van Sodom en Gomorra, en dat vuur zal alleen maar *hajder* worden, o ja, steeds *hajder*, totdat wij ons anders gaan gedragen. Halleluja! God zij geprezen! Zeg het met mij: amen! Kom op, laat me een van de geest vervuld amen horen. Halleluja! God lof! God zij geprezen!'

Mma luisterde totdat zijn tongval begon te haperen, toen hij toch weer 'christen' begon te zeggen met een g- en niet met een nette k-klank. Omdat ze het niet meer kon aanhoren, zette ze de tv uit. De tv uitzetten zodat ze de man niet langer zag of hoorde, was eigenlijk een blijk van naastenliefde. Het was een daad die haar onderscheidde van haar moeder, die zich vrolijk zou hebben gemaakt om het onderuitgaan van 's mans pose. Haar moeder zou nooit de kleine tragedie die daarachter school hebben kunnen zien, laat staan dat ze met de man te doen had. Mma wel, Mma kon zich helemaal verplaatsen in de man. Ze voelde hoezeer hij in verlegenheid was, ze merkte op dat hij, naarmate hij geestdriftiger werd, steeds scherper oppaste voor nog meer versprekingen. Totdat ze het niet langer kon aanzien. Haar leven lang had ze zich gegeneerd. Ze wist hoe het voelde, ook al stelde het niet veel voor wat de predikant overkwam. Als haar moeder haar één geschenk had nagelaten – zonder het te beseffen uiteraard –, dan was het een gevoel van saamhorigheid met mensen die leden. Die slachtoffers waren haar échte familie. Niet haar moeder, die er de oorzaak van was dat Mma onderstebovengedachten begon te krijgen én de reden waarom ze nu moest denken aan die gruwelijke film en de vermoorde huishoudster.

Toen ze voor het eerst een onderstebovengedachte kreeg, had ze die uitgesproken. Ze had tegen haar moeder gezegd: 'Ik wou dat je dood was!' Onmiddellijk had haar moeder haar een draai om haar oren gegeven. 'Als ik nog eens van die onderstebovenwoorden van je hoor, maak ik je dood! Is er soms iets mis-mis met je hoofd? Zijn je hersens omgekieperd? *Isi omebili gi?*' Mma, die toen vijftien was, stond versteld van die heftige reactie en holde jankend naar haar slaapkamer. Doorgaans wuifde haar moeder haar venijnige opmerkingen weg, zoals ze dat ook deed met Mma's angsten. Ze dacht dat het vooral het schrikeffect was, het onverwachte ervan dat haar deed huilen, want op je vijftiende, voorzien van alle rondingen op de juiste plaatsen, huilde je toch zeker niet meer vanwege een oorvijg? Maar ze zwoer ook dat haar moeder haar nooit meer aan het huilen zou krijgen.

Ze keek toe hoe een optocht van zwarte mieren over de

muur krioelde en verdween in een bijna onzichtbare spleet. *Wat een leven! Stel je voor, jaloers zijn op mieren! Ik kan niet meer normaal denken met die warmte.*

Met een zucht draaide ze zich naar de lege straat beneden haar. De zon scheen op de geteerde weg. Een auto reed voorbij, langzaam, als zat er een toerist achter het stuur die de verlaten stad eens goed wilde bekijken. Ze kwam bijna in de verleiding om naar de chauffeur te zwaaien, zoals kinderen zwaaien naar passerende auto's en '*bye-bye oo*' roepen naar vreemden. *God, wat saai.* Op je vijfentwintigste zwaai je niet naar vreemden, tenzij je een beroemdheid bent en in dat geval zwaaien vreemde mensen naar jóú en wuif je terug. Maar er was niets anders te doen. Behalve alsnog toegeven en die brieven lezen. Waarom niet?

Toen haar moeder nog leefde, had Mma haar slaapkamer altijd gemeden. Het verraste haar hoe weinig het vertrek was veranderd sinds haar kinderjaren, wanneer ze af en toe naar binnen glipte, bij haar moeder in bed kroop en dicht tegen haar zalig warme lichaam kroop. Haar bed stond nog altijd waar het altijd had gestaan, tegenover de deur. De lakens waren anders, maar wel typisch haar smaak: stippen in felgeel en rood op een groene achtergrond. Een regen van bloemen op een uitgestrekt gazon. Weer een van die schreeuwerige dessins en kleuren waarmee haar moeder zich altijd had omringd. Mma hield meer van effen, ingetogen kleuren die niet de aandacht trokken, zachte, bescheiden tinten beige en bruin die heimelijk met de schaduw versmolten. Dat was ook precies het soort leven dat ze graag had geleid. Op die manier zou het gemakkelijker zijn geweest om vrienden te maken en te houden. Ze zou zich met plezier op de achtergrond hebben gehouden en het initiatief aan anderen overgelaten, zolang haar dat een continu gelukkig leven garandeerde. Maar hoe kalm Mma zich ook hield, haar moeder drong zichzelf - en daarmee ook Mma - altijd op de voorgrond. Met die lach en luide stem van haar kon geen mens haar negeren. Ik hoop dat ze in haar volgende incarnatie met stomheid geslagen zal zijn, dacht Mma hardvochtig.

Ook de notenhouten ladekast stond nog altijd op de vaste plek naast het bed. Er stonden nog flesjes parfum op, die geduldig leken te wachten op het moment dat hun eigenaar zou binnenwalsen om een walm op te sprayen alvorens de deur uit te gaan. Naast de deur stond een enorme mahoniekleurige kast met aan de voorzijde een fries van uitgesneden bloemen en verstrengelde druivenranken. Het was een mooie kast en Mma wist dat het meubel propvol kleren moest zitten. Als kind had ze het heerlijk gevonden om in die kast, in haar moeders kleren te rommelen, puur om het plezier van het rommelen zelf. Wat had ze haar moeder toen betoverend en chic gevonden.

Aan de muur naast de kast bevonden zich de enige recente toevoegingen, twee ingelijste foto's. Het waren foto's van haar moeder die altijd in de woonkamer hadden gehangen. Toen haar moeder was overleden, had Mma ze door Obi laten verhuizen naar de slaapkamer. Ze had zich altijd een beetje overweldigd gevoeld door die levensgrote portretten. In een huis zonder zichtbare mannelijke aanwezigheid zeiden kolossale, ingelijste foto's van een vrouw des te meer over het type dat ze was. Mma had die foto's kunnen vernietigen en ook nu nog, nu haar moeder haar aangrijnsde van een van die portretten - met haar handen koket onder haar kin gevouwen om haar vuurrood gelakte nagels te tonen, met haar prachtige tanden mét spleetje -, wist ze niet meer precies waarom ze dat niet had gedaan. Misschien omdat ze het beeld van een dode niet wilde schenden, wat ze ook voor haar moeder voelde. Weigeren om hun laatste wens in te willigen was één ding, iets anders was het om opzettelijk de beeltenis te vernietigen van een nauwe verwant. Ze wist niet wat ze ermee zou doen als ze verhuisde, want geen haar op haar hoofd piekerde erover die foto's mee te nemen. Misschien liet ze ze wel gewoon hangen hier in de Nenistraat, zodat de nieuwe eigenaar ze kon weggooien. Maar ze had nog tijd. Die beslissing zou ze wel nemen als het zover was, het was nergens voor nodig zich daar nu druk over te maken. Jazeker, tijd genoeg.

Ze keek om zich heen en probeerde niet te denken aan die keren dat ze als kind ontwaakte uit een nachtmerrie en naar haar moeders kamer holde. Als ze dan naast haar was gekropen, de geur van haar rug inademde en haar neus stevig tegen haar moeders zachte rug had gedrukt, was dat genoeg om haar angst te verjagen. Het had geen zin om aan die tijden terug te denken. Een paar mooie herinneringen volstonden niet om een leven van slechte herinneringen te doen vergeten. Het was ook lang niet elke nacht geweest dat haar moeder haar welwillend had opgevangen als zij haar nodig had. Ze herinnerde zich een nacht waarin ze bevend wakker werd uit een boze droom. Haar moeders deur was op slot en hoe lang ze ook voor de deur bleef staan huilen en smeken, haar moeder wilde haar niet binnenlaten.

‘Ga weg, Mma, je bent nu een grote meid. Nergens voor nodig om bij mij in bed te kruipen!’

‘Toe, mammie...’

‘Nee, ga weg, onnozel-onnozel kind.’

‘*Biko*, mammie. Toe, alsjeblieft... Alsjeblieft!’

‘*Mba*. Ga. Weg. Ga-ga. Gek-gek meisje!’

’s Morgens had ze een man op kousenvoeten het huis uit zien glippen, met zijn schoenen in de hand. Hij deed kennelijk de grootste moeite om geen lawaai te maken, om niet gehoord te worden door het kleine meisje, niet beseffend dat hij al was opgemerkt. Ze had haar moeder nooit meer gevraagd of ze bij haar mocht slapen, hoe vreselijk haar nachtmerries ook waren. En het was rond die tijd dat haar moeder begon te klagen dat ze zich als een vreemde schuilhield in hoek-hoekjes.

Was dit een normaal gezin geweest, bedacht Mma, dan had ze de spullen van haar moeder moeten uitzoeken, om vervolgens de dingen die haar dierbaar waren te houden en de rest te verdelen onder haar moeders familie. Haar moeders rode schoenen zou ze om redenen van sentiment zelf hebben gehouden. Voor zover ze wist had haar moeder echter geen familie. Geen zussen om haar opzichtige rokken en bonte, geknoopverfde *boubous* te erven, geen tantes om haar sieraden te erven. En eigenlijk had Mma ook niets sentimenteels met de donkerrode schoenen met hoge hakken die haar moeder haar ‘dansschoenen’ noemde. Misschien maar goed ook dat er geen familie is, dacht ze, want ze kon zich moeilijk voorstellen dat wie dan ook haar moeders voorliefde voor het bonte en drukke zou delen. Haar oorbellen waren groot en opzichtig. Haar broches zagen eruit als kleine folterwerktuigen. Haar moeders smaak voor sieraden neigde naar het groteske. Mma wist zeker dat de hanger die ze droeg toen ze naar het ziekenhuis ging - een langgerekt geval in de vorm van een pijl -, scherp genoeg was om iemand te onthoofden. Niet echt iets wat mensen graag erven. Of ook maar bewaren vanwege een of andere emotionele waarde.

Na haar dood had het ziekenhuis haar die hanger gegeven, samen met haar moeders ringen en armband in een plastic zak. Mma had ze niet eens meegenomen naar huis. Ze had ze gedeponeerd in de bedelnap van een jonge vrouw buiten de ziekenhuispoort. Ze glimlachte bij de herinnering aan de bedelares die ze op de enorme gouden armband zag bijten toen ze omkeek. Hopelijk kon de vrouw die verkopen om wat blikken melk te kopen voor de baby die in een bundeltje op haar rug was gebonden. Mma kon niets met die spullen. En ze weggeven was iets wat haar moeders geest ongetwijfeld woedend zou stemmen. Wel, ze moest maar eens iets voelen van wat ze Mma had aangedaan in haar jeugd.

Mma knielde neer op de vloer en tastte onder het bed naar de doos. Toen ze die tevoorschijn trok, dwarrelde er een wolk stof op waarvan een deel in haar neus belandde, wat haar een niesbui bezorgde. In het stof op het deksel schreef ze haar naam en die van haar vriend en tekende een pijltje tussen beide namen. Nee hoor, hield ze zichzelf voor, ze was heus niet aan het tijdrekken en ze kon dit best aan. Haar moeder kon haar nu geen pijn meer doen. De schoenendoos met brieven was dichtgeplakt met zwart plakband, dat ze alleen met een schaar kon insnijden. Even pakte ze de doos op. Niet het geringste gevoel had ze bij de gedachte aan de vrouw wier brieven erin zaten. Ze zette de doos neer en ging naar de keuken om een schaar te pakken. Ze opende de schaar en gebruikte de punt van een been om het plakband los te snijden. Toen ze het deksel van de doos haalde, werd ze overvallen door een angstig gevoel. Het was dezelfde angst die ze ondervond wanneer ze op een bus naar Lagos stapte – de rijstijl van de chauffeurs maakte haar doodsbenauwd. In een land waar geen maximumsnelheid bestond, vergaten buschauffeurs namelijk dat ze geen vliegtuig bestuurden en ze deden er alles aan om zo hard mogelijk te rijden.

Instinctief wist ze dat er iets zou veranderen in haar leven zodra ze de brieven begon te lezen. Ten goede. Of ten kwade. Ze verwachtte het laatste, en de gedachte dat haar leven er slechter op zou worden stemde haar somber.

Ze plofte neer op het bed en lichtte het deksel op. In de doos lag een stapel losse vellen papier. Het waren geen brieven, zoals ze had vermoed, eerder een soort manuscript. De vellen roken muffig, maar toen ze een stapeltje uit de doos haalde, voelde het papier tot haar verrassing niet broos en oud aan en het was ook niet omgekruld aan de randen zoals bij oude brieven. Nee, het papier was stevig, bood weerstand, was van jeugdige vitaliteit en stond vol haastige krabbels, nu eens in schuin, dan weer in recht handschrift. Soms had het schrijfsel veel weg van kippendrek, zo dicht op elkaar gepakt dat Mma even dacht dat ze er nooit wijs uit zou kunnen worden. De blaadjes hadden hun witheid behouden, dus erg oud konden ze inderdaad niet zijn. De geur was misleidend. Maar het klopte wel, dacht Mma, dat alles wat haar moeder aanraakte iets bezoedelds kreeg, voorbestemd was om te vergaan, ongeacht de leeftijd. Vandaar dat de papieren, die nog niet zo lang geleden waren beschreven, roken alsof ze uit een ander tijdperk stamden. Ze liet de stapel weer in de doos vallen, deed het deksel erop en liep naar de deur. Ze had haar hand al op de deurknop toen ze weer van gedachte veranderde. Ze ging terug, nam het deksel van de doos en haalde er het eerste blad papier uit.

4

De D. Spreek de D overdreven nadrukkelijk uit en het klinkt als een snakkende zucht. De laatste adem die iemand uitblaast klinkt soms ook zo. De D staat voor de dood die zich uit onverwachte hoek aandient. Soms heeft de dood een luchtje. De dood ruikt als het parfum dat haar moeder op haar laatste dag droeg. En ook als *otapiapia* die in je neusgaten dringt. Wist haar moeder dat ze ging sterven? Had ze, toen ze die ochtend een bad nam, gevoeld dat ze sneller ademde en gedacht: dit is mijn laatste bad? Had ze de avond tevoren toen ze naar bed ging stilletjes afscheid genomen van de dingen die haar dierbaar waren? Hoe zou het zijn om te sterven? dacht Mma. Hoe zou het voelen? Is het alsof je zweeft of vliegt? Blik je terug en betreur je het dat je bepaalde dingen niet hebt gedaan? Als dode mensen iets betreuren, als ze een plan niet hebben gerealiseerd - zoals het droomhuis dat nooit werd gebouwd -, dan dolen hun geesten rond op aarde en sterven ze een tweede dood, die erger is dan hun eerste.

De D staat voor 'dood'. De dood is als een dief in de nacht. Ze herinnerde zich dat uit een preek. De voorganger had gezegd dat de dood zijn slachtoffers wegrooft, dat hij hen weerloos naar hun graf sleept. Uit zijn mond had het geklonken of de dood een vingervlugge misdadiger is, van het soort dat een portefeuille uit iemands binnenzak kon stelen zonder dat het slachtoffer er erg in had en de diefstal pas opmerkte wanneer de pleger allang ver weg was - zo'n beetje als de geslepen boef in *Oliver Twist*. Maar haar moeder had zich niet gedragen als iemand die tersluiks was 'weggeroofd'. Hoe meer Mma erover nadacht, hoe meer ze ervan overtuigd raakte dat haar moeder een voorgevoel moet hebben gehad. Sommige mensen hebben dat nu eenmaal.

Obi had haar verteld over zijn grootmoeder, die als jong meisje ging werken bij een familie in een ander dorp. In het huis had ze een kamer moeten delen met de bejaarde moeder van de vrouw des huizes. Het was een kamer met één klein raam die pikdonker was wanneer de kaars 's nachts werd uitgeblazen. 'Mijn grootmoeder zei dat de oude vrouw naar de dood rook. Ze vond het griezelig om nacht na nacht in die kamer te moeten doorbrengen. Op een dag stond de oude vrouw, die nog amper haar bed uit kon, voor zonsopgang op en begon de kamer te vegen. Mijn grootmoeder vertelde dat de stank van de dood die dag zo onverdraaglijk was dat ze de kamer uit holde en in de voortuin ging zitten. Daar zat ze nog altijd onder een boom, toen ze vanuit het huis hoorde gillen dat de vrouw was overleden.'

Mma was ervan overtuigd dat Ezi in haar botten of in de lucht moest hebben gevoeld dat haar dood aanstaande was. Ze gedroeg zich als iemand die wist dat ze op het punt stond te sterven, al besefte Mma dat pas achteraf.

'Zou er iets met me gebeuren, dan wil ik dat je deze leest', had haar moeder gezegd, terwijl ze haar dochter een enorme schoenendoos aanreikte met daarop in koeienletters 'size 41', als was het een merknaam. Mma had nauwelijks opgekeken van de roman die ze aan het lezen was, onderuitgezakt op de sofa in de woonkamer. Niemand zei zoiets, tenzij men wist, zeker wist, dát er iets zou gebeuren. Maar zo had Mma het toen niet bekeken.

'Ik zie jou de hele dag met je neus-neus in de boeken als een professor lees-lezen, wel, hier heb je een heleboel leesvoer waar je een hele tijd mee vooruit kunt.' Haar moeder grinnikte en voegde er toen op serieuze toon aan toe: 'Zou het ergste geval zich voordoen...'

'Kom op, mam, doe niet zo melodramatisch!' had ze gezegd, boos omdat ze in haar lectuur was gestoord. Nu moest ze wel uit haar boek opkijken. Haar duim hield ze op de bladzijde waar ze was gebleven. 'Je wordt niet opgenomen voor een openhartoperatie. Het is je blindedarm maar. Niks "in het ergste geval"!' Niemand was benauwd voor het wegnemen van een blindedarm, zei ze tegen haar moeder. Dat was een klusje dat zelfs de otapiapiaventer kon doen, ondertussen zijn beroemde deuntje – *ife na-ata gi si gi n'aka, o si gi n'aka, o si gi n'aka, chinchi na-ata gi si gi n'aka, onye ata na Chukwu uta. Otapiapia!* – zingend.

Otapiapia maakte alles dood, van bedwantsen tot muizen. Mma probeerde niet te denken aan de venter die haar pas had gevraagd of ze nog altijd last had van ongedierte. Hij ging op vakantie. Of ze extra gif nodig had, opdat ze niet zonder zou zitten zolang hij weg was.

'*Sista*, heb je nog genoeg om het seizoen door te komen?!' Met het hoofd uit het open raampje van zijn bestelbusje had hij hard geroepen, zodat ze hem op haar balkon kon verstaan. Hoewel ze al nee had gezegd, had hij het nogmaals gevraagd.

Het had haar lichtelijk geërgerd dat hij had aangedrongen, hoewel ze hem ervan had verzekerd dat ze nog genoeg gif had. Die irritatie moest op haar gezicht te zien zijn geweest, want met een verontschuldigende glimlach had hij gezegd: 'Natuurlijk. Je hebt je moeder verloren; je hebt wel wat anders om aan te denken.' Maar ze had op dat moment helemaal niet aan haar moeder gedacht. In elk geval niet zoals hij het zich voorstelde.

En nu, terwijl ze in haar moeders kamer op de grond zat, probeerde ze niet te denken aan het witte poeder dat was weggestopt in een hoekje van de keukenkast, ver van de potten rivierkreeft en gemalen meloenzaad. Het spul was even dodelijk voor mensen als voor het ongedierte dat in veel keukens in de stad welig tierde, wat trotse huisvrouwen zich deed doodschamen, want uitgerekend wanneer ze bezoek hadden, vielen er kakkerlakken van het plafond om te belanden op perfect gepermanente kapsels of sprintten er ratten over het tapijt. De arme vrouwen, hun vernedering was peilloos diep.

Ze had de doos niet eens aangepakt, er niet eens naar gekeken toen haar moeder het geval met een plof op de tafel in de woonkamer had gezet. Vervolgens was ze teruggegaan naar haar kamer om zich klaar te maken voor het ziekenhuis, ervan overtuigd dat de krampen die haar dwarsdwarszaten niets ergers waren dan een ontstoken appendix. Mma had zichzelf daar ook van overtuigd, want zoals haar moeder zei: 'Als je te vaak liegt-liegt, begin je zelf te geloven dat het waar is.'

Omdat ze na de dood van haar moeder niet wist wat ze met de doos moest doen, had ze aan Obi gevraagd om die in haar moeders kamer te zetten. 'Stop ze onder het bed', zei ze hem, ook al had hij haar ervan proberen te overtuigen de inhoud te lezen. Dat leek nu een eeuwigheid geleden. En toch was haar moeder nog maar vier weken geleden gestorven.

Potdicht. Patstelling. Prisma. Bij de P laat je lucht ontsnappen. Opgesloten lucht komt vrij. De waarheid was als een prisma. Mma was dertien toen ze er voor het eerst een zag. Haar docent natuurkunde in de tweede klas, de enthousiaste mister Ogene, bijgenaamd Einstein vanwege zijn legendarische wetenschappelijke genie, bracht een blok glas mee naar school dat het meest magische was dat ze ooit had gezien. Het was verpakt in een samengeknoopte zakdoek. Met veel vertoon maakte hij de knopen los, wreef het blok op aan zijn overhemd en liet het toen aan de klas zien. Het geval fonkelde magnifiek. Hij hield het stuk glas in verschillende hoeken omhoog en vroeg de verrukte leerlingen welke kleur het voorwerp volgens hen had. Met zijn donkerbruine baritonstem, die alle tienermeisjes deed smelten, sprak hij vervolgens langzaam: 'De kleuren die een prisma produceert worden veroorzaakt door de veranderende invalshoeken. Zo is het ook met de waarheid. De waarheid heeft verschillende tinten, en welke tint jij waarneemt, hangt af van de hoek vanwaaruit je ernaar kijkt.' Einstein geloofde in het koppelen van wetenschappelijke feiten aan 'de feiten van het leven' om zijn jonge leerlingen geboeid te houden. 'Wetenschap is niet abstract, wetenschap gaat over het leven. Over wat je eet, wat je draagt, hoe je je leven leidt... Wetenschap gaat evengoed over de absurditeit van het leven als over de genoegens ervan', zei hij. Soms snapten zijn pupillen meteen wat hij bedoelde, soms ook niet. Maar Mma's aandacht en die van de meeste klasgenoten dwaalde nooit af. Einsteins lessen bleven haar bij. Nog jaren later kon ze hele zinnen uit zijn lessen letterlijk citeren. Nu ze vijfentwintig was en net haar moeder had verloren, vond ze troost in de woorden van haar vroegere leraar. Als er geen absolute waarheid bestaat, dan zijn er ook geen absolute leugens. En dus had ze niet gelogen. Ze had haar waarheid gewoon een bepaalde tint gegeven en dat had ertoe bijgedragen dat ze de herinnering aan wat ze had gedaan - aan wat ze gedwongen was geweest te doen - naar de diepste bodem van haar hart had verbannen, daar waar die herinnering van licht verstoken was. En daar, in die verborgen krochten opgesloten - zoals vaak gebeurt met geheimen die we ons niet willen herinneren -, vertoefde de herinnering in het gezelschap van andere vergeten zaken: de naam van dat verlegen klasgenootje wier gezicht bijna is verstopt op de klassenfoto; de pop waarmee we elke dag speelden toen we zes waren; een tragedie die we met de grootste moeite hebben geprobeerd te on-onthouden...

Welbeschouwd was ze het allemaal ook bijna vergeten, had ze er nauwelijks nog aan teruggedacht. Totdat de dromen waren begonnen. En toen werd ze gedwongen de warboel in dat donkere deel van haar geheugen te doorzoeken. Om dat geheim tevoorschijn te halen, om het spinrag eraf te vegen, het aandachtig te bekijken en te overwegen wat ze ermee moest aanvangen. (Wat moet je eigenlijk met een geheim waarvan je de waarachtigheid niet meer kunt garanderen? Met een geheim dat, als het eenmaal bekend is, beslist iemands vooruitzichten op een gelukkig leven om zeep helpt?) Het was niet iets wat ze Obi kon vertellen. Eigenlijk kon ze geen enkele persoon bedenken aan wie ze het kon vertellen of zou moeten vertellen. Behalve Obi was er niemand anders die telde. Daar had haar moeder voor gezorgd.

De vellen papier van haar moeder bleken *Mijn memoires – De waarheid over mijn leven* te zijn. Die titel was dubbel onderstreept met rode inkt. Als twee dunne, golvende streepjes bloed.

5

Zwarte inkt danst op papier. Een fel contrast van zwart en wit. Haar moeders schuinschrift een benijdenswaardig kunstwerk. 'Ze leren kinderen niet meer behoorlijk schrijven', had haar moeder vaak geklaagd. 'In onze tijd', zei ze, 'móésten we schuin leren schrijven. Tegenwoordig schrijven kinderen als kippen die maar wat krabbelen-krabbelen in het zand. Er is geen touw aan vast te knopen, aan hun handschrift.'

Mma begon te lezen. Een grote W in elegant schuinschrift vroeg 'Waar?'

Waar beginnen? Waar begin je als je over je leven wilt schrijven? Ik had nooit gedacht dat het moeilijk zou zijn om over mijn leven te schrijven – per slot is het mijn eigen leven. Wie zou er beter over kunnen vertellen dan ikzelf? Maar nu ik ben begonnen, merk ik dat het bijna onmogelijk is om te bepalen waar je begint. Moet ik beginnen bij je geboorte? Hoe dan ook, je bent een deel van mijn leven. In zeker opzicht begon ook alles met jouw geboorte. Als jij niet was gekomen, waren de dingen misschien anders gelopen, had ik misschien andere keuzes gemaakt. Of zou ik toch moeten beginnen bij mijn eigen geboorte? Daar zou mijn vader in elk geval beginnen. Goed, laat ik beginnen bij mijn geboorte. Dat is misschien, eerder dan jouw geboorte, het begin. Het begin-begin.

Ik werd geboren op een zaterdag, als jongste van drie kinderen. Waarom dat belangrijk is? Volgens mijn vader verklaarde dat alles. Waarom ik deed wat ik deed. Waarom ik was zoals ik was. Mijn vader, christen en bijgelovig, weet alles aan de dag waarop ik werd geboren: de laatste scheppingsdag. De dag waarop Hij de dieren schiep. 'Geen wonder dat je bent zoals je bent!' Dat waren de laatste woorden die hij tegen me sprak. Die woorden heb ik al die jaren met me meegedragen en ik heb me soms afgevraagd, hoe raar je dat waarschijnlijk ook in de oren klinkt, of hij niet gelijk had.

Mijn vader zei dat ik me gedroeg als een stier omdat ik tegelijk met de stieren was geschapen. De klei waaruit ik werd geboetseerd, moest van de modder onder de poten van de stieren zijn gekomen.

Mijn moeder, minder christelijk dan mijn vader, weet het aan de luchthartigheid van mijn persoonlijke chi, *mijn persoonlijke god. 'Jouw chi ging lol maken en een borrel drinken op de dag dat je werd gemaakt. Dat is jouw pech. Daarom ben je een kwelling voor me. Mogen je eigen kinderen jou net zoveel ongeluk bezorgen als jij mij hebt bezorgd. Dat is het enige wat ik je toewens als je zo koppig blijft doen.*

Misschien is haar vervloeking uitgekomen. De vervloeking van een moeder is iets vreselijks, zelfs als die vloek niet terecht is. Wat ik had gedaan was heus niet zo erg, zei ik tegen haar. De schuld en de vervloekingen hoorden naar iemand anders te gaan. Niet naar mij.

'Jij hebt de yam en je hebt het mes. Jij bepaalt wie te eten krijgt.' Ze zei het met een beslistheid die geen tegenspraak duldde. Ik ben een beetje als mijn moeder. Als ik een besluit heb genomen, dan is daar geen beweging meer in te krijgen. Mijn besluiten staan als een zuil van massief goud; alleen de hitte van een vuur zou het kunnen doen smelten.

Het lukte haar niet in te zien dat ik noch de yam noch het mes had. Beide waren me uit handen gerukt. Het besluit was voor mij genomen en ik volgde slechts de enige voor mij mogelijke route, temeer omdat ik ook aan jou moest denken. Ik had gehoopt dat ze het zou inzien. Ik had gehoopt dat ook mijn vrienden dat zouden doen. Op het laatst was er alleen Madam Gold nog. Zij was mijn hartsvriendin, ze is me altijd trouw gebleven, loyaler dan een zus. Waar is mijn familie? Waar zijn mijn zus en mijn twee broers? Ze weigerden me te vergeven dat ik hun kansen heb verpest. Dat ik onze ouders ongelukkig heb gemaakt. Dat onze familie door mijn toedoen werd nagewezen. Wanneer je één vinger in de palmolie doopt, wordt de hele hand vies. Jij was niet mijn enige verantwoordelijkheid. Er was ook mijn hele familie nog.

'Je denkt geen moment na over je zus die nog moet trouwen', verweet mijn moeder me. 'Of aan je broers. Je bent een gemeen, boosaardig kind. Boosaardig en zelfzuchtig. Je denkt alleen aan jezelf. Je denkt niet eens aan je baby. Hoe wil je nu een kind grootbrengen zonder een vader? Hoe?' En terwijl ze zo tegen me tekeerging, zag ik hoe ze haar best deed om niet in te storten, niet te huilen. Ze maakte haar hoofddoek vast en dan weer los, klapte almaar in haar handen vlak voor mijn gezicht. Ik was bang dat ze haar zelfbeheersing zou verliezen en me zou slaan. Het kan best zijn dat ik had teruggeslagen en dan zou de hel helemaal zijn losgebarsten.

Toen ze stierf, liet mijn vader me via via weten dat ik me ver uit de buurt van haar begrafenis diende te houden. Ik had haar gedood, luidde de boodschap, en ik was niet uit zijn lendenen voortgekomen. De boodschapper was een zenuwachtige vrouw die weigerde me aan te kijken, als zou ze besmet raken met wat voor ergs ik ook onder de leden had als ze me wel aankeek. Dat ze eruitzag alsof ze aan iets vreselijks leed, vond ik nogal ironisch. Ik vroeg haar nog naar de anderen, naar mijn broers en zus, maar ze holde naar buiten alsof een hond haar op de hielen zat. Ik lachte. En lachte. Soms denk ik aan mijn zus en broers, vraag ik me af waar ze zijn, hoop ik stiekem dat het bericht van mijn dood hun zal spijten en dat ze naar je toe komen. Ik moet er niet aan denken dat ze me helemaal vergeten zijn, dat alle jaren die we als gezin hebben opgetrokken niets meer betekenen vanwege het besluit dat ik destijds heb genomen. Bloed is dikker dan water, zeggen ze wel. Ha! Ik zal je zeggen dat bepaald bloed dunner is dan water. En dat bepaald water zo dik is als slijk. Denk maar aan Madam Gold. Welke zus zou mij al die jaren dichter terzijde hebben kunnen staan? De enige tante die je ooit hebt gekend. Ik wens je een vriendin toe als zij. Een zus als zij. Ze is een geschenk van de goden. Ik weet niet of ik het zonder haar zou hebben gered. Ik zal je vertellen over je andere ooms en tantes.

Je oom Emma is drie jaar jonger dan ik. We noemden hem Sugar Boy omdat hij als kind onophoudelijk suikerklontjes uit de keukenkast pikte. Ik moet er niet aan denken hoe zijn tanden er nu aan toe moeten zijn. Mijn moeder zei altijd tegen hem dat hij als oude man met zijn tanden zou moeten boeten voor al die suiker. Hij was een heel knappe student. De laatste keer dat ik hem zag, was hij net cum laude afgestudeerd in de biochemie aan de universiteit van Ibadan. Hij zal wel een goede baan hebben. Ik kan me Sugar Boy moeilijk voorstellen als iemand van eenenvijftig. Hij zal vast getrouwd zijn en zelf kinderen hebben. Voor mannen is het anders. Van mijn reputatie zal hij geen last hebben gehad. Als hij een goede baan heeft gevonden – en dat zal heus wel het geval zijn –, heeft hij kunnen trouwen met een keurig meisje van goeden huize. Ik vraag me af of hij kinderen heeft. Ik vraag me af of hij aan me denkt. Ik vraag me af of hij hun over mij vertelt. En zo ja, wát hij dan vertelt. Als kleine jongen was hij zo'n beetje altijd bij me in de buurt. Ik vraag me af of hij zijn kinderen dát vertelt.

Je oom Jerry dan. Tja, je oom Jerry... Wat valt er over hem te vertellen? Hij was de benjamin van het gezin. Hij kwam zes jaar na Sugar Boy en bezorgde mijn moeder een extra solide positie in het huis van haar man. Eén zoon is goed, maar twee zoons betekenen een rotsvaste plek als vrouw. Geen mens die dat zal betwisten. Wat Jerry wil, dat krijgt Jerry ook. Zo was het toen wij opgroeiden. Hij was bijna ook mijn baby. Ik weet nog dat ik zijn billen afveegde. Ik herinner me de dag nog dat mijn moeder met hem thuiskwam uit het ziekenhuis. Toen ik hem een vinger toestak, pakte hij die vast om hem niet meer los te laten. Vanaf dat moment werd hij een man. Hij eigende zich de plaats van Sugar Boy toe als mijn trouwe schaduw. Ik verwende hem. Dat deden we allemaal. Jerry was een mooie baby en je kon hem onmogelijk iets weigeren. Maar hij heeft het met geen woord voor me opgenomen. Misschien had hij mijn ouders op andere gedachten kunnen brengen, kunnen voorkomen dat ze me eruit schopten. Maar hij studeerde destijds. Hij was jong en knokte voor een eigen plaats in het leven. Hij studeerde economie aan de universiteit van Ife. Waarschijnlijk werkt hij bij een bank, als hij tenminste op tijd kan opstaan. Mijn moeder moest hem elke morgen zo'n beetje uit zijn bed slépen om naar school te gaan. Soms moest ik hem in bed voeren. Hij was door en door verwend – ik heb medelijden met zijn vrouw. Maar zijn leven zal ook wel normaal zijn verlopen.

Mijn zus heb ik voor het laatst bewaard. Haar mis ik het meest en haar kansen heb ik het grondigst verpest. Daar voel ik me schuldig over. Soms. Het was niet gemakkelijk, neem dat van mij aan, dat was het zeker niet, maar ik moest ook aan jou denken. Het is moeilijk kiezen tussen je dochter en je zus, maar uiteindelijk gaat je eigen kind toch voor. Kelechi is vier jaar jonger dan Sugar Boy. Ze keek naar me op en ik weet dat ik haar heb teleurgesteld. Kelechi is mooi. Mijn moeder noemde haar enenebeejeghiolu *en echt, zelfs toen ze nog jong was, zag je dat ze van het soort schoonheid was dat menige man belet naar zijn werk te gaan. Ze heeft een schoonheidsvlekje boven haar rechteroog en wittere tanden dan je ooit hebt gezien. Maar wat was al die schoonheid waard als zij moest boeten voor mijn zonden? Ik wist wat ik haar hoogstwaarschijnlijk zou aandoen, maar mijn ouders lieten me geen keus. Ik had gehoopt dat mijn moeder het zou begrijpen. Het zou een stuk minder erg zijn geweest als ze me had gesteund, als ik weer thuis had mogen wonen. Misschien had ik er dan nog eens over nagedacht. Misschien was ik dan inderdaad teruggegaan naar Kaduna. Ik weet het niet. Maar in de tussentijd moest ik aan jou denken. Uiteindelijk was het misschien wel goed wat ze deden, dat ze me dwongen om bij mijn besluit te blijven. Want weet je, toen ze me eenmaal uit hun huis hadden gezet, kon ik toch onmogelijk met de staart tussen de benen nog terug naar Kaduna? Hoe had ik dan nog met mezelf kunnen leven? Ik denk niet dat ze hadden verwacht dat ik mijn dreige-*

ment om alleen te gaan wonen zou uitvoeren, dat ik jou alleen zou grootbrengen. Uiteindelijk wisten ze hoeveel ik van Kelechi hield en dat ik ook wel besefte hoezeer mijn besluit van invloed zou zijn op haar reputatie, wat voor hatelijke opmerkingen zij – veel meer dan mijn broers – moest aanhoren, wat potentiële huwelijkskandidaten te horen zouden krijgen. 'O, die familie? Heb je het dan niet gehoord? Het oudste meisje is weg bij haar man. Ze woont alleen met haar dochter. Hm, God mag weten waarom die man haar op straat heeft gezet. Ik zeg niet dat je niet met Kelechi mag trouwen, ooo, ik zeg alleen dat je je ogen eens goed moet uitwrijven, dat je jezelf moet afvragen of je echt deel wilt gaan uitmaken van deze familie. Stel dat ze net zo blijkt te zijn als haar zus? Wat heeft ze misdaan dat haar man haar liet vertrekken? Met een pasgeboren baby nog wel? Luister, ik waarschuw je maar. Alleen een vlieg zonder raadgevers volgt het lijk de grond in. Kom me straks niet zeggen dat je van niets wist. Ik heb gezegd wat ik te zeggen had.'

Soms moeten we in het leven een standpunt innemen en eraan vasthouden. Soms moeten we moeilijke keuzes maken, zelfs als we de mensen die we lief-liefhebben daarmee pijn doen. Ik wil dat dat je altijd zal bijblijven. Als ik je ooit iets heb geleerd, dan wil ik dat het dat is. Ik wil er niet aan denken hoe het me zou zijn vergaan als ik was teruggegaan naar Kaduna. Ongelukkig zou ik zijn geworden. Toch waren er in het begin dagen dat de verleiding zo groot was dat ik ons boeltje pakte, jou opdirkte en naar het park ging om daar een taxi naar Kaduna te nemen. Er was alleen dat stemmetje in mijn hoofd dat onverdraaglijke dingen fluisterde waardoor ik van mijn plan afzag en dat me tegenhield om samen terug te gaan naar de stad die ik had verlaten. Soms kijk ik naar je en vraag ik me af hoe alles voor jou en voor mijzelf zou zijn gelopen als ik mijn plan had uitgevoerd op die dagen dat ik ons beiden aankleedde, als we waren teruggekeerd naar de plek waarvandaan ik was ontsnapt.

Dansende letters op papier. De ene letter voegde zich bij een andere en die bij weer een andere om samen woorden te vormen. Nu eens lijkt het handschrift gespannen. Opgewonden. Kwaad. Dan weer behouden de letters de kalmte die ze in het begin hadden. Woorden op papier. En die woorden vormden verhalen. Mma werd volgestouwd met de geschiedenis die ze aan het opgraven was. Ze had dus grootouders. Tantes. Ooms. Mogelijk ook neven en nichten. Ze was toe aan een whisky. Ze ging naar de keuken, schonk een glas in en dronk het in één slok leeg. Terwijl de whisky aangenaam brandde in haar keel, ging ze terug naar haar moeders slaapkamer en zette ze zich weer aan het lezen.

Ik loog toen ik zei dat ik twee broers en een zus had. Er is er nog een, een jongen. Hij heet Independence, afgekort tot Indy.

Mma snoof. Liegen was zozeer een tweede natuur van haar moeder dat Mma niet eens verrast was. Nog meer familieleden kwamen uit deze papieren gekropen om kennis met haar te maken, bevrijd van haar moeders leugens. Potdicht. Patstelling. Prisma. Pers je lippen samen en laat een volmaakte P vrij.

Maar dit is allemaal wel erg somber. Ik wil wat zon-zon. Een beetje lachen. Even een opklaring in dit droef-droevige verhaal. Memoires hebben altijd wel ergens een vrolijke noot. Zelfs deze. Wat warmte moet ik hebben. Kom, ik voer het tempo wat op en begin bij Enugu. Niet het Enugu dat je kent, Mma, maar het Enugu in de herinneringen van een eenzame vrouw. Enugu was een mooie stad in de jaren tachtig. De mensen hielden picknicks in de parken en gingen op vrijdagavond dansen. Het Polopark werd keurig onderhouden. De gazons waren groen en netjes, niet te vergelijken met de wildernis die het park nu is, met griezels die overal pis-pissen en kinderen die op de terugweg van school lege blikjes en drankkartonnetjes dumpen. Want zo is het nu toch? Nee, vroeger-vroeger toen ik in Enugu kwam wonen, was het Polopark zo schoon dat je er van de grond kon eten. Ik ging er soms met je naartoe zodat je op de schommels en de wip kon spelen. Weet je nog? (Nee.) *Wat is er nu van over? Een draaimolen die het niet meer doet en onkruid waar vroeger bloemen bloeiden. Dat is de ellende met dit land. Wij houden van goede dingen, maar we willen geen moeite doen om ze goed te houden. Staatseigendom is van niemand en dus laten we het rustig wegrotten. Mensen met geld haasten zich naar Londen en Amerika. Ooit was ons land net zo goed als al die buitenlanden. Nu hollen we zelfs weg richting Ghana. En dat terwijl we in de jaren tachtig Ghanese vluchtelingen onderdak boden. Nu heeft zelfs Ghana ons ingehaald. Ghana is ons nieuwe Europa. Jonggetrouwden gaan naar Ghana op huwelijksreis. Oké, ik dwaal af. Begin ik over Ghana en vluchtelingen, terwijl ik je over Enugu ging vertellen. Je had de boetiek van Lobito, waar ik vaak kleren kocht. Lobito is nu dood, doodgeschoten door plunderaars. Volgens sommigen waren het geen dieven maar huurmoordenaars, ingehuurd door een jaloerse concurrent. Niemand weet er het fijne van, maar wat doet het ertoe, hij is dood. Dat is het enige wat nog telt. Iemand stal zijn leven. Of het nu een dief of een moordenaar was, het resultaat is hetzelfde, ja toch?*

Je had me toen moeten zien, in mijn geïmporteerde designkleding van Lobito. Op cocktailparty's had ik altijd veel bekijks. Zelfs wanneer andere vrouwen spottend naar me keken, zat er altijd een zweem van jaloezie in hun grijns, dan zag je wel dat ze wilden zijn als ik. Zo zijn vrouwen toch? Ze willen altijd hebben wat eerst en vooral niet van hen is. Zou dat de natuur zijn, denk je? Jazeker, ze zagen er allemaal best blij en tevreden uit, maar ik wist beter dan de meesten dat huwelijk en geluk vaak niet hand in hand gaan. Die twee zijn als olie en water, behalve in soep, en hoeveel huwelijken zijn als soep?

Mma had uren achtereen gelezen en ze stond pas op toen ze honger kreeg. Omdat ze geen zin had om zelf iets klaar te maken, besloot ze te kiezen voor de enige andere mogelijkheid, Mama-Ekele-met-de-kolossale-boezem. Die vrouw had een eettentje niet ver van haar huis, waar ze gefrituurde yam en heerlijke akaraballetjes verkocht. Mma hoopte dat ze er was, dat ze niet zoals veel andere stadsbewoners in de ban was geraakt van de terug-naar-huismanie. Ze moest iets in haar maag hebben, ze had kracht nodig om verder te kunnen lezen.

6

Mama-Ekele-met-de-kolossale-boezem was er, maar klanten waren er niet te bekennen. De borsten van de vrouw zagen eruit alsof ze alle baby's in Enugu konden voeden zonder ook maar iets van hun volume prijs te geven. Ze schepte er vaak over op dat ze niet alleen haar eigen negen kinderen had gezoogd, maar ook de tweeling van haar nicht. Die nicht, te mager om haar baby's te voeden, had zich tot haar gewend voor hulp. 'Ik voedde drie baby's tegelijkertijd en had nog melk óver!' Ezi had ooit gelachen: 'Dat mens heeft borsten als koeienuiers! Gooit ze die over haar schouders als ze zich doucht?' Mma, die meestal een hekel had aan haar moeders eeuwige gespot met anderen, had weliswaar niet gelachen, maar ze had het beeld best komisch gevonden.

'Goeiedag', zei de vrouw.

'Anya na ibe ya', groette Mma. 'Hoe gaan de zaken?'

'Tja, het is zoals je ziet. Wat mag het zijn?'

'Vier akarabeignets en drie stukken yam.'

'Is dat alles wat je eet? Die jonge meiden van tegenwoordig, altijd maar bezig met hun gewicht. Een vrouw hoort vol te zijn, zodat een man meer beetheeft dan lucht als hij je vastpakt. Hoe wou je een kind voeden met zo'n gewicht? Nou? Toen mijn nicht, een verpleegster in Ngwo, haar eerste baby kreeg...' Al pratend pakte ze een yamswortel naast haar. Met zwoegende boezem sneed ze er behendig een paar schijven af. Ze gooide vier stukken in een kom water en brulde toen een naam. Een van haar negen kinderen vloog tevoorschijn. Ze droeg het meisje op lucifers te halen.

'Ik heb de hele dag nog geen klant gehad', zei ze.

'De morgen is nog jong.'

'Pff. Hoe oud of jong de morgen is, heeft er niks mee te maken. Gisteren zijn er misschien tien, twaalf klanten geweest. Hoe moet ik nu voor kerst kleren en schoenen kopen voor mijn kinderen? En ook geen sprake van geitenvlees. Dit jaar geen *ngwongwo*, niks, geen boutje. Ik vroeg nog aan mijn nicht de verpleegster, die zo mager is als een suikerrietstengel...' Toen ze weer over haar nicht begon, haakte Mma af.

Vanwege de verwijzing naar *ngwongwo* moest Mma denken aan Erinne, die haar had uitgenodigd om de kerstvakantie door te brengen bij haar familie in Ngwo, een dorp niet ver van Enugu. Maar omdat ze al plannen had gemaakt met Obi, had ze de uitnodiging afgeslagen. 'Reken maar dat er een massa ngwongwo zal zijn, *ooo*', had Erinne beloofd in de hoop haar te verleiden met haar lievelingseten. 'Meer geitenkop dan je op kunt.' Nu haar plannen waren veranderd, zou ze alsnog kunnen gaan. Erinne zou dolblij zijn haar weer te zien, maar Mma was bang dat ze misschien was uitgenodigd uit medelijden. Daarbij wist ze dat de familie van Erinne het druk zou hebben met gasten; haar vader was stamhoofd of zoiets. Ook wist ze niet of ze tegenover Erinnes moeder de schijn van de rouwende dochter zou kunnen ophouden. Wanneer er gedachten aan haar moeder kwamen bovendrijven, ging dat niet gepaard met een speciaal liefhebbend of teder gevoel; ze ervoer niet veel meer dan dat er aan alles een einde komt. Dat haar moeder, wier aanwezigheid zo massief had geleken, nu voor eeuwig weg was. Er was geen schuld. Toen ze Erinne had gebeld om te zeggen dat haar moeder dood was, had Erinne haar vriendelijk berispt: 'Wat zeg je dat klinisch. Alsof je een kies hebt laten trekken!' Van de vriendinnen die ze door de jaren heen had gehad, was Erinne de enige tegen wie ze open kon zijn over haar moeder. De moeder van Erinne had de twee meisjes niet tegengehouden om vriendinnen te worden toen ze elkaar op de middelbare school leerden kennen, zelfs niet nadat ze Ezi had ontmoet. Dat was misschien omdat Erinnes moeder buitenlandse was. Ze was afkomstig uit Warri, helemaal in het zuiden, en ze had een lichte gelaatskleur en een neus als een vogelsnavel. Misschien was het omdat ze ver van huis was dat ze zich er niet zo druk om maakte dat haar dochter bevriend was met de dochter van een dubieuze moeder. Wat haar redenen ook waren, Mma was haar dankbaar en alle liefde die mogelijk haar eigen moeder toekwam, had ze van ganser harte geschonken aan de moeder van haar vriendin, die ze met meer oprechtheid 'mama' noemde dan haar eigen moeder.

'Hoe moet ik het dan zeggen, Erinne?'

'Je moet toch wel *iets* voelen! Ze was je moeder. Ze ís je moeder.'

'Hm, jouw moeder is meer moeder voor mij dan zij ooit is geweest. Waarom moet ik dan nu opeens doen alsof, *biko*?'

'Zeg dat soort dingen niet wanneer je met mama praat, *ooo*.'

'Tuurlijk niet, *ooo. I dey craze?*'

Erinnes moeder vond het erg belangrijk dat je je ouders respecteerde. *Maar zij heeft het recht op respect verdiend. Mijn moeder niet.* Niettemin wist ze dat ze toch een beetje – hoe weinig ook – verdriet om het verlies zou moeten veinzen toen ze

Erinnes moeder sprak. En dat was haar gelukt. Maar het zou moeilijk worden om dat langer dan een paar uur vol te houden.

De olie siste en vormde belletjes op de akara en de yam in de frituurpan. Met een gigantische lepel draaide Mama-Ekele-met-de-kolossale-boezem ze om.

'Enne... wanneer is je moeders begrafenis?'

'Ze is al begraven', zei Mma zo droog en scherp als peper. Ze was er zeker van dat de vrouw allang wist dat haar moeder al was begraven. De ambulance met haar lichaam was eerst hun straat ingereden en had daar een korte stop gemaakt, zodat de overledene afscheid kon nemen. Daarna was de auto doorgereden naar de begraafplaats met huilende sirene, opgewonden kinderen hun huizen uit lokkend. Bovendien woonden er op nummer elf veel gezinnen die hun zondagse ontbijt bij Mama-Ekele-met-de-kolossale-boezem haalden en Mma wist zeker dat er dan gekletst werd. De vrouw achter haar frituurpan zocht gewoon naar een aanleiding om Mma een uitbrander te geven, om haar te verwijten dat ze haar moeder snel en geruisloos had begraven als een armoedzaaier, terwijl iedereen wist hoe rijk Ezi was geweest. *Wedden dat ze boos is omdat haar een goed feest door de neus is geboord? Die vrouwen zijn allemaal hetzelfde. Gaf ze om mijn moeder? Nee! Welnee!* Het maakte niet uit hoe je over je moeder dacht, als ze overleed, begroef je haar in stijl. Dan organiseerde je een groots begrafenisfeest voor haar, plunderde je je bankrekening en leende je er zo nodig geld bij om degene wier baarmoeder jou herbergde een waardig afscheid te geven. Je zorgde ervoor dat de mensen aten en dronken tot ze niet meer konden.

Het maakte niet uit wat je naderhand van haar vond, je zou je plicht hebben gedaan. Zo werkten de dingen nu eenmaal. Mma had haar moeder een behoorlijk afscheid ontzegd, hoewel Madam Gold haar had verteld dat zo'n nalatigheid niet onbestraft zou blijven, aangezien de aarde naar wier baarmoeder Ezi terugkeerde per slot ook een vrouw was. 'De natuur vindt wel een manier om wraak te nemen.' Haar woorden waren voor dovemansoren geweest, waren als een echo regelrecht teruggekaatst. Madam Gold mocht het dode lichaam van haar vriendin wassen, ze mocht het aankleden, maar alleen familie besliste hoe ze werd begraven. Mma zag niet in waarom ze zou doen alsof. Waarom oorverdovend janken, waarom vrouwen laten smeken toch alsjeblieft naast haar moeder begraven te worden. Waarom zou ze vrouwen inhuren die huilen tot kunst hadden verheven, professionele rouwklaagsters om te gillen en te blèren - zoals mensen deden die zelf niet hard genoeg konden of wilden huilen. Of waarom ze tot slot een feest zou geven dat minstens twee dagen moest duren. Iedereen wist dat haar moeder haar genoeg geld had nagelaten voor een begrafenis in stijl. Dus als Mma dat niet deed, dan was dat een keuze. Het maakte haar niet uit wat ze van haar dachten. Zich losmaken van haar moeder was het enige wat ze wilde. Dat snapten ze toch wel, die vrouwen die hun dochters verre van Mma's huis hadden gehouden, die hadden gefluisterd over Mma's moeder, die Mma hadden beklaagd om haar lot, dat ze haar moeders dochter was?

De vrouw van het eethuisje zei niets meer. Ze draaide de yamplakken en de akarabeignets nog een laatste keer snel om, schepte ze uit de pan, schudde het teveel aan vet er af en verpakte ze toen in een krant. 'Peper of zout?' vroeg ze bijna tegen haar zin. Dat ze geprikkeld was bleek niet zozeer uit haar stem, maar dat ze het later had gevraagd dan had gemoeten: ze had het moeten vragen vóórdat ze het eten inpakte. 'Nee, dank u', zei Mma. Ze telde wat bankbiljetten uit en betaalde.

Laat die vrouwen hier in de buurt zich met hun eigen zaken bemoeien! Al wandelend vouwde ze de krant met eten open, waarna ze een hap nam van een volmaakt gefrituurde akarabeignet. Daarbij verbrandde ze haast haar tong, maar ze volhardde koppig en liet de hap van de ene wang naar de andere rollen. *Alsof mijn moeder altijd zo aardig was tegen die vrouwen!* Ze nam nog een hete hap. Waarom zagen die mensen niet in dat ze probeerde haar moeder helemaal los te laten, dat ze de wereld wilde laten zien hoe grondig anders ze was dan de vrouw die haar had gebaard? Hoe konden ze zo blind zijn?

Ze liep de trap op, opende de voordeur en knalde die achter zich dicht. Voor het eerst dacht ze na over wat ze had gedaan en ze kwam tot de slotsom dat ze volkomen terecht had gehandeld. Haar voordeur kwam direct uit op het balkon en via het balkon betrad je de woonkamer. Ze ging op een stoel op het balkon zitten, vouwde de krant met het eten open op haar schoot en begon te eten. Woede slokte haar eetlust op, maar ze hield pas op met eten toen alles op was, toen er niets anders restte dan de krant met de olievlekken en de foto van de gouverneur. De olie maakte zijn hoofd transparant, alsof hij een doorzichtige geest was. Mma wilde niet denken aan geesten. Ze rolde de krant op, een handeling waar ze al haar energie in stak, alsof ze iemand wurgde. Pas toen ging ze naar binnen en begaf ze zich linea recta naar haar moeders slaapkamer.

Ze ging op de vloer zitten en merkte dat de stilte haar ontmoedigde. De otapiapiaventer was waarschijnlijk inderdaad op vakantie, besefte ze nu, aangezien hij al een tijdje niet meer 's morgens vroeg zijn ronde deed in zijn open bestelwagen – een Peugeot 404 pick-up –, waarbij hij de hele buurt wakker maakte en de mensen eraan herinnerde dat hij de oplossing voor alle problemen met ongedierte in handen had. Werd een hond in de buurt een bedreiging? Meng dan wat otapiapia door iets te eten en geef hem dat! Bouwen ratten hele burchten in je huis? Strooi dan otapiapia op brood en kijk toe hoe de beesten zich doodeten! Bedwantsen? Otapiapia! Spinnen? Otapiapia! En dan hief hij steevast zijn liedje aan:

Ife na-ata gi si gi n'aka,
o si gi n'aka,
o si gi n'aka,
chinchi na-ata gi si gi n'aka,
onye atana Chukwu uta. Otapiapia!

Zijn stem blèrde uit de luidspreker op het dak van zijn bestelwagen: 'Geef God niet de schuld voor de overlast van ongedierte! Een huishouden zonder otapiapia heeft die ellende helemaal aan zichzelf te wijten. Je hebt je lot in eigen handen.'

Bijna iedereen had dat poeder in huis. Het was dan ook een verbluffend werkzaam goedje. De witheid ervan loste volledig op in voedsel en de reuk ervan – in geconcentreerde vorm behoorlijk sterk – verdween ook nagenoeg helemaal. Daarom hadden beesten die ervan aten niet in de gaten dat ze doodgingen totdat ze lagen te stuiptrekken.

Bij nader inzien stopte Mma de papieren terug in de schoenendoos, deed het deksel erop en liep de kamer uit. Ze ging dansen omdat dansen haar hielp vergeten. De droom zat haar dwars. Haar moeder was op haar toegelopen, één helft van haar gezicht pokdalig, alsof ze vreselijk aan acne had geleden. Geen woord had ze gezegd, ze had alleen staan kijken naar Mma op een lichtjes verontrustende manier. Aan haar voeten had ze rode schoenen, hetzelfde model dat ze droeg toen ze leefde, haar dansschoenen. Haar handen waren helemaal slap, alsof ze waren ontbeend, en ze waren stoffig wit, als bedekt door talkpoeder. Mma herinnerde zich dat ze het poeder rook; de onmiskenbare, verstikkende stank van otapiapia.

Muziek! Muziek! Wat zal ik opzetten? Ze rommelde tussen wat cassettes en koos voor Madonna. Iets snels. Iets dansbaars. Iets lichts. Iets om de somberheid van haar leven even te doen vergeten. Ze zette het geluid harder en begon te draaien en te zwieren, terwijl ze aan niets probeerde te denken. Niet aan haar moeder. Niet aan alle verhalen die ze aan het opdiepen was uit de schoenendoos die ze had geërfd. Haar hoofd stond op barsten, ze moest haar gedachten verzetten. En dit was de enige manier die ze kon verzinnen. Zwieren tot ze alles vergat, zwieren naar een plek waar alleen Madonna en haar blije, zorgeloze stem telden. '*Holiday-hay!*' '*Celebra-hate!*' Langgerekte klinkers om geluk te omsluiten.

En ze danste en danste totdat ze zich uitgeput in de stoel

liet vallen. Ze bedacht hoe anders haar leven zou zijn als ze eenmaal met Obi was getrouwd en zelf kinderen zou krijgen. Er zou structuur in dat leven komen, regelmaat. Ze zouden op vaste tijdstippen eten. Gezond eten zou ze klaarmaken, zorgen voor een brandschone keuken en iets anders vinden ter vervanging van otapiapia als ideaal verdelgingsmiddel. Ze kon de stank ervan niet langer verdragen. Het rook bedorven als de dood. Maar was de dood soms niet iets om naar uit te kijken? Ze wilde niet dat zulke gedachten, die ze met zoveel moeite had omzeild, weer door haar hoofd gingen spoken. Zodra ze één gedachte van dat type binnenliet, glipte er nog een binnen. En nog een. En nog een. En nog een. Tot haar hoofd propvol gedachten was en weer aanvoelde alsof het uiteen zou spatten, alsof haar hersenen elk moment tegen de muren zouden spatten. Ze zette een duim in haar nek en wreef. Ze stond op, draaide het bandje om en begon weer te dansen. Deze keer waren haar bewegingen trager, alsof ze vijftig jaar ouder was geworden in die paar minuten die ze nodig had gehad om haar duistere gedachten op afstand te houden. Haar botten deden pijn. Haar ogen deden pijn. En het hele huis was doorwasemd met die walgelijke, verstikkende lucht van een bepaald wit poeder.

Ze beval haar voeten om almaar sneller te bewegen, ze zette de muziek harder, totdat de muren trilden. De muziek drong haar lichaam binnen, glipte haar neusgaten in en vertroebelde haar blik, zodat er weldra niets anders was behalve die harde, bonzende dreun en de stem van Madonna die schreeuwde: '*If you need a holiday, take some time to celebrate.*' Mma deed haar mond wijd open, zong buiten adem met Madonna mee, sloot haar ogen en herinnerde zich het begin van de onderstebovengedachte niet meer en het einde ervan evenmin. Omdat-omdat. Omdat het nooit was gebeurd.

Ze viel in slaap zonder het te beseffen. Plichtmatig had ze alle handelingen verricht. Ze had haar T-shirt uitgetrokken en opgevouwen (het gele met die olievlek dat ze onmogelijk kon weggooien, maar dat ze alleen droeg als ze in haar eentje thuis was en geen bezoekers verwachtte), was toen uit de bruine korte broek gestapt (waarvan ze niet meer wist waar of wanneer ze die had gekocht) en had haar blauwe nachtjapon van zacht katoen aangedaan (de deftige, die ze droeg als ze alleen sliep). Vervolgens was ze op haar bed gaan liggen met een omslagdoek over zich heen gespreid. Hoe heet het ook was, ze drapeerde altijd een omslagdoek over zich heen als ze ging slapen. Hoe had ze dat allemaal voor elkaar gekregen zonder zich er ook maar iets van te herinneren? Ze wist alleen nog dat ze had gedanst en gedanst tot haar botten week waren geworden. Ze had niet van haar moeder gedroomd, wat op zich een zegen was, maar ze had gedroomd van een witte massa. Ze bevond zich in een kamer vol wit poeder dat boven haar hoofd dwarrelde. Omdat ze er zeker van was dat het talkpoeder was waar ze tot haar knieën in stond, boog ze zich voorover en schepte er een handje van op om het in haar gezicht te wrijven, maar toen het goedje haar neus naderde, werd ze die onmiskenbare lucht gewaar. De reuk overmande haar en haalde haar onderuit. Badend in het zweet werd ze wakker. Terwijl ze sliep was de stroom uitgevallen en dus was de ventilator opgehouden met draaien. Het was zo heet in de kamer dat ze het gevoel had lichtjes te zijn gekookt. Ze voelde zich als moi-moi die langzaam werd gaar gestoomd. Ze trok haar nachtjapon uit en in het donker baande ze zich op de tast een weg naar de badkamer voor een koude douche.

Een van de mooie dingen van rijk zijn, bedacht ze, was dat je genoeg water had om je dat noodzakelijke goed op elk moment van de dag te kunnen veroorloven. Aan de buitenmuur van haar appartement was een tank gemonteerd, zodat ze de kraan maar hoefde open te draaien om water te hebben. Als het regende, werd die tank gratis gevuld. Was het langere tijd droog, dan betaalde ze - zoals haar moeder deed - de waterman om haar tank te vullen. Háár watertank. Van de watervoorziening van overheidswege kon je niet op aan, maar als je je het kon veroorloven, liet je je privétank eens per maand vullen. Ze stond onder haar douche en een tijdlang hoorde ze alleen het rustgevende geluid van stromend water dat haar afkoelde en de geur in haar neus en op haar tong wegspoelde.

7

Moeder. Mammie. Muziek. Mma. *Mamannukwu*. Memoriseren. Je kunt het mmm-geluid niet maken als je je neus dichtknijpt. Ze kon niet ademen met een moeder als Ezi. Wanneer ze bij haar moeder in de buurt was, voelde het soms alsof er watten in haar neus zaten, niet helemaal naar boven geduwd, maar tot halverwege, zoals ze bij het schooltoneel de neusgaten van dode mensen dichtstoppen; niet zo diep dat het kwaad kan, maar toch diep genoeg om je een ongemakkelijk gevoel te bezorgen.

Haar rusteloze blik gleed over de stad en bleef vervolgens rusten op haar binnenplaats, die weids en leeg als een tandeloze mond onder haar gaapte. Nog voordat het huis van haar werd, had ze al het gevoel gehad dat die binnenplaats haar eigendom was. Ze had die plek van meet af aan opgeëist. Vanaf het moment dat ze oud genoeg was om pijn en verdriet te voelen, was dat plein van haar geweest. Hier speelde ze als kind. En later bracht ze er als puber uren door wanneer ze zich even wilde verlossen van haar moeder en haar slaapkamer daartoe onvoldoende ruimte bood. De uitgestrektheid van het binnenplein slokte haar op en bezorgde haar een zeker gevoel van vrijheid. In januari was de binnenplaats vol spelende kinderen, die de buurt verlevendigden met hun uitgelaten vrolijke geroep en even vaak met gejank van pijn: de betonvloer had heel wat geschaafde knieën op zijn conto. Ze had er ook gehinkeld en *suwe* gespeeld, was ook op het beton gevallen, had ook gejankt van pijn. Tegen haar vriend grapte ze vaak dat die betonnen ondergrond doortrokken was van haar bloed en het bloed van tal van kinderen die in het flatgebouw hadden gewoond en die hun knieën en handen erop hadden opengehaald. Er was eens een kind gevallen, met een gebroken tand als gevolg. Dat was het ernstigste letsel dat iemand ooit had opgelopen; alsof die betonvloer iets menselijks had en de kinderen behoedde voor ernstiger letsel, en het beton wilde dat de kinderen zouden terugkomen om te spelen.

De binnenplaats was het decor van een belangrijk deel van haar kinderjaren geweest. Daar had ze de treurigheid ondervonden van geruzie met haar vriendinnen en ook de blijdschap van het bijleggen van akkefietjes. Soms deelde ze er koekjes en snoepjes uit die haar moeder altijd in overvloed in huis had. Haar vriendinnen hadden haar benijd. Hun ouders vonden koekjes en snoepjes geldverspilling en kochten ze daarom nooit. Nu waren al die meisjes weg. Alle vriendinnen met wie ze had gespeeld waren verdwenen. Ze waren verhuisd met hun families, of waren getrouwd en het huis uit. Ze zag hen nagenoeg nooit meer. Geen van hen deed moeite om contact te houden. Ze herinnerde zich dat ze voor één bruiloft was uitgenodigd, maar de manier waarop ze die uitnodiging van Akachi had gekregen, had Mma zo woest gemaakt dat ze niet was gegaan.

Akachi was een van haar beste vriendinnen geweest op de binnenplaats. Toch had ze Mma pas een uitnodiging voor haar bruiloft gegeven in de week van het feest zelf, en dat alleen omdat Mma haar tegen het lijf was gelopen op de markt en haar had gevraagd waar ze al die tijd was gebleven, waarom ze geen contact hadden gehouden, of ze geen zin had om gauw iets af te spreken. Er was een ongemakkelijke stilte gevallen en toen had Akachi gezegd dat ze het zo druk had met de organisatie van haar trouwerij dat ze geen tijd had gehad voor iets anders. 'Maar hier heb je een uitnodiging. Het zou leuk zijn als je erbij kunt zijn', had ze gezegd. Mma had haar willen vragen of ze ook zou zijn uitgenodigd als ze elkaar niet tegen het lijf waren gelopen, maar ze had zich ingehouden. Nergens voor nodig om alles er nog ongemakkelijker op te maken, dacht ze terwijl ze de kaart aanpakte met een afgemeten 'goh, leuk'. Ze had de kaart verscheurd zodra ze thuis was, had niet eens de moeite genomen om naar de naam van de bruidegom te kijken. Zij en Akachi waren hartsvriendinnen geweest, ja toch? Nu vroeg ze zich dat af, was ze daar lang niet meer zo zeker van.

En de andere meisjes met wie ze had gespeeld en geruzied? Wat hadden die al die tijd van haar gevonden? De gedachte kwam in haar op dat ze zich waarschijnlijk verplicht hadden gevoeld om vriendschap met haar te sluiten en aardig tegen haar te zijn, omdat ze haar moeders huurders waren. Ook de koekjes en snoepjes speelden daarbij vermoedelijk een rol. Ze respecteerden haar moeder alleen als huisbaas en haarzelf als dochter van de huisbaas. Na de confrontatie met Akachi waren haar jeugdherinneringen nooit meer helemaal dezelfde. Woorden die waren gezegd en blikken die waren gewisseld tussen haar vriendinnen en hun ouders hadden destijds onschuldig geleken, maar ze kregen nu opeens betekenis. Hun ouders stuurden hen naar buiten om met Mma te spelen, terwijl ze vanachter hun deuren alles scherp in de gaten hielden, om er zeker van te zijn dat hun kinderen geen onwenselijk gedrag van haar zouden overnemen. Je wist immers maar nooit wat voor verdorven gedrag zich schuilhield in het hart van de dochter van zo'n wispelturige vrouw, ook al was die dochter nog maar een klein meisje met zulke onschuldige ogen dat iedereen haar wilde knuffelen. Maar schijn bedriegt. Dat wist iedereen.

Na het buiten spelen ondervroegen die ouders hun kinderen, wilden ze weten wat Mma had gezegd. Hoe ze speelde. Raakte ze soms iemand aan? Ze lieten hun dochters woord voor woord herhalen wat er buiten was gebeurd en ze waarschuwden hen nooit Mma's huis binnen te gaan.

'Hield ze je hand vast? Hoe dan?'

'Gewoon.'

'Hoe gewoon?'

'Heeft ze je dingen verteld?'

'Nee.'

'Helemaal niets? Lieg niet tegen me!'

'Ze zei alleen dat ik altijd bij haar films mocht komen kijken.'

'Ga daar nooit naar binnen, nooit! Als ik hoor dat je bij haar thuis bent geweest, draai ik je oren eraf! Heb je dat begrepen?'

'Ja, mam.'

Deze vrouwen waren bereid respect te tonen voor hun huisbaas, maar er waren grenzen. Wisten zij veel wat Mma's moeder hun kinderen allemaal zou bijbrengen als ze daarbinnen waren? Ze mocht dan hun huisbaas zijn, maar het was wel de deugdzaamheid van hun dochters die op het spel stond. En daar kon je nooit te voorzichtig mee zijn. Als je goede naam naar de maan was, kon je het wel schudden. Dan konden ze een huwelijk met een goede partij wel vergeten. En die moeders hadden plannen met hun dochters: hen netjes grootbrengen en dan hopen dat een keurige jongeman met een goede baan zou toehappen. Ze wilden de schoonmoeder worden van een man die waardering zou tonen voor alle moeite die ze zich hadden getroost om hun dochters op te voeden tot fatsoenlijke vrouwen. En als hij geld had, zou hij ook hen verwennen. Wat had je nu aan een dochter als je haar liet bederven door een andere vrouw?

Ook buiten hun wijk kreeg Mma vriendinnen. Haar schoonheid en ruime zakgeld maakten haar populair, maar die vriendschappen waren maar zelden van blijvende aard. Ze verzamelde hen om zich heen en gaf veel om hen, maar dan glipten ze door haar vingers weg zoals de kralen van een kapotgetrokken armband. Opeens waren ze verdwenen, alsof ze zich zo goed verstopten dat ze hen niet meer kon vinden. Hoe lief en knap en royaal Mma ook was, na verloop van enige tijd begonnen nieuwe vriendinnen haar te ontlopen, gingen ze excuses verzinnen waarom ze niet meer naar haar huis konden komen, mompelden ze nerveus iets wanneer Mma opperde dat ze dan misschien naar hún huis zou kunnen komen, dat haar moeder haar op zaterdag best kon brengen.

Wanneer hun moeders hen afzetten om bij Mma thuis te spelen, wilden ze natuurlijk kennismaken met Mma's moeder, even een gesprekje met haar aanknopen om erachter te komen bij wat voor gezin hun dochter over de vloer kwam. Dat was heel normaal. Vrouwen met zoons konden wat inschikkelijker zijn, maar met dochters kon je niet voorzichtig genoeg zijn. Een dochter klemde je aan je borst, je smoorde elk verlangen dat ze mogelijk koesterde, je stopte hen in het keurslijf van deftige beha's en je hield scherp in de gaten met welke mensen ze optrokken. In het belang van hun dochters stelden vrouwen Mma's moeder soms niet al te subtiele vragen. En openhartig als ze was, waren haar antwoorden evenmin erg subtiel.

Rammelend met autosleutels en lief glimlachend vroeg zo'n moeder: 'Dus Mma's vader is aan het werk?' Een en al beminnelijkheid.

'Nee, ze heeft geen vader. We zijn slechts met ons tweeën', antwoordde ze dan met een open gezicht. Geen glimlach. Geen dubbele woordjes. Geen 'vader-vader' om minder ernstig te klinken.

'O, hij is wijlen?' Het klonk niet zozeer als een vraag, maar eerder als een nuchtere constatering. Als Mma geen vader had en als de moeder dat zo terloops kon zeggen, dan moest dat wel betekenen dat hij dood was. Arm kind.

Al even wrang als onomwonden zei Ezi dan: 'Ik weet niet of hij leeft of dood is, en eerlijk gezegd kan me dat ook niet schelen. Nog een glas water?'

Onrustig begonnen die moeders dan te schuiven op hun stoel, als werden ze belaagd door stekende mieren. Hun ogen onderzochten de woonkamer, werden alle luxe gewaar en kwamen dan tot de enige logische conclusie. Dan maakten ze aanstalten om op te staan, schraapten ze hun keel met een kuchje en zeiden: 'O jee, helemaal vergeten dat mijn man de auto straks nodig heeft! Ik vrees dat dat spelen voor een ander keertje zal zijn. Bedankt voor het drankje, hoor!' Dan sleepten ze hun dochters mee terug naar de veiligheid en de fatsoenlijkheid van hun huis, en de net ontluikende vriendschap werd in de kiem gesmoord. Terwijl Mma misselijk was van ellende, lachte haar moeder en grapte ze dat ze de auto's van de vrouwen met gierende banden hoorde wegscheuren om op zoek te gaan naar geschiktere speelkameraadjes voor hun teerbeminde dochters.

'Duivelsgebroed', lachte ze dan, terwijl ze Mma een kneepje in haar wang gaf. 'Dat soort vriendinnen kun je missen als kiespijn, baby-baby. Als ze jou niet willen, hoeven wij hen niet.' Vervolgens greep ze een eigenschap aan van de juist vertrokken moeder of haar kind om er de spot mee te drijven. 'Hemel, wat een gezicht had dat mens! Ze leek wel een *ekpo*-masker.' Of: 'Wat heeft dat kind een vreselijke stem. Kwek-kwek-kwek. Net een eend! Waarom zou je bevriend zijn met zo'n meisje dat de hele dag loopt te kwaak-kwaken.' Of: 'Zag je hoe lomp die ene liep, net alsof ze van achteren werd geduwd. Ze verdient jou niet als vriendin, baby-baby. Hoorde je die auto wegscheuren? Ze kon niet gauw genoeg van ons af zijn, dat stomme mens!' lachte ze.

Mma vertikte het om met die hese lach mee te lachen. Als kind al verstond ze de kunst - zonder zich er echt van bewust te zijn - om volstrekt het tegenovergestelde van haar moeder te zijn. Was de lach van haar moeder tomeloos en luidruchtig, die van Mma was schuchter, een soort gniffel hooguit. Klonk de stem van haar moeder zo luid dat het moeilijk was uit te maken of ze nu schreeuwde of op conversatietoon sprak, de stem van Mma was zacht en ingetogen. Had haar moeder vooral oog voor de zwakke plekken en onvolkomenheden van mensen, voor het krasje dat afbreuk deed aan iemands verschijning, Mma focuste juist op iemands sterke punten, zag vooral het mooie in mensen. Haar moeder lachte om de meisjes die bij haar op bezoek kwamen en om de moeders die hen vrijwel meteen weer wegsleepten, terwijl Mma ziek was van verdriet en walgde van haar moeder, die haar pijn totaal niet leek te zien. Of sterker nog, die zelfs genoegen leek te scheppen in de ellende van haar dochter. Was haar moeders stelregel dat mannen onbelangrijk waren, Mma vond mannen onontbeerlijk en als ze één wens had, dan was het dat ze later niet het eenzame leven van haar moeder zou leiden. Haar moeder vond dat ze gek was. 'Jij gekkiegekkie, mannen zijn de moeite niet waard.'

Toen Mma oud genoeg werd om vrienden te hebben die niet naar huis gebracht hoefden te worden of afgezet door een overvoorzichtige ouder, was ze er zeker van dat haar problemen van de baan waren. Haar nieuwe vriendinnen zouden haar beoordelen op haar eigen merites en niet naar die van haar moeder. Het duurde niet lang totdat ze doorkreeg hoe mis ze het had, dat ze ontdekte dat overvoorzichtige ouders ook overvoorzichtige jonge meisjes opleverden die niet de indruk wekten erg graag met haar bevriend te blijven zodra ze in de gaten hadden wat voor moeder ze had, meisjes die op het punt stonden vrouw te worden en die zenuwachtig werden als er mogelijk iets schortte aan de achtergrond van de meisjes met wie ze omgingen. Een slecht nest stonk en ze wilden niet in die stank delen. Zulke meisjes wilden het juiste soort mannen aantrekken en bij Mma's deur vertoonde zich het juiste soort niet. Enugu was te klein - de reputatie van meisjes kon in het geding komen als ze werden gezien in een huis met een slechte naam. Mma probeerde het hun niet kwalijk te nemen. Ze wist dat ze bang waren voor wat er van haar zou worden, want al met al was ze wel de dochter van haar moeder. En zoals iedereen wist, was prostitutie, net als een criminele aanleg, vaak erfelijk bepaald. Mma leerde om nieuwe vriendinnen, ongeacht wat ze vermoedden, weg te houden van haar huis. Zo was het veiliger.

Als ze eenmaal naar een nieuwe stad verhuisde, zou ze nieuwe vrienden kunnen maken die niets zouden weten van haar verleden. Vrienden die haar niet zouden beoordelen op basis van haar geschiedenis, want die geschiedenis zou eruitzien zoals zij en haar vriend het wilden. Voor het eerst in haar leven zou ze mensen recht aankijken en zeggen: 'Ik ben Mma. Ik ben een fatsoenlijke jonge vrouw.' En er zou geen Ezi zijn die zich verstopte in de schaduw, die het moment afwachtte om weer ten tonele te verschijnen om haar goede naam aan te tasten. Misschien zou ze zich wel aansluiten bij een kerk. Dat was wel het meest sprekende blijk van fatsoenlijkheid. Ze zou in het koor gaan zingen, hulpkosteres worden, de wereld tonen hoe vroom ze was. Ouders zouden elkaar in de haren vliegen om hun kinderen maar vriendjes te laten worden met de hare. Misschien zou ze zich wel aanmelden voor zo'n schriftelijke cursus van het Bijbelgenootschap en pastor worden. Pastor Mma! Hmm, dat klonk niet slecht. Ze zou zo ongeveer de hele Bijbel in de vingers hebben, voor elke gelegenheid de perfecte Bijbeltekst citeren; parochianen zouden in groten getale naar haar toe komen met problemen en zij zou raad geven en hun het licht doen zien. Men zou haar zien als een rechtschapen vrouw en niemand zou ooit haar deugdzaamheid in twijfel trekken. Haar vroomheid zou in lichtvlekken van haar voorhoofd spatten en de mensen zouden haar hand willen aanraken, door haar gezegend willen worden, haar vragen voor hen te bidden. Er zou geen smetje op haar te vinden zijn, geen enkel bedenkelijk puntje.

Haar kinderen zouden de waarheid over hun grootmoeder nooit te weten komen. Helemaal niets. Ze zou niet toestaan dat haar kinderen ook over hun grootmoeder oordeelden. Nergens voor nodig. Ze zou alleen vertellen dat ze mooi was, want dat was de enige waarheid die ze bereid was te onthullen.

Haar moeder was een van de mooiste vrouwen die ze ooit had gezien. Haar schoonheid straalde van de ingelijste foto die tot haar dood in de woonkamer had gehangen: een niet te korte, niet te lange vrouw met plateauzolen en een jurk tot net boven de knie. Haar vlechten reiken tot haar schouders en haar glimlach onthult hagelwitte tanden met spleetjes ertussen - toch kan zelfs die glimlach een zekere verbeten trek rond haar mond niet verbergen. Haar teint is die van fris en egaal gevernist hout. Mma's moeder had vaak verteld dat haar bijnaam *omuma awu aru* was, 'zij die een bad neemt gewoon omdat-omdat'. Ze was zo knap dat ze geen baden hoefde te nemen. Ze was zich zo bewust van haar eigen schoonheid dat het Mma in verlegenheid bracht. Dat haar moeder voortdurend verwees naar haar eigen schoonheid beschouwde ze als een zoveelste bewijs van haar wulpsheid. Toch was Mma stiekem blij dat ze haar moeders schoonheid had geërfd, want het viel niet te ontkennen dat de twee vrouwen identiek waren. Mensen merkten vaak bij een eerste kennismaking op dat ze als twee druppels water op elkaar leken.

Het was die spectaculaire uiterlijke gelijkenis die ertoe bijdroeg dat Mma vreesde dat ze misschien ook in andere opzichten identiek aan haar moeder zou worden als ze niet goed op haar tellen paste. Daarom meed ze haar moeder, weigerde ze televisie met haar te kijken of haar gezelschap te houden terwijl ze kookte. En zo wachtte ze geduldig de dag af waarop ze het huis uit zou kunnen. Haar plan was om af te studeren, een baan te vinden en onafhankelijk te worden. Ze was inderdaad afgestudeerd, maar een baan vinden was moeilijker dan ze had verwacht. Ze had niet de vooruitziende blik gehad om een diploma te halen in een praktische studierichting die haar gegarandeerd een baan zou opleveren. Ze had haar hart gevolgd en in vier jaar tijd de toneelschool afgerond. Ze had gespeeld in *The Trials of Brother Jero* van Wole Soyinka, waarin ze haar rol als de vrouw van Jero meer leven had ingeblazen dan ooit iemand vóór haar op het podium van het universiteitstheater had gedaan, maar zelfs dat wapenfeit op haar cv had haar geen telefoontje opgeleverd van de Nollywoodregisseur met wie ze het liefst wilde werken. En dan te bedenken dat het in Nollywood wemelde van middelmatige actrices die je, alleen maar door naar hun spel te kijken, een spontane huilbui bezorgden. Al die actrices die hun tekst vergaten en spraken met een afschuwelijk geaffecteerde tongval. Ze had meer in haar mars dan al die aanstelsters bij elkaar. Ze wist zeker dat ze nooit naar de toneelschool waren geweest of speeltechnieken hadden bestudeerd. Dat kón gewoon niet, als je zag hoe bespottelijk bewust ze zich waren van de camera. Ze wilde niet eens zo groot zijn als Geneviève of Omotola, zo eerzuchtig was ze niet, het enige wat ze wilde, was een kans om te laten zien hoe goed ze op tv zou kunnen zijn. Een kans om haar moeder te tonen dat ze op eigen benen kon staan. Iemand die zo goed acteerde op het podium, zou zeker in staat zijn zelfstandig een film te dragen. Ze vroeg zich af of haar moeder zich ook maar enigszins bewust was geweest van haar dromen.

Ha. Aha. De H van 'herinneringen'. Als het ware ónder alles wat ze zich herinnerde, bewaarde Mma uit haar kindertijd een haarscherpe herinnering aan haar moeder. Ze herinnerde zich een niet te korte, niet te lange vrouw in een veelkleurige, wijde boubou, die in haar handen klapte en uitbundig danste op een hitje; Mma wist niet meer welk nummer. De muziek stond hard genoeg om het geklap te overstemmen, waardoor het was alsof haar moeder niet echt klapte. De vrouw droeg schoenen die zo glimmend rood waren dat er vonken uit leken te spatten wanneer ze op de vloer stampte. Als een zich openende parachute bolde de boubou op rond haar taille. Mma wist nog dat ze zich op dat moment probeerde voor te stellen dat de boubouparachute helemaal open zou gaan en haar moeder spiraalsgewijs de hemel in zou sturen, waarbij er vonken vuur uit haar voeten zouden spatten. Op het gezicht van haar moeder was een brede glimlach te zien, zo breed dat haar gezicht niets anders leek: één grote glimlach die al het andere opslokte, zodat je haar ogen en neus, zelfs haar oren niet kon zien. Het was de glimlach die Mma steeds zag wanneer die herinnering weer bij haar opkwam.

'*Ngwa*, dans-dans', zei ze tegen Mma.

En Mma, die zich toch al doodschaamde voor haar moeders zwierigheid (al zou het een paar jaar duren voor ze begreep waarom) en die zich ook groen en geel ergerde aan dat babytaaltje, schudde haar hoofd. Behoorlijk kwaad was ze op dat moment op haar moeder.

'Nee-nee? Toe, lieverdje, kom en dans-dans met mama-mama', zei haar moeder, met die reuzenglimlach die geen moment verflauwde en die haar ogen en neus nagenoeg weg-drukte in een niet-bestaan. Ze strekte haar armen uit om Mma van de bank te trekken, maar Mma zonk nog dieper weg in de kussens, alsof ze het liefst zou opgaan in het velours.

'Sta op, sta op en dans-dans met je mama-mama.'

Mma zei nee, ze wilde niet dansen en bleef met haar pop in één hand op de bank zitten als een kind bij iemand anders thuis, dat door haar moeder in de gaten wordt gehouden en dat probeert zich netjes te gedragen. Soms voelde ze zich een vreemde in haar eigen huis, wat haar ooit kwam te staan op een fikse uitbrander van haar moeder: 'Je houdt je schuil in hoek-hoekjes alsof je hier alleen maar op bezoek-bezoek bent.'

Haar moeder draaide haar de rug toe, griste met één hand de rokken van haar boubou bijeen zodat haar dijen te zien waren, draaide met haar achterste, gooide een been omhoog en zette dat been weer met zoveel kracht op de grond dat het was alsof ze een boom plantte, een boomstam weer verbond met zijn wortels. Mma was ervan overtuigd dat haar moeder zo massief en onverzettelijk was dat niets of niemand haar kon verplaatsen, zelfs de dood niet. (Dat was natuurlijk voordat ze onderstebovengedachten begon te krijgen.)

De *mamannukwu* van Ogochukwu-van-hieronder was toen op bezoek. De oude vrouw had zakken vol verhalen en fruit, goudkleurige cacao, donkerpaarse peren en vuistgrote groene guaves meegebracht. En ook nog zo'n zuurzak met een groene bobbelige schil die deed denken aan een babydinosaurus. Mma wilde dat háár grootmoeder ook op bezoek kwam.

'Wanneer komt mijn eigen mamannukwu eens op bezoek?'

'Buiten ons tweetjes is er niemand, baby-baby', antwoordde haar moeder, waarna ze het dansen even onderbrak om haar dochter een snelle knuffel te geven. 'Alleen baby-baby en haar mama-mama. Geen mamannukwu.'

'Maar waar is mijn eigen mamannukwu?' Mma wurmde zich uit haar moeders omhelzing. Iedereen had toch zeker een mamannukwu, ergens weggestopt op het platteland? Waar precies, dat wist Mma niet zeker, aangezien ze al haar hele leven in Enugu had gewoond en nooit met haar moeder op gezette tijden 'naar huis' was gereisd zoals andere kinderen die ze kende. Maar dat was niet zo'n punt. Mma raakte er steeds meer van overtuigd dat ieder kind twee dingen moest hebben, net als billen, die onmisbaar waren om gelukkig te zijn: een dorp met daarin een grootmoeder.

Alle kinderen hadden het altijd over hun oma's, of ze nu vaak op bezoek kwamen of niet, maar Ogochukwu-vanhieronder was onuitstaanbaar geworden sinds haar grootmoeder uit Ezinifite op bezoek was. De laatste dagen had ze de irritante gewoonte om elke zin te beginnen met 'Mamannukwu *m* zei...' of 'Mamannukwu *m* deed...' Haar oma vertelde haar elke avond verhalen en soms was Ogochukwu zo gul om die verhalen met de andere kinderen te delen (bijvoorbeeld dat verhaal van de boze stiefmoeder met het enge lachje, dat Mma later op haar moeder zou plakken). Maar als Ogochukwu vertelde, gaf ze de andere kinderen altijd duidelijk te verstaan dat ze de mooiste verhalen voor zichzelf hield, zoals een onbeleefde gastvrouw die de sappigste stukken vlees voor zichzelf reserveert. Toen ze haar smeekten nog iets te vertellen, zei ze cryptisch als een volwassene: 'Denk je soms dat verhalen aan de bomen groeien?' En voordat de kinderen konden bedenken wat ze bedoelde, vroeg ze snel met een welwillende glimlach: 'Vonden jullie het een mooi verhaal?'

'Nou en of!' brulden de vier kinderen die op de binnenplaats om haar heen zaten. Ze hadden het schitterend gevonden en ontzettend gelachen toen Schildpad alle veren verloor die hij had geleend en zo uit de hemel naar beneden kukelde. Ze hoopten dat hun gegil voldoende garantie was voor nog een verhaaltje.

'Dus jullie vinden dit al prachtig? Hmm, het verhaal dat ze me eergisteravond vertelde was nog stukken beter.' Zo pestte ze haar vriendinnetjes met kennis die ze niet met hen wilde delen en lachte ze wanneer ze haar smeekten niet zo gemeen te zijn en hun dat ene verhaal ook te vertellen.

'Toe, vertel, *biko nu.*'

'Nee. Dat verhaal is voor mij. Denken jullie soms dat verhalen aan de bomen groeien? Dat je ze zomaar kunt plukken, voor niks?'

Op een dag, toen ze het smeken en vernederd worden beu waren, zei een van de kinderen: 'Wacht maar tot mijn eigen mamannukwu komt. Die gaat me veel betere verhalen vertellen dan de jouwe. Jouw oma is een prutsvertelster die waggelt als een eend met drie poten en ze stinkt als een beerput.'

'En ik weet zeker dat jouw grootmoeder een heks is met haren op haar kin en zonder tanden. En ze heeft een vuile en stinkende mond, net als jij. Ik geef je nooit meer cacao of verhalen van mijn mamannukwu!' En Ogochukwu maakte zich stampend uit de voeten en bij Mma werd het verlangen naar een eigen grootmoeder, dat tot nu toe slechts een knagend, jaloers gevoel was geweest, dringend en heftig. Mma holde naar haar moeder.

Het kon haar niet schelen of zo'n oma waggelde als een eend of geen tanden had (al zou het natuurlijk beter zijn als ze perfect was en niet stonk; de mamannukwu van Ogochukwu-van-hieronder had inderdaad een naar luchtje om zich heen). Het voornaamste was dat die oma haar het voorrecht zou bezorgen om te zeggen 'Mamannukwu *m* zei...', dat ze het aangeboren talent van alle grootmoeders had om verhalen te vertellen en zakken cacao meebracht en van die zalige guaves van het formaat dat je in heel Enugu nooit zou kunnen vinden. Mma had zich namelijk ingebeeld dat alle grootmoeders in een of ander exotisch buitengebied woonden waar ze allemaal naar hartenlust beschikten over cacao en guaves ter grootte van een mannenvuist.

Maar Mma's moeder bleef dansen, de hakken van haar fonkelend rode schoenen wegzinkend in het tapijt. Het dringende karakter van haar dochters vraag ontging haar. Mma was zo boos omdat haar moeder het allemaal niet scheen te begrijpen. Hoe kon ze nu glimlachen en ronddansen terwijl haar dochter leed?

'Kom, dans-dans met je mammie-mammie.'

En Mma – hoe oud was ze toen eigenlijk? – had geweigerd en troost gezocht bij haar pop, door haar hoofd te begraven in het touwachtige poppenhaar en de poppengeur op te snuiven. Goh, waar was die pop eigenlijk gebleven? Ze kon zich niet herinneren haar ooit kwijt te zijn geraakt. Het was alsof die pop er de ene dag nog was geweest en de volgende dag opeens was weggeglipt. Zoals zoveel dingen in haar leven.

Maar ze had wél een grootmoeder. Ze had wél een mamannukwu die op bezoek had kunnen komen en met wie ze had kunnen opscheppen. Zoals met al die andere dingen had haar moeder tot na haar dood het bestaan van die oma verborgen gehouden. Stel dat ze het had vertikt om die papieren te lezen – uiteindelijk was het ook nooit haar bedoeling geweest ze te lezen –, dan zou haar moeder haar nota bene ook hebben weggehouden van haar éígen levensgeschiedenis. Wat ben je voor vrouw als je dat je bloedeigen dochter aandoet? Maar wat voor dochter ben ik eigenlijk, dacht ze toen onwillekeurig.

Sommige dingen waren het niet waard herinnerd te worden. Waarom had haar moeder ervoor gekozen sommige herinneringen op papier te zetten en andere niet? En van de episodes die ze niet had opgeschreven, opzettelijk of uit vergeetachtigheid, zou Mma nooit weet hebben. Ze wilde niet denken aan de geschiedenis waarvan ze niets af wist, omdat de geschiedenis die ze nu aan het onthullen was, al onverdraaglijk voor haar was.

Op de derde dag had ze gelezen over mannen in blinkende auto's en getrouwde minnaars. Het appartement in de Nenistraat was een geschenk van een getrouwde minnaar, die altijd zwoer dat hij met Ezi getrouwd zou zijn als hij moslim was geweest en dat hij Mma zou hebben opgevoed als zijn eigen dochter. Hij had haar het huis gegeven, zodat het hun liefdesnest kon worden. Hij hield er niet van om hotels binnen te sluipen voor een paar uurtjes plezier. Daarvoor was hij te groot en zij was er te goed voor. De gedachte om roomservice te laten komen als ze honger hadden gekregen van het vrijen, stond hem niet aan. Hier was een keuken zodat Ezi kon koken, terwijl hij speelde met Mma en erover fantaseerde dat hij voor de rest van zijn leven zo zou leven. Het appartement dat ze bewoonden had genoeg kamers. Eén kamer voor hem en Ezi wanneer hij op bezoek kwam, en nog een kamer voor Mma en eventueel een kindermeisje. Maar ze had het huis gekregen op één voorwaarde: ze moest exclusief van hem zijn. Een tijdlang had ze zich daartegen verzet. De vrijheid die gepaard ging met het juist *niet* exclusief van iemand te zijn, beviel haar veel te goed.

Mma herinnerde zich de man. Hij kwam minstens drie dagen per week over de vloer. Hij liep zonder hemd door het huis, met een omslagdoek rond zijn middel zoals vaders deden. Lange tijd had Mma ook gedacht dat hij haar vader was. Hij kneep haar in haar wangen en gaf haar snoepjes en kleurboeken en andere cadeautjes. Hij tilde haar op zijn schouders, speelde met haar en noemde haar 'Little Madam'. De enige keren dat ze niet dol op hem was, was wanneer hij bleef slapen en zij moest wegblijven uit haar moeders kamer.

Ergens in haar kinderjaren verdween de man uit hun leven. Ze had hem een tijdlang gemist en ze had haar moeder gevraagd wanneer hij weer eens op bezoek kwam, maar in plaats van te antwoorden had haar moeder een beklemmende stilte laten vallen totdat Mma het niet meer kon verdragen en de kamer verliet. Als haar moeder al antwoordde, was het om te zeggen dat Mma zich niet moest bemoeien met de zaken van grote mensen, dat kinderen bezig-bezig moesten zijn met spel-spelletjes. Mma wist dat ze beter niet in discussie kon gaan met haar moeder en daarom hield ze haar teleurstelling voor zich. Ze herinnerde zich dat ze dagenlang rondliep met het gevoel dat er een gat in haar hart zat waar zand uit stroomde, al die tijd wachtend op het moment dat de man die ze zo graag als vader had gehad weer voor hun deur stond. Geen andere man kon als vervanger aan hem tippen. Nu vroeg ze zich af wat er met hem was gebeurd en of haar moeders 'memoires' meer duidelijkheid over hem zouden verschaffen.

Mma begon nieuwsgierig naar haar vader te worden toen ze voor het eerst naar school ging. Daar hadden haar klasgenootjes het over hun vaders en wat die deden. Voor een spreekbeurt in de eerste klas bracht Mmeri een wapenstok mee naar school en ze vertelde over haar vader, die politieman was. 'Hij is de beste politieman in de hele wereld en hij achtervolgt dieven en die slaat hij met deze knuppel op hun kop.' Iedereen was onder de indruk geweest van Mmeri's verhaal en ze hadden met grote ogen geluisterd toen ze sprak over de heldendaden van haar vader en vertelde dat hij voor geen enkele schurk bang was, zelfs niet voor de gevreesde Anini. 'Als hij hem vangt, zegt mijn papa, slaat hij hem met zijn knuppel op zijn kop zodat hij nooit meer zal stelen!' Iedereen had voor haar geklapt en voor haar politieman-vader, die Anini zou vangen en hem heel wat klappen op zijn kop zou verkopen: één mep voor elke roofoverval waarbij hij betrokken was geweest.

Toen Mma aan de beurt was, had ze het gehad over Amaka, haar pop met een plastic gezicht en lang, glanzend haar. Ze kon niet praten over een vader van wie ze niets wist.

Zelfs degenen wier vader dood was, wisten wie hij was of wat voor werk hij had gedaan. Ze hadden eigen herinneringen of deelden die van hun moeders en ze spraken over hun vaders met een genegenheid die Mma jaloers maakte en die haar vervulde met verlangen.

Toen Mma haar moeder vroeg wie haar vader was, had ze kortaf geantwoord: 'Jij hebt geen vader.' Dat was natuurlijk geen afdoend antwoord voor klasgenoten die ook wel eens verhalen wilden over Mma's vader. Ze kon moeilijk zeggen: 'Mijn mama zegt dat ik geen vader heb.' Wat was dat nu voor een antwoord? Mma, die vanwege de situatie thuis toch al de neiging had om over een vader te fantaseren, vervatte die fantasieën in woorden en verzon omstandige verhalen voor haar nieuwsgierige klasgenootjes. Ze vertelde over een vader die een lange baard had en die een voetbal op zijn wijsvinger kon laten tollen, maar die was omgekomen bij een auto-ongeluk toen ze vijf was. Vreselijk vond ze het dat haar moeder geen pogingen deed om in haar plaats een goed vaderverhaal te bedenken, dat ze Mma's verhaal niet eens bijviel wanneer er een vrijmoedige klasgenoot op bezoek was die vroeg waarom er in de woonkamer geen foto's hingen van de overleden vader. Juliet, een klasgenootje, zei: 'Bij ons thuis zit er een krans rond het portret van mijn papa, zodat iedereen weet dat hij dood is. Als ik stout ben, praat mijn mama tegen de foto. Ze zegt dat mijn papa haar in de hemel kan horen. Hij is nu een engel en heeft vleugels.' In de tekenles tekende Binachi voor haar een man met vleugels en noemde hem Engelpapa.

Mma was jong, maar ze was niet blind, dus toen ze oud genoeg was om op te merken dat haar moeder wel mannelijke gasten had maar zelden vrouwelijke, kon ze wel raden wat haar moeder deed. Nu ze op haar moeders bed zat te lezen over mannen die haar met auto's kwamen bezoeken en over een huis dat ze van een minnaar cadeau kreeg, begon ze de pest in te krijgen. Dacht haar moeder nu echt dat ze al die dingen bevestigd wilde zien?

Ezi kon de twee flatwoningen onder hun appartement verhuren en dat deed ze ook. Met het geld dat ze spaarde, kocht ze grond, een perceel in New Haven en twee andere in Trans-Ekulu. Ze bouwde twee twee-onder-een-kapwoningen in Trans-Ekulu, een moderne buitenwijk waar de huur hoog was en almaar steeg. Die wijk trok veel bankpersoneel en buitenlandse werknemers van Emenite aan, mensen die altijd keurig op tijd hun huur betaalden en de woningen met respect behandelden. Toen een van haar huurders terugkeerde naar zijn land, had hij een set gloednieuwe potten en pannen in de keuken achtergelaten. Ezi nam ze mee naar haar eigen huis.

Het perceel in New Haven was nog niet bebouwd. Toen Ezi het net had gekocht, was het haar droom geweest om er een enorme bungalow met een zwembad in de achtertuin neer te zetten. 'Ik wil een zwem-zwembad in mijn tuin', zei ze tegen Mma. Dat ze niet kon zwemmen maakte niets uit; ze vond vooral het statement van een privézwembad interessant. 'Alle nette huizen hebben een zwembad en ik wil er een in de vorm van een ei.' Ze had foto's uitgeknipt van chique huizen die maandelijks de revue passeerden in het glamourblad *Ovation*, en op basis daarvan had ze een pastiche gemaakt van het soort huis dat ze wilde. In de keuken zou een terrazzovloer komen en een Amerikaanse koelkast die je met een druk op de knop gemalen ijs bezorgde en die water plaste uit een piepklein gaatje. 'Ha! Water-water uit een gaatje, plas water voor me uit een gaatje', zong ze, de melodie en de woorden ter plekke verzinnend.

Alle drie de slaapkamers zouden een eigen badkamer krijgen met een bidet (perfect om ondergoed een nachtje te laten weken) en blinkend verchroomde kranen. ('Glim-glim zodat ik mijn gezicht erin zie.') Er zou ook een studeerkamer komen met een open haard voor koude avonden in de harmattan ('Jaja,' hoorde Mma haar tegen Madam Gold zeggen, 'ik weet wel dat ik geen open haard nodig heb, maar dan kan ik *ube* en maïs in het vuur roosteren.') en buiten zou het huis op de hoeken worden gesierd door vier zuilen. De mensen zouden voor de poort de pas inhouden en bewonderende blikken werpen. 'Dan wil ik nog wel eens zien of iemand lelijke dingen durft te zeggen over de persoon die in zo'n huis woont!' En dan die hoge, schrille lach. Dit was haar allergrootste project, haar grootste droom, die bungalow in New Haven met het eivormige zwembad en bidets om de was in te doen. ('Jaja, ik weet ook wel waar die voor zijn, Mma, maar als ze in mijn huis staan, bepaal ik waarvoor ze worden gebruikt. De mensen doen hun was op wel ergere plekken!')

Geen denken aan dat ze haar moeders droom in vervulling zou laten gaan, geen denken aan dat ze het risico zou lopen om de dode Ezi alsnog gelukkig te maken. Laat haar maar pijn lijden in de dood. Misschien dat ze dan begint te begrijpen hoeveel pijn ze haar dochter heeft gedaan. Als mensen stierven met onverwezenlijkte plannen, zei men, dan bleef hun geest ronddolen op aarde en rustte hij niet voordat iemand die plannen alsnog ten uitvoer had gebracht. Wel, haar moeder kon op aarde blijven ronddolen tot haar voeten pijn deden, haar tenen door koudvuur waren aangetast en haar hielen één grote eeltbult waren, het kon Mma eenvoudigweg niet schelen. Ze had al een paar keer overwogen het perceel te verkopen. Het was gelegen op een riante locatie en ze zou flink verdienen aan de verkoop. Ook had ze gespeeld met de gedachte om de grond te schenken aan een goed doel, puur om haar moeders geest te pesten. Ze wist dat haar moeder een bloedhekel aan liefdadigheid had. De bouwgrond doneren zou de zekerste methode zijn om ervoor te zorgen dat haar moeder geen rust zou vinden en voor eeuwig kwaad en machteloos gefrustreerd zou blijven. De gedachte om haar moeders meest geliefkoosde bezit weg te geven aan een goed doel vervulde Mma met leedvermaak.

Al met al was Ezi wel de vrouw die de achtjarige Mma vertelde dat arme mensen vaak heel geslepen waren. Dat was toen Mma ooit vroeg waarom ze nooit muntjes gooide in de bakjes van bedelaars die zich in verkeersopstoppingen naar auto's haastten, op de raampjes tikten en om geld bedelden, ondertussen het ingestudeerde '*Abeg madam, abeg sah*, wat kleingeld voor *chop-chop*' jengelend. Meestal gunde haar moeder hun geen blik waardig, hield ze haar ogen gericht op het traag bewegende verkeer voor zich. En als ze wel keek (vooral als het jonge vrouwen waren of meisjes die op het punt stonden vrouw te worden), dan was dat om te zeggen dat ze hun type drommels goed kende. 'Uit mijn ogen! *Ndi ochi*', brieste ze dan. 'Dieven zijn het, *ndi ochi*. Stuk voor stuk. Vertrouw de armen nooit!'

'Wat ben je voor iemand als je armen zo behandelt?' had Mma haar ooit gevraagd.

'Iemand die het flink te verduren heeft gehad van de armen', antwoordde haar moeder toen. Mma zou pas veel later begrijpen wat ze daarmee had bedoeld.

Maar Mma kon geen enkel goed doel bedenken dat ze echt vertrouwde. Door de verhalen die ze hoorde, geloofde ze steeds minder in altruïstische drijfveren. Wat mensen ook deden, iedereen wilde er een slaatje uit slaan. Nog maar een paar dagen geleden was het op het nieuws: de directrice van een weeshuis had geld van die instelling gebruikt om in haar dorp een statig huis voor haar familie te bouwen. En kort daarvoor was de directeur van het tehuis voor moederloze baby's in Aba beschuldigd van het verkopen van baby's aan rijke personen van twijfelachtig allooi, die ervan werden verdacht de baby's te gebruiken als offers in voodooachtige rituelen om snel rijk te worden. Waarom zou een gezonde, vermogende man met veel zoons en dochters anders meer baby's willen? Het was geen geheim dat de genitaliën van baby's zeer doeltreffend waren om iemand rijkdom te bezorgen. Doeltreffender dan de versleten exemplaren van volwassenen. De journalist die het verhaal publiceerde in *The Tribune*, had in een kop met dikke letters gevraagd: 'Geen dierenoffers meer: zijn onze goden gek geworden?' Hij brieste in het stuk dat de tijden waarin de goden vroegen om kippen en drachtige, bij het ochtendgloren gevangen geiten voorbij waren en dat er nu veel gruwelijker offers werden gebracht. 'Is dit een weerspiegeling van onze menselijke hebzucht of zijn de goden gek geworden?' De volgende dag drukte de krant een ingezonden brief af van een lezer die stelde: 'Nee, niet de goden zijn gek geworden, maar wel de mensen die hun lot in handen hebben gegeven van een dode god.' Hij was de pastor van een 'Levende Kerk' en nodigde alle lezers uit om het speciale soort verlossing te komen ervaren van zijn parochie, de Ware Evangelische Kerk van de Heilige Martelaars en de Apostelen van Onze Heer.

Enfin, ze deed er waarschijnlijk beter aan de grond te verkopen en het geld op de bank te zetten. Maar ze had geen haast. Ze had tijd genoeg om erover na te denken. Ze zat niet om geld verlegen. Sterker nog, ze had meer geld dan ze ooit nodig zou hebben. Ze probeerde geen dankbaarheid te voelen jegens haar moeder voor de erfenis. Na alles wat haar moeder haar had aangedaan, was een degelijke financiële basis voor haar verdere leven wel het minste wat ze haar dochter verschuldigd was. Niet meer dan terecht. Dat zei zelfs Obi. Toen ze hem vertelde dat ze zich er niet gemakkelijk bij voelde om te profiteren van de levenswijze van haar moeder, had Obi gezegd: 'Ben je betoeterd! Die vrouw heeft je jeugd verwoest. Hoe zou ze dat ooit voldoende kunnen goedmaken?'

8

Enugu was niet een plek waar je een geheim lang verborgen kon houden, zeker niet als dat geheim een levend, ademend ding betrof en als je in een flatgebouw woonde waar iedereen zich met andermans zaken bemoeide. En daar kon je je niet om beklagen, want als je je daaraan stoorde, kreeg je te horen dat je maar een rijke man had moeten trouwen die genoeg geld had om een duplex voor je te kopen in Independence Layout of GRA, waar de mensen leefden als Europeanen en men zich met zijn eigen zaken bemoeide, en waar een jonge vrouw met een kind en zonder trouwring aan haar vinger die naar zo'n buurt verhuisde geen aanleiding gaf tot roddelpraatjes. Woonde je echter in een flat in Uwani en was je die jonge vrouw, dan was je het mikpunt van roddel en achterklap. En als die jonge vrouw niets zei om die geruchten uit de wereld te helpen, als ze die juist aanmoedigde door helemaal niets te zeggen, dan wonnen die praatjes aan gewicht, dwongen haar op haar knieën en verpletterden haar. Tenzij het die jonge vrouw allemaal niet kon schelen. En zo'n jonge vrouw die het allemaal niks kon schelen en die niet gebukt onder de pijn van haar schaamte door het leven ging, was zéker iemand die minachting over zich afriep.

Als mensen Ezi vroegen waar haar man was, zei ze niet dat hij dood was, zoals ze van haar verwachtten (en wat zou inspireren tot medelijden, want met een weduwe hoorde je altijd medelijden te hebben, vooral met een weduwe zo jong als zij, zelfs met een weduwe die haar trouwring niet meer droeg). Ze zei niet dat haar man haar om een of andere reden in de steek had gelaten. Ze vroeg niet om medelijden. Tegen nieuwsgierige mensen die ernaar vroegen zei ze dat Mma geen vader had. Wat in de jaren tachtig een nogal roekeloze uitspraak was in een stad met een gouverneur die de naam had dol te zijn op de dames, een stad waar vrouwen van de ene op de andere dag rijk werden door met hoge heren te slapen. En Ezi was mooi genoeg om de aandacht van elke gouverneur op welke dag ook op zich te vestigen. Vrouwen keken haar met de nek aan en hun mannen probeerden haar blik te vangen, en als dat niet lukte, schaarden ze zich bij hun vrouwen om te vragen: 'Wie denkt die vrouw wel dat ze is? Zij en haar bastaardkind. Ze is niets meer dan een prostituee!'

En toen ze de auto's in de gaten kregen die haar 's avonds soms kwamen ophalen - Mercedessen en BMW's met blinkende wieldoppen -, wonnen de geruchten aan kracht en isoleerden ze zowel Mma als haar moeder steeds meer van de rest van de buurt. Als mensen die je maar beter kunt vermijden werden ze bestempeld. Vrouwen weigerden op haar baby van zes maanden te passen en wanneer het kind huilde, bood niemand aan haar vast te pakken om haar te troosten, zoals ze deden met elkaars baby's. Niemand zei: 'Breng die huilende baby eens hier, *nwa bu nwa ora*. Ze is van ons allemaal.' Niemand vroeg, gezellig keuvelend met haar moeder, of ze haar even mocht dragen, niemand jubelde hoe mooi ze was. Niemand liet haar bij wijze van troost sabbelen op een uitgedroogde tepel. De vrouwen verboden hun mannen om dingen te repareren bij Ezi thuis, dus toen bij haar de elektriciteit het begaf, moest Ezi op zoek naar iemand van buiten de buurt. En dat terwijl Papa John, die boven hen woonde, bekendstond als een goede elektricien en andere bewoners geregeld uit de brand hielp. Ze had een wellustige blik, zeiden de vrouwen over haar. Geen man was veilig voor zo'n vrouw, hun eigen mannen nog het minst van allemaal. 'Jezebel' noemden ze haar, de dochter van Satan. Ze moesten hun gezinnen tegen haar beschermen. Haar ogen waren als vuur dat elk moment hun mannen kon verteren, zeiden ze. Moet je ze zien glinsteren, die ogen van haar! Voortdurend waren ze op hun hoede en met wakkere blik en vlijmscherpe tong bewaakten ze hun mannen. Hadden Ezi en haar dochter in het begin nieuwsgierigheid gewekt, nu werden ze behandeld alsof ze besmettelijk waren geworden, als waren ze net ontsnapt uit de leprozenkolonie in de rivier de Oji om iedereen aan te steken. Ezi had toen gewild dat ze echt een van de maîtresses van de gouverneur was, dan zou ze hem hebben gevraagd om haar een paar politieagenten te lenen, louter en alleen om die buren te treiteren.

De eigenaars van de blinkende auto's kwamen niet zelf, maar stuurden hun chauffeurs - slungelige mannen met onmodieuze kapsels en een geamuseerde blik in de ogen, die zo hard op haar deur bonsden dat alle buren het hoorden. (Dat deden ze beslist met opzet om de vrouw te vernederen die er de oorzaak van was dat ze op pad werden gestuurd, terwijl ze anders een tukje hadden kunnen doen, met hun eigen vrouw hadden kunnen slapen of met hun eigen zaken in de weer hadden kunnen zijn. Ze hadden vrouw en kinderen en het was een belediging van hun mannelijke ego om als een onbeduidende loopjongen voor zo'n opdracht op pad te worden gestuurd.) Ezi repte zich dan met haar baby op de arm naar buiten in een minirok en op heel hoge hakken. En ondertussen keken de buren vanachter hun gordijnen toe en vroegen ze zich met luide stem af waar ze ditmaal naartoe werd gebracht. 'Welk hotel?' vroegen ze elkaar, waarna ze hard en onbeheerst lachten en zich op de dijen sloegen. Als de grote mannen een enkele keer zelf kwamen, stapten ze niet uit hun auto maar claxonneerden om Ezi en haar baby te roepen. Tot grote ergernis van haar buren, die zich luidkeels afvroegen of die patsers hun flat misschien te vuil vonden om er binnen te gaan en er hun hoer op te pikken. Ook riepen ze die kerels toe of ze zich niet diep schaamden, of ze thuis geen vrouw hadden naar wie ze toe moesten, of ze wel beseften wat ze allemaal konden oplopen bij een vrouw als Ezi?

Een tijdje nadat ze waren verhuisd naar de Obiagustraat, vond Ezi een jonge hulp in de huishouding, een meisje dat op Mma paste terwijl Ezi tot diep in de nacht op pad was. Buren zeiden dat het nu wel duidelijk was, dat ze nu zeker wisten dat ze een prostituee was. En ze brulden haar in het gezicht: 'Hoer! *Ashawo!* Schaamteloze vrouw!' En het dienstmeisje vroegen ze waarom een onschuldig jong ding als zij bij een hoer in huis woonde. Voor haar familie, zeiden ze, was het beter om in armoede te leven dan om haar te verhuren aan een vrouw die haar ziel zou bederven. 'Waar moet het heen met de wereld', vroegen ze, 'wanneer families jonge meisjes op pad sturen om bij hoeren te gaan wonen?'

Ezi negeerde de vrouwen. Maar toen ze een keer 's nachts thuiskwam, zag ze dat er een jaloezie voor haar raam was opengebroken en een dronken buurman voor haar deur stond te lallen dat ook hij 'een eenzame jonge vrouw best een beurt kon geven', dat zijn 'suikerstengel even zoet was' als die van welke rijke man ook. En niemand, niet een van de buren, schoot te hulp. Niemand riep de dronkenlap toe dat hij zijn mond moest houden, niet een van de mannen sleepte de kerel weg. Toen wist Ezi dat niemand hier ook maar een vinger zou hebben uitgestoken om haar te helpen als deze man haar had aangerand. Integendeel, ze zouden hem eerder stenen aangeven om haar te bekogelen.

Maar wat verwachtte ze dan?! Met die manier van doen van haar? Had ze nu echt gedacht dat haar buren klappen zouden riskeren om haar te beschermen? De S staat voor 'stom'. De S staat voor 'stupide'. 'Je was een stomme, stomme vrouw, mama!' brulde Mma de kamer in, met moeite de drang onderdrukkend om iets naar het gezicht te smijten dat haar vanaf een foto aan de muur toelachte. 'Je was een stomme vrouw en ik haat je! Ik haat je!' In haar borst kwam een stekende pijn op en ze hapte een paar keer naar adem om niet uit te barsten in hard gejank.

Hadden de hatelijke opmerkingen van de buren Ezi niet geraakt, het griezelige incident met die zatlap had haar diep ontzet en ze besloot alsnog een aanbod te aanvaarden dat ze tot dan toe had afgeslagen. Tenslotte moest ze aan haar baby denken. De volgende dag pakte ze haar spullen en vertrok. Het werkmeisje was al weg; haar familie wilde niet dat ze bij een vrouw als Ezi bleef wonen. Een goedbedoelende buur had het kind het adres van haar ouders ontfutseld en hun laten weten dat ze hun dochter moesten komen redden uit dat duivelse hol. Natuurlijk hadden ze het loon nodig dat het meisje kreeg, maar niet tegen elke prijs. Welke kans zou hun dochter nog hebben om een man te vinden als bekend zou worden bij wat voor vrouw ze had gewoond?

In een stad als Enugu waren veel families op zoek naar een hulp. Ook nette gezinnen. Hun dochter zou niet lang zonder werk blijven. Op een zaterdagmorgen nam Ezi haar baby in de ene arm en haar koffer in de andere. Ze hield een taxi aan en ze keek niet één keer achterom naar het groepje buren dat zich had verzameld toen de taxi wegreed. Ze had gedaan alsof ze hun gejoel en gelach niet hoorde toen de taxi de straat uitreed. In plaats daarvan had ze beminnelijk gezwaaid vanaf haar plaats op de achterbank, zoals de koningin van Engeland het volgens haar deed wanneer ze door Londen reed terwijl haar onderdanen langs de route dromden om een glimp van haar op te vangen: een trage beweging met één hand en een zelfverzekerde, naar niemand gerichte glimlach op haar lippen. In gedachte was ze al druk bezig met andere dingen. Om te beginnen met het huis in de Nenistraat.

9

De L staat voor 'liefde'. Je krult je tong omhoog en zet het puntje zachtjes tegen je verhemelte. De L is lief en luchtig, zoals wanneer je 'la-la-la' zegt. Zachtaardig als de liefde. 'De liefde is lankmoedig en goedertieren; de liefde is niet afgunstig, zij praalt niet, zij beeldt zich niets in, zij zoekt zichzelf niet, zij laat zich niet kwaad maken en rekent het kwade niet aan.' Mma kon nog altijd de passage citeren die ze jaren geleden voor haar examen Bijbelkennis had moeten leren uit de eerste brief aan de Korintiërs. Ze stelde zich de liefde voor als een mooie vlinder die zelfverzekerd door een vertrek fladdert.

De liefde was in het geheel niet als haar moeder. Dat haar moeder had kunnen liefhebben was een openbaring voor Mma. Als puber had ze altijd gedacht dat haar moeder immuun was voor liefde, zelfs voor de liefde van haar dochter. Haar moeder liep niet door het huis 'la-la-la' te zingen. Ze zong liedjes die log op de tong lagen. En die zong ze met een donkere keelstem. Ze deed haar mond wijd open en braakte de liedjes uit. Liefde was niet iets wat Mma ooit in verband met haar zou hebben gebracht, met de vrouw die haar vertelde dat een man aan één criterium moest voldoen om met haar te mogen trouwen: voldoende geld hebben, zodat ze kon blijven leven in de stijl waarin ze was opgevoed. 'Liefde ontgoochelt', zei ze herhaaldelijk tegen Mma. Terwijl de twee vrouwen nooit gesprekken konden voeren over de details van het dagelijkse leven, was Ezi erg bedreven in het afdraaien van zelfbedachte zinspreuken die Mma ergerden vanwege hun cynisme. Ezi dreef de spot met liefde. En die twee keren dat Mma's hart was gebroken door mannen die hadden beloofd met haar te trouwen maar op het laatste nippertje waren teruggedeinsd, had zij het vertikt om haar kind te troosten, al moest ze geweten hebben dat uitgerekend zíj de reden was waarom die jongemannen van gedachte waren veranderd. In plaats daarvan had ze haar gewaarschuwd: 'Dat is wat je wacht als je van iemand houdt. Probeer de volgende keer je verstand te gebruiken. Denk in eerste instantie aan jezelf. Zoek een man die je aanvaardt zoals je bent.' Geen seconde had ze daarbij gedacht aan het leven van haar dochter dat in duigen was gevallen.

En daarom, nadat Mma had gelezen over minnaars die praktische cadeaus gaven, was wel het laatste wat ze verwachtte het nieuws van een vader die Mike heette, iemand die haar moeder had lief-liefgehad met heel haar hart.

Toen haar moeder Mike ontmoette, was ze tweeëntwintig. Jonger dan Mma nu. Mike was zevenentwintig en hij zwoer Ezi tot zijn vrouw te maken nog voor het jaar voorbij was. Mma zag in gedachten hoe de zwierige jongeman haar moeder het hof maakte. Bij de gedachte eraan glimlachte ze. Het vertederde haar, riep het onmogelijke verlangen in haar op om te worden teruggeslingerd naar die dagen voor haar geboorte. Om te zien hoe haar moeder toen was als meisje, jonger dan zij nu. En de man te zien die haar vader zou worden.

Toen Mike met Ezi de lange reis naar huis had ondernomen om haar voor te stellen aan zijn moeder, konden de twee vrouwen zo goed met elkaar overweg dat ze uit dezelfde bron gereïncarneerd leken. Mike vond dat veelbelovend en vatte het op als een onmiskenbaar teken dat Ezi de enige vrouw voor hem was.

In het hele land blaakten de mensen van welstand als gevolg van de kort tevoren afgekondigde Udoji Award. President Gowon had het minimumsalaris van ambtenaren verhoogd met meer dan honderd procent. Lachend om niets liepen de mensen over straat, alsof ze waren besmet met het geluksvirus. Maar in Mikes ogen waren dat geluk en die glimlachende gezichten speciaal voor hem bedoeld, voor het geluk dat hij had gehad met het vinden van een vrouw die niet alleen aanvaardbaar was voor hem, maar ook voor zijn moeder. 'Wij kennen elkaar uit een vorig leven', had zijn moeder gezegd. De vrouw was almaar enthousiaster geworden over het jonge meisje met de 'barende heupen' dat haar zoon had meegebracht om aan haar voor te stellen. 'Je wilt niet weten met wat voor vrouwen hij soms kwam aanzetten, hopend op mijn zegen. *Aghaghara*, meisjes met hun hoofd in de wolken, meisjes die zo in hogere sferen verkeerden dat ze nooit een goede vrouw zouden kunnen zijn voor wie dan ook. In jou herken ik mezelf. Iedere man zou trots zijn om met jou te mogen trouwen.' Haar woorden hadden Ezi gevleid. Dankbaar giechelde ze en ze voelde hoe de nerveuze spanning van haar afgleed die haar in afwachting van de ontmoeting met Mikes moeder had verlamd. De twee konden zo goed met elkaar opschieten dat Mike klaagde dat Ezi tijdens het bezoek meer tijd had gespendeerd met zijn moeder dan met hem. Met wie ging ze eigenlijk trouwen? Met zijn moeder of met hem? Maar hij meende het niet echt; aan de pretlichtjes in zijn ogen was te zien dat hij juist apetrots was.

Trots dat zijn moeder, die Mike en zijn oudere broer Egbuna enorm was gaan domineren na de dood van hun vader en die tekortkomingen had gezien bij iedere vrouw die Mike mee naar huis had gebracht, stapelgek was op Ezi. Dit huwelijk was voorbestemd. Ezi zag ze al voor zich, alle kleinkinderen die ze deze vrouw zou schenken, zoons en dochters bij de vleet. Ze bekeek de babyfoto's van Mike en probeerde zich voor te stellen dat hun kinderen er zouden uitzien zoals hij. Zijn moeder zei tegen haar: 'Hij was een dot van een baby. Bezorgde me nooit problemen. Hij huilde zelden, zelfs niet toen zijn eerste tandje doorkwam. Jullie kinderen zullen net zo zijn.' En Ezi glimlachte bij de gedachte en zei zachtjes 'amen' om de wens van de vrouw te bezegelen en er een gebed van te maken. Amen. Amen. Amen. Honderd keer opnieuw.

Om haar Mikes lievelingsgerechten te leren bereiden, vroeg ze Ezi om bij haar in de keuken te komen zitten. Daar onthulde ze het geheim van haar broodvruchtpap - die volgens Mike nog beter was dan de pap die werd geserveerd in de Ukwa Express, die bekendstond om de verrukkelijkste broodvruchtpap in de hele East Central State - en verklapte ze de precieze hoeveelheid *akanwu* voor een goede binding en het exacte moment om precies dat ene scheutje palmolie toe te voegen dat het hele verschil uitmaakte. 'En hij eet zijn *egusi* het liefst met *achi*. Niet te veel, anders overheerst het de smaak van de egusi zelf.' En terwijl ze spinazie hakte die ze toevoegde aan een gerecht, zei ze: 'Hij heeft zijn egusi niet graag met spinazie, liever met *bitterleaf*. Gek, hè? Precies zoals zijn vader.' Tijdens die kooklessen glimlachte Ezi aan één stuk door en ze sloeg alle nieuwe kennis op om later toe te passen voor haar man. 'En', fluisterde de oude vrouw, ‘als er iets is, een of andere vervelende hebbelijkheid, dan is dit het moment om dat eruit te krijgen. Als jullie eenmaal getrouwd zijn, zal hij niet meer zo gezeglijk zijn.’ Ezi bedankte haar voor het advies. Ze zou het prima kunnen vinden met deze vrouw, geen twijfel mogelijk. Wat een zegen was het, dacht ze, om je schoonmoeder aan je zijde te weten.

Ze maakte er zelfs een gewoonte van om in haar eentje naar Mikes moeder te gaan, een bezoek aan haar ouders aanwendend als excuus om naar het oosten te reizen. Ze liet de vrouw haar oren vullen met verhalen over Mikes kinderjaren, verhalen die haar hielpen een geschiedenis bijeen te puzzelen van de man die ze liefhad. Soms vertelde ze Mike niet waar ze naartoe ging, omdat ze niet wilde overkomen als ál te gebrand op een huwelijk, omdat ze bang was dat ze hem zou afschrikken door zich op te dringen aan zijn familie. Iedereen wist dat mannen gauw afhaakten als een meisje zichzelf aanbood op een presenteerblaadje. Maar ze had zich geen zorgen hoeven maken. Was hij niet met haar getrouwd, grapte hij, dan zou zijn moeder een mes hebben geslepen en hem daar alsnog toe hebben gedwongen, op straffe van castratie. ‘Zelfs als ik je niet voor mijzelf had willen trouwen, zou ik met je zijn getrouwd voor mijn moeder. Zo graag wilde ze dit huwelijk.’ Niet iedere schoondochter kon zo goed opschieten met haar schoonmoeder als Ezi met de hare en daar was ze ook echt dankbaar voor. In deze vrouw had ze een bondgenote gevonden, voor het geval ze die ooit nodig mocht hebben, wat onwaarschijnlijk was omdat Mike haar behandelde als een sieraad. ‘*Ola m*,’ zei hij, ‘jij bent mijn juweel.’ En ze had hem geloofd.

En ze was hem blijven geloven in al die huwelijksjaren en gedurende de beproevingen die daarmee gepaard gingen. Akkoord, alle huwelijken hadden zo hun tegenvallers, maar hun tegenslagen waren zwaarder dan die van haar getrouwde vriendinnen. Ondanks de vele teleurstellingen was ze in hem blijven geloven. Hoe hij haar had gesteund toen zijn moeder zich tegen haar keerde. (Wie had dat ooit kunnen denken? De vrouw die haar vroeg om haar zoon te verlossen van welke toverformule ze ook gebruikte om hem aan zich te binden, zodat hij een vrouw zou vinden die hem een kind schonk!) Ze zou hem alles hebben vergeven, echt alles, om hem terug te betalen voor al die jaren waarin hij haar had gesteund in de strijd tegen het groeiende ongenoegen van zijn familie. (Alsof het allemaal haar fout was. Alsof zij kinderen in haar eentje maakte. Alsof ze niet wisten dat als er iets mis was, dat evengoed haar fout was als die van hun zoon.) Maar niets had haar kunnen vermurwen om hem te vergeven voor Rapu. En zelfs hij, die haar beter kende dan wie ook, had dat moeten voorzien. Hij had haar reactie moeten kunnen voorspellen. Sommige dingen waren gewoon onvergeeflijk.

Toen Mma op die derde dag, na de ontdekking dat ze een vader had, naar Madam Gold was gegaan en was teruggekomen met niet een maar met twee op een blaadje gekrabbelde adressen, stond het voor haar vast dat ze naar die plekken op zoek zou gaan. Naar het leven dat het hare had moeten zijn. En het wachten had haar alleen maar ongeduldig gemaakt.

10

De M is van 'mamannukwu'. Mamannukwu klinkt als een lange, in honing gedrenkte muzieknoot. Mamannukwu. Een gezicht zo bruin als suikerstroop. De moeder van haar moeder. Het was liefde op het eerste gezicht. Op slag was ze vol van de vrouw. Ze kon er niets aan doen. Ze zoog de gelaatstrekken in zich op. Het was een gezicht dat een enorme fotolijst opvulde, zoals het tijdens de dodenwake opgestelde portret van een overledene er meestal uitziet. Madam Gold had voor Ezi ook zo'n portret laten maken, al was er tijdens de wake amper iemand geweest om ernaar te staren en om te rouwklagen met luide, gebroken stemmen. 'O Ezi, waarom heb je ons verlaten? Wat moeten we zonder jou? *Chei!* De dood heeft op zijn hardst toegeslagen. Hij heeft de beste van ons allemaal weggerukt. *Onwu ooo!* Schaam je, dood! Schaam je.' Mma had zich vaak afgevraagd waar die traditie vandaan kwam, dat opblazen en inlijsten van gezichten. Wilde men de dood misschien trotseren door de overledene meer dan levensgroot te maken? Ze had het altijd belachelijk gevonden, maar nu was ze er blij om, dankbaar dat het haar de kans bood om de grootmoeder die ze nooit had gekend duidelijk te zien. De rimpels in haar gezicht zagen er zo echt uit dat Mma de neiging had ze aan te raken, te strelen. Ze probeerde zich de warmte van de handen van deze vrouw voor te stellen. De verhalen die ze haar kleindochter zou hebben verteld. 'Ach, toen je moeder een baby was, deed ze zus en zo...' Of: 'Niet te geloven, je lijkt als twee druppels water op je moeder toen ze zo oud was als jij nu...' Ze zou hebben opgeschept met haar grootmoeder, zou door haar verwend worden, en Ogochukwu-van-hieronder zou haar nooit hebben uitgelachen omdat ze geen oma had. Met de palm van haar hand wreef ze over het glas van de fotolijst alsof ze er stof afveegde. Ze voelde tranen opkomen, maar hier huilen was wel het laatste wat ze wilde. Ze sloot haar ogen en opende ze weer toen ze voelde dat de tranen waren geweken. Daarna richtte ze haar blik weer op het portret.

Op de foto glimlachte de vrouw en Mma herkende de 'open tanden' die haar moeder ook had gehad en waarvan Mma altijd had gezegd dat die haar gelukkig bespaard waren gebleven. Ezi had haar verteld dat het een van de zeven schoonheden was en dat veel vrouwen vroeger naar een timmerman gingen om hun tanden met een beitel te laten bewerken. Mma wist niet of ze een grapje maakte of niet. 'Hakhak', lachte Ezi. 'Maar ik ben ermee geboren. De natuur heeft me ermee gezegend.' Ze had nooit laten blijken dat ze het van haar eigen moeder had geërfd. In één wang had oma een vrij diep kuiltje. Haar ogen, omrand met zwart oogpotlood, keken verschrikt. Mma herkende die quasi ontdane blik meteen: haar moeder had die ook. Jonge ogen waren het. Zelfs met kraaienpootjes hielden ze een jeugdige vurigheid.

'Je moeder leek als twee druppels water op je grootmoeder. Jij doet me ook aan haar denken. Je ogen hebben precies dezelfde vorm.'

Mma streek met een vinger over een oog, alsof ze pas op dat moment besefte ogen te hebben.

'Zoveel tijd... Het is allemaal zo lang geleden... Je moeder was een ongeduldige vrouw.' Droevig glimlachte hij zijn vergeelde tanden bloot. 'Ik weet nog dat toen ze klein was, zo klein...' – hij wees een hoogte aan ergens halverwege zijn dij – 'dat ze haar tong brandde omdat ze niet het geduld kon opbrengen om haar eten te laten afkoelen.' Mma had zich haar moeder nooit als kind voorgesteld. Maar natuurlijk moest ze zoals iedereen ooit ook kind zijn geweest, bedacht ze met een glimlach.

'In de kerk zat ze de hele tijd ongedurig te wiebelen, wilde ze weten hoe lang het nog duurde voor we weer naar huis gingen. Aan één stuk door trappelde ze om dingen te gaan doen. Geen tel kon ze stilzitten. Maar ze was erg intelligent. *O ma akwukwo rinne*. Haar docenten waren gek op haar. Prima rapporten, elk trimester. Het schoolhoofd wilde dat ze in de verpleging of het onderwijs ging. Fatsoenlijke beroepen voor een vrouw, maar je moeder weigerde. Ze moest en zou naar de universiteit, wilde per se slagen in een mannenwereld. Wist je dat ze je grootmoeder ooit bezwoer dat ze nooit zou trouwen?' Haar grootvader grinnikte; het klonk droog en schraperig als een kuch. 'We waren opgelucht toen ze je vader ontmoette. Toen ze echter maar niet zwanger raakte, waren we bang dat hij haar op straat zou zetten. En toen, toen ze jou kreeg...' Hij stopte even om te hoesten, wat hij niet zoals de meeste mensen deed met zijn mond wijd open en zijn hand ervoor. In plaats daarvan klemde hij zijn tanden op elkaar alsof hij de kuch wilde beletten te ontsnappen, terwijl hij zijn lippen oprekte tot een soort glimlach. Even dacht Mma ook dat hij grinnikte, al kon ze zich niet voorstellen waarom.

'We misten haar.'

Er viel een lange stilte. Mma herinnerde zich dat ze het

als kind leuk had gevonden om meteen water te drinken als ze een pepermuntje had gegeten, omdat ze dat ijskoude gevoel in haar keel lekker vond. Ze keek om zich heen: echt een mannenkamer. Bij het raam stond een kleine koelkast die met tussenpozen gromde. Voor de koelkast lag een oud overhemd dat het water opzoog dat uit de koelkast lekte. Ze herinnerde zich dat een van de grootste geneugten die ze als kind had erin bestond ijs uit het vriesvak te krabben en dat in haar mond te steken. Tot grote ergernis van haar moeder. 'Adamma! De koelkast gaat stuk als je dat blijft doen!' Mma kon zich niet inhouden en ze benutte elke kans als haar moeder niet thuis was. Vaak kneedde ze het ijs tot balletjes, die ze in een kop deed om er in de beslotenheid van haar kamer van te genieten. Zelfs nu had ze de neiging om met een geklauwde hand ijs uit het vriesvakje te schrapen. Ze wendde haar ogen af van de koelkast en haar blik bleef even rusten op het raam. Er was een groen muskietennet voor gespannen dat door de zon en stof was verkleurd. Eens per week klopte haar moeder het muskietennet voor de ramen van de woonkamer uit, waardoor al het stof door het huis dwarrelde. Mma klaagde daar altijd over, maar Ezi zei dat ze gruwde van stoffige horren.

Het bed waarop ze zaten was stevig maar laag. Naast de koelkast stond een bureau met daarop een in leer gebonden bijbel en een mandje fruit: een grote pawpaw, wat guaves en twee rijpende mango's. Tegen de muur achter de fruitmand stond een transistorradio met een kapotte antenne. Er kwam gedempt gejengel uit. Op het nachtkastje lag een aangebroken tube sheaboter, waarvan ze even een vleug rook, maar de overheersende geur in de kamer was die van een of andere mentholzalf, die zo geconcentreerd was dat haar ogen ervan prikten.

'Hoe is ze gegaan?' vroeg haar grootvader.

Mma kon niet aan de dood denken. Als ze dat deed, zou de reuk van otapiapia terugkomen en zou ze naar buiten moeten hollen. En wat moest haar nog maar net gevonden familie dan niet van haar denken?

Ze dacht niet vaak aan de begrafenis van haar moeder. Het had allemaal iets onwerkelijks gehad. De dood en kort daarop de begrafenis. Had haar moeder familie en veel vrienden gehad, dan zou ze niet zo snel zijn begraven. Dan was het organiseren van een dodenwake en de begrafenis in minder dan een week nooit gelukt. Dan zou het dode lichaam in het mortuarium zijn gebleven, terwijl er net zo lang met data werd geschoven totdat iedereen zeker was van een fenomenaal afscheid van de overledene. Dagenlang zou er gedanst en gegeten en gehuild worden. Toen Obi's grootvader was overleden, werd diens lichaam zo'n vier maanden in het mortuarium bewaard terwijl zijn kinderen een waardige uitvaart voor hem organiseerden. Al zijn kinderen waren teruggekomen, zelfs de zoon die in Japan woonde en die al bijna twintig jaar niet meer naar huis was gekomen. Die zoon had pas terug kunnen komen tijdens een vaste vakantie van de universiteit waar hij natuurkunde doceerde. En aangezien zijn Japanse vrouw met hun kinderen ook wilde komen, moest er een moment worden gekozen dat iedereen uitkwam. Volgens Obi was het wachten de moeite waard geweest. Zijn grootvaders doodskist was een waar kunstwerk. 'Niet zo'n kitschding dat ze maken van goedkoop hout in de vorm van auto's en zo, maar echt een smaakvolle, mooie kist. En het feest was fabuleus!' Niet alleen waren de gasten flink gespijsd en gelaafd huiswaarts gekeerd, ze hadden ook paraplu's en sleutelhangers en thermoskannen meegekregen met daarop het portret van de overledene. '*Papannukwu* zou beretrots zijn geweest op zo'n afscheid. Hij verdiende het ook.'

Mma's papannukwu was een tengere man. Hij had het postuur en de lengte van een jongen. Zijn huid was droog en papierachtig, als een boomblad in het droge seizoen. De merkwaardige gedachte kwam bij haar op dat die huid knisperend uiteen zou vallen als ze hem aanraakte. Misschien had ze haar droge huid wel van hem geërfd, dacht ze. Zijn gezicht was doorgroefd met diepe rimpels die op zo'n vanzelfsprekende wijze in zijn huid waren gekerfd dat ze er misschien al sinds het begin der tijden waren. Maar zijn stem was krachtig. Resoluut. Alsof die stem toebehoorde aan een veel jongere man, niet aan een van ver in de zeventig. Pas toen hij over Ezi begon, verried het beven ervan zijn leeftijd.

Mma dacht aan de kluiten aarde die op de kist vielen. Doef. Doef. Doef. Zachte plofgeluiden, als een hartslag. Doef. Doef. Doef. De priester die 'Stof zijt gij en tot stof zult gij wederkeren' declameerde. Ze moest een handvol aarde pakken en die - doef - op de kist laten vallen. Madam Gold pakte ook een handje. Doef. Ondertussen had ze hysterisch naast Mma staan janken. Maar Mma's ogen waren droog gebleven. Haar grootste probleem was geweest hoe ze haar plas moest ophouden tot na de plechtigheid.

'Ze werd begraven op de begraafplaats', zei Mma uiteindelijk. Het was niet echt een antwoord op de vraag van haar papannukwu. 'De begraafplaats in Enugu', voegde ze er onnodig aan toe. Het zou nergens voor nodig zijn geweest om haar in een andere stad te hebben begraven.

'Ik weet het', zei de oude man met trillende stem. Die informatie was voldoende om zijn gedachten los te maken van de dood. 'Mijn dochter ligt op een begraafplaats! *Alu eme*. Ik hoorde het. En toen ik het hoorde...' Zijn stem brak. Hij zweeg en slaakte een zucht. Een tijdlang sprak hij geen woord. Toen kreunde hij diep en zei: 'We moeten een nieuwe plechtigheid houden. Een herbegrafenis. Haar geest verdient rust.'

Hij moet hebben gezien hoe verschrikt Mma keek, want hij glimlachte flauwtjes en zei: 'Nee nee, niet wat je denkt. We gaan haar lichaam niet opgraven of zo. Haar geest heeft al genoeg geleden. Er moet gewoon een herbegrafenis komen zonder haar lichaam. Dat gebeurt wel vaker. Mijn dochter kan onmogelijk op een begraafplaats blijven.' Hij wendde zijn gezicht af.

De begraafplaats was voor vreemdelingen en voor de 'verlorenen'. Wanneer mensen doodgingen, mensen met familie, werden ze thuis begraven. Ezi had moeten rusten in het echtelijke huis van voorouders of naast haar moeder bij de toegangspoort van haar vaders huis.

'Je moeder was koppig. Maar misschien hadden we haar niet moeten verstoten zoals we hebben gedaan. Een ouder zal zijn kind altijd liefhebben. *Obala*, bloed, is iets krachtigs. Je grootmoeder en ik misten haar. En jou. Maar wij konden en mochten het niet meer goedmaken. Toen ik tegen Ezi had gezegd dat ze niet langer van mij was, kon ik dat niet meer terugnemen. Hij hield een hand voor zijn mond en sloot zijn ogen. Weer viel hij even stil. Mma vreesde even dat hij in slaap was gevallen. Toen keek hij haar weer aan om zijn betoog te hervatten. Hij verhief zijn stem een beetje, niet te veel maar net genoeg om te merken dat hij boos was. 'Een ouder verontschuldigt zich nooit, zelfs niet als hij spijt heeft van zijn handelen. Het is het kind dat zich dient te verontschuldigen. Ezi wist dat. En wij hebben gewacht. Ze wist wat haar te doen stond.'

'En als het kind geen spijt heeft van haar handelen?'

'Dan nog blijft het haar plicht zich te verontschuldigen. Om te beginnen omdat ze haar ouders verdriet heeft gedaan. Zo zit de wereld nu eenmaal in elkaar. Je moeder wist dat. En elke dag wachtten en hoopten we. Dat ze zou teruggaan naar je vader of dat ze ons de kans zou geven haar te vergeven. Maar geen van beide heeft ze ooit gedaan.'

De P staat voor 'papannukwu', voor de man die ze kort geleden heeft opgegraven. Mma besefte meteen dat 'opgraven' precies het woord was waarnaar ze tevergeefs had gezocht toen hij haar omhelsde. Met zijn armen - broos en schilferig en naar aarde ruikend - om haar nek had het aangevoeld alsof hij een of ander net opgegraven wezen was. Hij was donker, had de diep-donkere tint van cacao, niet het doorschijnende bruin van haar mamannukwu op de foto (die deed vermoeden dat haar mamannukwu een lichte tint moet hebben gehad toen ze jonger was, vast net zo licht van kleur als Ezi). Ze wilde dat ze de vrouw had ontmoet.

De jongensachtige lichaamsbouw van haar papannukwu, zijn ingetogenheid, de eenvoud van zijn slaapkamer strookten niet met de doortastendheid van Ezi, haar luide lach en haar schreeuwerige smaak qua woninginrichting. Het was moeilijk te geloven dat deze man enige inbreng had gehad in haar moeders opvoeding. Gek eigenlijk, dacht ze, dat ze hier bij de man zat die zag hoe haar moeder opgroeide.

Dit punt bereiken was niet gemakkelijk geweest. Als ze van plan was om op zoek te gaan naar haar familie, had Madam Gold haar gezegd, dan moesten de dingen op de correcte manier gebeuren. Naar de gebruiken van de Igbo. Mma had nooit gedacht dat traditie zo ingewikkeld kon zijn.

'Je kunt niet zomaar opstaan en vertrekken', had Madam Gold gezegd. 'Als je wilt, breng ik de zaak aan het rollen. Het enige wat je moet doen, is verschijnen op de afgesproken data. Je hebt nu de adressen. Als je wilt, ga ik met je mee.'

'Ja, graag, brengt u de zaak aan het rollen. Maar meegaan? Nee, dat niet. Dit doe ik liever alleen. Wat zou er dan gebeuren als ik opeens voor die mensen stond?'

'Dan zou je eruitzien als iemand die geen ouder iemand heeft om haar te adviseren. Nee, het is nergens goed voor om nu alles door je ongeduld te laten verpesten. Alleen de vlieg die geen raadgevers heeft, volgt het lijk de grond in. *I na-ehekwa m nti?* Je doet de dingen zoals iemand die het advies opvolgt van volwassen mensen. Luister je naar me?'

'Ja, tante. Dank u wel, tante.'

Eerst moest Madam Gold gezanten sturen naar Ezi's ouders, honderden kilometers verderop in Aba. Het gezantschap bestond uit haar man en zijn vriend, die Ezi ook hadden gekend. Toen ze Mma's papannukwu hadden ontmoet – vertelden ze – en hem hadden geïnformeerd over het doel van hun komst, had de oude man een flink halfuur niet gesproken. En toen had hij een luide gil van vreugde geslaakt: 'Heiiiiii!'

Madam Gold had gesproken van 'een flink halfuur', toen ze Mma verslag deed. Dat 'flink' deed bij Mma het beeld postvatten dat de grootvader die ze nog moest ontmoeten een man van weinig woorden was, maar iemand met dezelfde kracht en stevigheid als haar moeder. Ze had niet een man verwacht die er zo broos uitzag dat ze hem niet durfde te omhelzen uit angst de frêle figuur in tweeën te breken.

Er waren tranen gevloeid en er was gezongen toen ze aankwam. De chauffeur van Madam Gold had haar afgezet voor de voordeur van haar grootouders. Tantes en ooms omhelsden haar en duwden haar van de een naar de ander, totdat ze haar naar de kamer van haar papannukwu brachten, waar de oude man op haar wachtte, alleen en eenvoudig gekleed in een roomkleurig hemd en een zwarte broek. Toen ze binnen was, werd de deur dichtgetrokken, zodat de oude man kon kennismaken met zijn kleindochter zonder dat anderen zich ermee bemoeiden. Het leek wel een huwelijkstafereel.

'Je moet ook naar je vader en verontschuldigingen aanbieden.'

'Verontschuldigingen? Waarvoor?' Ze kon niet verhelen dat ze haar oren niet geloofde.

'Voor je moeder. Zo gebeurt dat bij ons volk, dochterlief. Ik zal hem op de hoogte stellen. Vervolgens moet je naar hem toe gaan.'

Hij pakte Mma met beide handen vast en zei niet voor het eerst: 'Welkom, *nwa m. Nno.*' Hij stond op en liep naar het bureau. Nadat hij een la had opengetrokken, haalde hij er een kaart uit waarop 'Prettige Feestdagen' stond. Hij gaf de kaart aan Mma en vroeg haar die te openen. Er speelde een glimlach rond zijn mond. Mma opende de kaart en zag aan beide binnenkanten van de kaart een sepiakleurige foto. Op de ene stond een meisje van zes, zeven jaar oud met knokige knieën en grote ogen. Op de andere foto was hetzelfde meisje te zien, maar nu hield ze de hand van een man vast. De man droeg een donker pak en had een bolhoed onder zijn arm. Hij had een scheiding in zijn haar. De man en het meisje stonden, op een stoel naast hen zat een vrouw. De vrouw en het meisje droegen een jurk met hetzelfde dessin. Beide foto's waren zo oud dat ze met plakband bijeen werden gehouden. Ze moesten op dezelfde dag zijn genomen, aangezien het meisje op beide foto's dezelfde jurk droeg. Mma keek naar haar papannukwu en hij knikte. Ze vroeg zich af waarom het haar nooit was opgevallen dat haar moeder X-benen had. 'Je mag ze houden', zei hij.

'Dank u wel.'

Hij pakte haar handen, draaide ze met de palmen naar boven en beroerde die alsof hij haar de hand las of met haar communiceerde in een zwijgende taal, waarbij zijn duim de door te geven boodschap via haar huid rechtstreeks invoerde in haar systeem. Toen liet hij haar los en vroeg hij haar voor te gaan naar de anderen. Die popelden om haar in hun midden te hebben.

Toen ze naar de enige lege bank in de woonkamer werd geleid, kennelijk gereserveerd voor haar en haar grootvader, voelde ze zich als het verloren kind dat eindelijk was teruggekeerd. De schoepen van de ventilator aan het plafond maaiden zonder veel resultaat rond en hadden de strijd tegen de middaghitte moeten opgeven, maar dat leek niemand te storen. Ergens in een hoek van de kamer zag ze een aircotoestel, maar ook dat scheen niet te werken; de stekker zat ook niet eens in het stopcontact. Het plastic zeil dat de suède kussens van de banken beschermde tegen vuil, kraakte bij elke beweging. De flessen gin die ze van Madam Gold had moeten meebrengen, gingen van het ene naar het andere paar oude handen. In het midden van de kamer stond een tafel met een glazen blad waarin plastic dolfijntjes gevangenzaten. Omdat dat nogal leek te botsen met de stijl van haar grootvader, nam Mma aan dat een van de echtgenotes verantwoordelijk was voor de aanwezigheid van het meubel; haar grootvader wekte de indruk eerder iemand te zijn die zijn huis inrichtte met eenvoudige meubelen van massief hout. Mma vroeg zich af hoe ze haar stiefgrootmoeder moest noemen. Ze wist dat men van haar verwachtte dat ze de vrouw zou aanspreken met 'mamannukwu', maar de band die ze voelde met haar echte mamannukwu was zo onverbiddelijk dat ze die eretitel onmogelijk voor iemand anders kon gebruiken. En trouwens, hoe vriendelijk haar stiefgrootmoeder er ook uitzag (ze was een van de eersten geweest die haar had geknuffeld en die had gejuicht om haar komst), Mma voelde zich niet haar kleindochter. Tante Kelechi, die zo sterk op Ezi leek dat Mma al wist wie ze was voordat het haar werd verteld, boog voor haar. 'Je bent heel mooi, Mma. Je moeder heeft je prachtig grootgebracht. Beeldschoon. Je moet je nichten leren kennen. Mijn dochters hebben altijd een grote zus willen hebben. Je moet echt een tijdje bij ons komen logeren.'

Mma glimlachte en kneep in de handen van haar tante. Haar handen waren warm en zo zacht dat ze alleen van vlees schenen gemaakt. Dezelfde uitnodiging had ze gekregen van haar ooms. Die waren allemaal getrouwd, hadden kinderen en woonden in verre oorden zoals Langtang en Lagos. 'Kom bij ons kerst vieren, lieve dochter van onze zus. Laat ons voor je zorgen, laten we de tijd inhalen die we niet met onze zus hebben gehad.'

Ze glimlachte en zei: 'Nee, bedankt', maar ze beloofde dat ze hen in het nieuwe jaar zou komen opzoeken.

'Beloofd?' vroeg tante Kelechi glimlachend.

'Beloofd', zei Mma.

Ze moest een tijdje alleen zijn. Nu ze wist dat er familie op haar wachtte, vond ze het niet meer zo erg om kerstdag alleen door te brengen.

'Ezi's geest heeft ons Mma gezonden. Wij aanvaarden haar verontschuldiging', zei papannukwu tegen de foto van zijn overleden vrouw die iemand was gaan doorgeven. 'De geest van onze dochter kan nu in vrede rusten. Op onze beurt hebben wij haar vergeven!'

Mma was zich bewust van het ironische van de situatie: ze had zich heilig voorgenomen de wensen van haar moeder niet in te willigen en nu werd van haar verwacht dat ze namens haar moeder excuses aanbood, terwijl ze er lang niet van overtuigd was óf haar moeder zich wel moest verontschuldigen. Maar dit was niet de plek, besefte ze, om haar mening te ventileren over de onrechtvaardige regel dat een ouder altijd en bij voorbaat gelijk heeft. Stel je voor dat haar moeder ooit zou hebben gezegd: 'Mma, vergeef me voor alle erge dingen die ik je heb aangedaan.' Dan zou Mma haar behoorlijk op haar nummer hebben gezet.

En precies op dat moment overviel het haar.

Haar moeder had alles in het werk gesteld om haar een ander leven te geven dan ze zelf had gehad. Ze had bewust geprobeerd haar dochter op te voeden met het soort waarden waarmee zijzelf niet was grootgebracht. Haar eigen opvoeding had haar geleerd zichzelf weg te cijferen en geen zaken ter discussie te stellen die de traditie als vanzelfsprekend beschouwde. Met een pijnlijke schok - alsof er een kiezel tegen haar hoofd werd gegooid - zag ze in dat dat de reden was waarom haar moeder nooit meer had kunnen leven met haar man na wat hij had gedaan. Het was niet alleen de woede om het verraad of dat ze haar man onmogelijk met een andere vrouw kon delen. Het zat dieper. Dit was haar manier geweest om de traditie te tarten. Ze was een vrouw die het in haar eentje opnam tegen haar wereld.

Toen de tranen begonnen te vloeien, waren het warme tranen van dankbaarheid.

II

Op kerstmorgen was het mistig en koud. Mma overlegde bij zichzelf of ze wel of niet naar de kerk zou gaan. Ten slotte meende ze toch te moeten gaan, om dankbaarheid te betuigen voor de wending die haar leven had genomen of die het aan het nemen was. Ze had veel last van menstruatiepijn en had al pijnstillers met twee, drie tegelijk geslikt. Menstruatiepijnen hadden haar altijd al parten gespeeld. Rugpijn. Kramp. Misselijkheid. Het woord 'dysmenorroe' kende ze al voordat ze wist wat 'ovulatie' betekende. Elke maand belaagden en verlamden die pijnen haar. Maar dat was geen reden om niet naar de kerk te gaan. Als ze ongesteld werd, was ze blij dat ze niet in loondienst was, want welke werkgever zou haar elke maand vrijgeven zodat zij zichzelf kon verwennen met warme douches en lekker lang uitslapen? Haar moeder had ooit verteld dat zij er ook last van had gehad totdat ze haar ter wereld had gebracht. Voor zover ze wist, was dat het enige wat ze gemeen had met Ezi: dysmenorroe.

Buiten hoorde ze een moeder haar kind aansporen om op te schieten omdat ze anders te laat voor de mis zouden zijn. De moeder riep: 'Denk je soms dat de *fada* op jou zal wachten voor hij met de dienst begint?' In de badkamer waste Mma zich snel aan de kraan. Terwijl ze haar lichaam schrobde, zong ze. La-la-la. Geluk is hard zingen in de badkamer. Als ze wilde, kon ze kleren in een tas stoppen en naar Aba gaan. Of naar Langtang. Of naar Lagos. Dat was geluk, die kennis.

Ze wierp een snelle blik op de klok en zag dat het kwart over zeven was. Dat betekende dat ze al een kwartier te laat was voor de dienst van zeven uur, maar iedereen wist dat de eerste twintig minuten vooral werden besteed aan gezang en aan de verwelkoming van de kerkgangers. Ze had de tijd zich netjes aan te kleden en toch nog bijtijds in de kerk te zijn. Op catechisatie had ze trouwens geleerd dat je pas te laat was als de preek voorbij was, en op een dag als deze zou die preek extra lang duren. Ze kleedde zich aan, verzorgde haar gezicht met een laagje camouflagecrème met daarover wat foundation en blij met het fluweelzachte resultaat poederde ze zich licht. Omdat er niemand was voor wie ze zich uitgebreider wilde opmaken, hield ze het verder bij lipgloss. Tegen de tijd dat ze aankwam bij de kerk, was het acht uur en de evangelielezing was nog maar net begonnen. Ze schoof in een bank naast een jong stel dat er benijdenswaardig goed uitzag. Ze droegen bij elkaar passende kleren van blauwe kant. Volgend jaar rond deze tijd, dacht Mma blij, zou ze de kerkdienst bijwonen met Obi. Ook zij zouden dan bij elkaar passende kleren dragen. Maar geen kant. Kleren van Afrikaanse wax zou ze voor hen tweeën maken. Iets modieus. De twee naast haar oogden gelukkig met het leven. Mma probeerde een jaloerse steek te negeren. Binnenkort, heel binnenkort zou zij ook iemand zijn als zij. En bovendien zou ze beter gekleed zijn. Die blauwe kant stond de vrouw niet echt en de hals van haar jurk was volkomen verkeerd gesneden. En dan die te wijd uitlopende mouwen... Die vrouw zou de kleermaker die dat had genaaid moeten neerschieten, dacht Mma en besefte tegelijkertijd dat de evangelielezing was afgelopen en dat de mensen weer gingen zitten. Ze probeerde zich te concentreren op wat de priester zei. Maar wat hij vertelde had ze al eerder gehoord. Het ging over de vreugde van Kerstmis, de belofte van Christus' geboorte, de gelegenheid tot spirituele vernieuwing. Ze probeerde zich niet te vervelen en luisterde. Uiteindelijk had ze zich niet naar de kerk gehaast om haar gedachten zomaar wat te laten afdwalen. De priester klonk alsof hij vanuit een tunnel sprak.

'Eindelijk is het Kerstmis. Vier weken lang hebben we gewacht en hebben we gebeden voor de ophanden zijnde zegeningen van Kerstmis. Gedurende de vier adventsweken hebben we ons op deze dag voorbereid.'

Mma krabde achter haar oor.

'Vandaag brengen de engelen ons de blijde boodschap van vreugde voor alle mensen, want ons is deze dag in de stad van David een Verlosser geboren, die Christus de Heer is, de mens geworden God. God deed afstand van Zijn goddelijkheid en werd mens uit liefde voor ons. In Christus maakt krachtige liefde zichzelf kwetsbaar.'

Mma lette nu beter op. Ze waaide zich koele lucht toe met het krantje dat ze bij de ingang van de kerk had gekocht. De boodschap van de preek leek speciaal voor haar bestemd: de kwetsbaarheid van de liefde, het zich voorbereiden op blijdschap. Ze was blij dat ze moeite had gedaan om te komen.

'Deze heuglijke tijding van grote vreugde is bestemd voor ons allemaal. Maar het is belangrijk dat we die vreugde tot onze eigen, onze persoonlijke vreugde maken. De vraag die we onszelf moeten stellen, is: hoe eis ik die vreugde voor mijzelf op? Hoe bereik ik dat ik deze vreugde als het ware bínnenstroom? Laat me u een kort verhaal vertellen dat mij weer werd verteld door een vriend van me. Lang geleden had die vriend - ook een anglicaanse pastoor, want tja, wij pastoors lijken elkaar altijd op te zoeken...' Hier en daar werd gelachen. Toen het weer stil was, vervolgde hij: 'Die vriend van mij werkte in een dorp, *ime obodo*, een van die dorpen die door de overheid zijn vergeten. Ze hadden er geen elektriciteit en ook geen waterleiding. De dorpelingen moesten grote afstanden afleggen om bij de dichtstbijzijnde rivier water te halen. En dan moesten ze de hele weg terug zeulen met enorme emmers water. Deze priester bad tot God en vroeg Hem om hem te gebruiken als werktuig om het leven van de dorpelingen draaglijker te maken. Op een dag werd hem ingegeven dat hij een put moest boren. Hij riep de dorpelingen bijeen voor een vergadering en samen bespraken ze hoe ze het project zouden aanpakken. Hij belegde ook een vergadering met de voorzitter van de districtsraad. En al snel kon met geld van het district worden begonnen aan het putproject. Iedereen was blij. Niet lang daarna werd mijn vriend overgeplaatst naar een andere parochie in een ander dorp. Op een dag kreeg hij een brief van zijn vroegere parochianen met het verzoek hen te komen bezoeken. De put was klaar en ze wilden hem laten zien hoezeer die hun leven had veranderd. Hij ging terug naar het dorp en verheugde zich over de veranderde situatie. De mensen hoefden niet langer mijlenver te lopen om water te halen. Ze besteedden hun tijd aan andere dingen. Hij ging even langs bij een oude vrouw die vaak voor hem had gekookt toen hij daar pastoor was. Toen hij was gaan zitten, vroeg hij om een kop water, ervan overtuigd dat dat niet te veel zou zijn gevraagd nu de waterput realiteit was geworden. Maar tot zijn verbazing verontschuldigde de oude vrouw zich en zei: "Sorry, *fada*, we hebben geen water in huis." Mijn vriend vroeg: "Hoe kan dat nu? Met de put hebt u toch water te over?" De vrouw zei: "Dat wel, maar ik heb het te druk om zelf water te halen en mijn kleinzoon weigert dat voor mij te doen, omdat hij liever speelt!"

Snappen jullie? Deze vrouw had geen profijt van het water, ook al had ze het binnen handbereik. En zo is het ook gesteld met het geschenk van de vreugde van Kerstmis. Als je die vreugde niet opeist, als je die vreugde niet actief omhelst, als je er niet gericht naar op zoek gaat, zul je er geen profijt van ondervinden.'

Mma liet haar knokkels kraken en bedacht dat ze de beloofde vreugde al voelde opkomen. Ze vroeg zich af of haar gezicht straalde van geluk. Als kind had ze altijd gemeend dat het gezicht van gelukkige mensen glom alsof het met olie was ingesmeerd.

'Hoe ondervind je er wel profijt van? Hoe ga je er actief naar op zoek? Mensen, het christendom is geen lui geloof. Het is een geloof waarvoor je moet werken. We moeten nog altijd zelf iets doen, een kleine inspanning leveren voordat we deze vreugde kunnen ervaren in ons persoonlijke leven, in onze familie, in onze wereld. De volgorde van de letters in het woord "joy" is niet toevallig. J, O, Y: eerst "Jesus", vervolgens "the Others" - je medemens - en dan pas "You". Dat is de boodschap van Kerstmis. Om in ons leven vreugde te kennen, moeten we Jezus overal en altijd op de eerste plaats stellen. Ten tweede moeten we proberen de ander blij te stemmen en pas dan kunnen we onszelf vreugde bezorgen. Dát is het recept voor blijdschap. Op die manier kunnen we de boodschap van Kerstmis - vreugde voor de hele wereld - omzetten in vreugde in ons persoonlijke leven, voor nu en voor altijd.'

Mma's concentratie begon weer te verslappen. De kerstpreek bleef maar duren. Ze had geen puf meer om haar aandacht bij de mis te houden en daarom liet ze haar gedachten de vrije loop en fladderden deze maar wat rond.

De vrouw naast haar ging verzitten. Mma zag dat haar kanten rok aan de zijkant was gescheurd; de vrouw had het zelf waarschijnlijk nog niet gemerkt. Mma moest inwendig lachen. *Ankara* zou ze kopen, Dutch wax. Die naaister in de Obiagustraat kon toveren met stof. Obi en zij zouden zelfs bij elkaar passende schoenen dragen. Ze zouden met elkaar in de pas lopen. Ze zouden er beter uitzien dan dit stel naast haar. Wat doet die vrouw nu? Ze legt gewoon haar hoofd op de schouder van haar man! Denkt ze soms dat dit hun slaapkamer is? Sommige mensen hebben ook geen greintje fatsoen, dacht Mma, terwijl ze hoopte dat een hulpkosteres het mens een standje zou komen geven. Alsof ze haar gedachte had gelezen, liep een kerkbewaarster in het paars hun richting uit, maar ze glimlachte naar het jonge stel, waarna ze een nietsvermoedend kind dat druk in het oor van een ander kind fluisterde, een felle tik verkocht. De kreet van pijn die het meisje slaakte ging Mma door merg en been. Ze voelde zich er bijna schuldig over dat ze dat mens in het paars hun kant op had gelokt.

Het ergerde haar altijd mateloos, de vrijheden die die hulpkosteressen zich veroorloofden. Klappen uitdelen aan rumoerige kinderen met hun *koboko*! Kon je nu echt van kinderen verwachten dat ze zich konden blijven concentreren als de mis zo lang duurde? Dat lukte zelfs volwassenen niet. En hulpkosteressen die tijdens de mis vooral rondspiedden naar drukke kinderen, konden moeilijk volhouden dat ze zelf een en al aandacht waren. Wee de kosteres die haar kind een klap waagde te geven! Enfin, geen van die vrouwen zou dat durven, want het was haar opgevallen dat ze nogal selectief te werk gingen, dat ze bepaalde kinderen uitkozen om te straffen. *Ajebota*-kinderen kregen nooit slaag. En haar kinderen zouden ajebota zijn: kinderen die waren grootgebracht met boter, schone confectiekleding droegen en naar goede scholen gingen, waar het ten strengste verboden was om een andere taal dan het Engels te spreken. De hulpkosteressen bleven uit de buurt van zulke kinderen, ze deden alsof ze hen niet hoorden praten of giechelen. Wisten zij wiens kinderen het waren? Hoe invloedrijk hun ouders misschien waren? Wat voor ellende ze een arme hulpkosteres zouden kunnen bezorgen? In plaats daarvan glimlachten die zure tantes naar hen. En grepen ze elke kans aan om bij de ouders in de gunst te komen door gevallen poppen en glimmende zakjes op te rapen.

Jazeker, haar kinderen zouden ajebota zijn. Daar had ze de middelen voor. Ze zouden op kerstochtend de kerk binnenlopen en de mensen zouden hen benijden. Ze probeerde haar aandacht weer bij de mis te krijgen. Dat bleek een onmogelijke missie en daarom gaf ze het definitief op en staarde ze naar de inderhaast uitgeveegde schoolborden langs de muren van de kerk. Het Saint-Marygebouw deed ook dienst als school. Doordeweeks dromden kinderen dicht op elkaar gepropt de grote zaal binnen, die met schotten op poten was onderverdeeld in klasjes. Tijdens de zondagsmis lagen die panelen opgestapeld achter in de zaal. Hoe kon iemand ook maar iets leren in zo'n situatie, vroeg Mma zich steeds weer af. Die houten wandjes konden onmogelijk voorkomen dat de les in het ene 'lokaal' doordrong in de andere klasjes. Dat had ze ooit tegen haar moeder gezegd, waarop die had geantwoord dat dat een reden te meer was waarom zij, Mma, dankbaar zou moeten zijn voor een moeder als zij, die het zich kon veroorloven haar dochter naar een degelijke school te sturen. De Saint-Mary was zo'n staatsschool waar het onderwijs kosteloos of bijna gratis was en waar mensen hun huispersoneel heen stuurden om hun geweten te sussen, al wisten ze drommels goed dat nog nooit iemand daar enig écht onderwijs had genoten. Nog niet één procent van de leerlingen die van de Saint-Mary kwamen stroomde door naar een ander schooltype. Zoals gezegd, de school bestond slechts om gewetens te sussen. En Mma was er zeker van dat de leerkrachten er zelf ook zo over dachten: ze zwiepten met stokken om de leerlingen discipline bij te brengen en bitter weinig anders.

Drie hulpkosteressen liepen door het gangpad met de plechtige blik van beulen, hun koboko's goed zichtbaar. Waar haalde men mensen vandaan die zo stug en onvriendelijk keken? Zulke chagrijnige koppen, zelfs met Kerstmis!

Terugdenkend aan haar moeder, dacht ze aan haar vader. Ze kon amper geloven dat ze hem weldra in levenden lijve zou zien. Madam Gold had haar laten weten dat de nodige bezoeken waren afgelegd en over drie dagen zou ze vertrekken naar Kaduna. Hij verheugt zich erop je te zien, had ze gezegd.

Er leek geen einde aan de preek te komen. Maar goed, thuis had ze verder toch niets te doen. Aanvankelijk had ze zichzelf in staat geacht om de eerste de beste kans aan te grijpen om kerst door te brengen bij haar familie, haar echte familie, haar tantes en ooms, maar toen de uitnodigingen kwamen, raakte ze in paniek. Het was allemaal te veel en te vroeg, en daarom was ze er niet op ingegaan. 'Het had je anders goed kunnen doen', had Madam Gold tegen haar gezegd. 'Volgend jaar zijn ze er ook nog wel', had ze geantwoord. Wat ze haar niet vertelde was dat ze het verschrikkelijk vond dat ze er allemaal van uitgingen dat ze was gekomen om verontschuldigingen aan te bieden voor haar moeder. Ze probeerde zich voor te stellen hoe haar moeder daarop zou hebben gereageerd. Ze hoorde het haar al zeggen: 'Excuses? Waarvoor? Ha! Het zal eerst moeten vries-vriezen in de hel voor ik me verontschuldig.' Ze glimlachte en zocht in haar tas naar geld voor de collecte.

Kerkgangers zongen om het hardst tijdens de offerande. Wijd gingen dan hun monden open. Ze glimlachten en richtten hun stemmen hemelwaarts en vroegen God hen te zegenen wanneer ze gaven wat ze konden geven: kippen en geiten, munten en fruit. Vooral met kerst stonk het in de kerk naar vee dat als dankoffer naar het altaar werd gesleept. Mma begon het offerlied mee te zingen:

Nwanyi mutalu nwa,
Na-enewe annuli,
O ku nwa ya n'aka dika Maria,
O Chukwu gozie ya, gozi kwa nwa yaaaaa.

De catecheet kondigde aan dat de moeders van pasgeboren baby's als eerste groep hun bijdragen naar het altaar mochten brengen. Moeders met baby's straalden terwijl ze naar het altaar dansten, alsof dit lied met hen in gedachten was gecomponeerd, alsof zowel de geboorte van Jezus als die van hun baby's gevierd werd. Voor het eerst in haar leven probeerde Mma zichzelf voor te stellen als een baby in haar moeders armen. Had zij ook zo getrokken aan de ketting van haar moeder zoals die ene baby dat nu deed bij zijn moeder? De vrouw aan wier ketting werd getrokken door haar engelachtige baby, prutste zijn vingertjes voorzichtig los en hoewel het kind haar vast pijn had gedaan, deed ze neuzeneuze met haar kindje en droeg ze het zo dat zijn hoofd op haar schouder rustte. Zacht klopte ze op zijn billen terwijl ze voorbijdeinde. Wat veel nieuwe moeders, dacht ze bij zichzelf. Het was haar nooit opgevallen dat haar parochie zo vruchtbaar was.

De groep die volgde waren de jonggehuwden. Mma vroeg zich af of ze straks ook zou gaan. Alleenstaande vrouwen waren altijd het laatst aan de beurt. Helemaal achteraan, na de echtparen en vrijgezellen. Ze had kramp in haar nek en het stel naast haar zette een domper op haar stemming. De vrouw zat geen moment stil. De man was even naar buiten gegaan, naar de parkeerplaats, en was teruggekomen met twee kippen die met een rood koordje aan elkaar waren gebonden. Het waren vette kippen en ze kakelden erop los op weg naar het altaar, waar ze zich voegden bij de twee mekkerende geiten die een man in een wijde *agbada* had meegetrokken naast zijn vrouw en hun pasgeboren baby. Tegen de tijd dat het de beurt was aan de ongehuwde meisjes, had Mma het warm en was ze moe, maar ze hield voet bij stuk. Ze stond op, huppelde bijna naar het altaar en wie goed keek, kon zien dat de glans op haar gezicht niet van het zweet kwam. Nog maar drie dagen en dan zou ze haar vader te zien krijgen. Haar reis zou tot een einde komen.

12

De vlucht naar Kaduna was overvol en het vertrek was een zenuwachtige bedoening. Toen het vliegtuig naar de startbaan taxiede, riep een passagier achterin 'Laat ons bidden!' en meteen, zonder op antwoord te wachten, zette hij een lang gebed in, dat te pas en te onpas werd onderbroken door het 'Amen!' van meer dan de helft van de passagiers aan boord. De vlucht ervoer ze als een dikke kluwen wol in haar maag, een kluwen die zich ontrolde en haar zo misselijk maakte dat ze niet kon eten. Een stewardess in een strakke korte rok duwde een karretje door het gangpad en stopte naast haar.

'Thee of koffie, mevrouw?' vroeg de stewardess.

'Nee, niets. Dank u.'

'Een donut of een stukje taart misschien?'

'Niets. Dank u. Bedankt.'

Een kluwen wol die zich vanuit haar maag lijkt af te wikkelen tot rond haar voeten, waarna de draad zich vervolgens om haar enkels windt. Een ticket had ze moeiteloos kunnen kopen, maar pas op de luchthaven ontdekte ze dat een ticket je nog geen stoel in het vliegtuig garandeerde. De waarschuwing om geen zaken te doen met scharrelaars sloeg ze in de wind, ze betaalde smeergeld aan zo'n sjacheraar die ervoor zorgde dat ze een boardingpass kreeg. Die waarschuwingen waren voor mensen die geen idee hadden hoe de dingen in hun werk gingen. Drie uur had ze gewacht voordat ze eindelijk aan boord kon gaan. En al dat wachten had haar zenuwen niet kunnen kalmeren en ze was op haar nagels blijven bijten zoals ze als tiener altijd deed – haar moeder ergerde zich daar zo aan dat ze vaak had gedreigd Mma's nagels af te knippen in haar slaap zodat ze geen nagels meer had om ontoonbaar te maken. Nee, het lange wachten had de hoeveelheid wol in haar maag er alleen maar groter op gemaakt en al die wol tot de dikke kluwen gerold die ze nu voelde. Ze gespte haar handtas open en weer dicht. Het was niet slim geweest om die grote handtas te kiezen, bedacht ze, een kleinere was praktischer geweest. Ze verschoof in haar stoel en de man naast haar vroeg of het goed met haar ging.

'Jaja, alles in orde', zei ze.

'Vliegangst?'

'Nee, niet echt.'

'God is met ons. U hoeft nergens bang voor te zijn', zei de man. Daarop sloot hij zijn ogen en viel in slaap.

De landing was de zachtste die Mma ooit had meegemaakt. Het was een landing op zijde. De passagiers begonnen spontaan te applaudisseren voor de piloot en Mma klapte mee. De man naast haar werd met een schok wakker en glimlachte schaapachtig. 'God zij dank voor zijn barmhartigheid met reizigers. Ik kan nooit wakker blijven in een vliegtuig. Woont u in Kaduna?' vroeg hij.

'Nee, mijn vader. Ik ga bij hem op bezoek.'

De V staat voor 'vader'. Om de V goed uit te spreken, moet de onderlip tussen de boven- en ondertanden komen. Hij mag er niet klem tussen zitten, maar moet heel even worden vastgepakt en dan meteen losgelaten, zoals plagerige minnaars doen. De V was haar vader. Moest ze hem vader noemen? Of pappie? Of papa? Of paps? Madam Gold had haar gezegd dat het juiste woord vanzelf zou komen, dat ze zich echt geen zorgen moest maken welke aanspreking het beste was. En toen ze daar desondanks over bleef piekeren en Obi om raad had gevraagd, had hij haar gezegd dat ze zich niet moest aanstellen, dat ze zich niet druk moest maken over zoiets kleins. 'O? Zijn er dan wel grote dingen waarover ik me zorgen moet maken?' had ze hem gevraagd. Moest ze zich misschien zorgen maken over de vraag of hij haar wel zou aanvaarden? Zou liefhebben? Van haar zou willen weten?

'De liefde van een ouder is een vaststaand feit', zei Obi. 'Daar hoef je je ook geen zorgen om te maken.'

De V staat voor 'vader'. Een vader die van je hield. Waarom? Gewoon daarom. Ook al was je in zijn leven afwezig geweest sinds je een baby was.

Kaduna was moderner dan ze had verwacht. De stad was als Enugu, maar gek genoeg groter. Ze probeerde zich het welkom voor te stellen. De man op het vliegtuig had ze verteld dat ze in Kaduna was om haar vader te bezoeken. Zo terloops had ze het gezegd dat de man niets van haar zenuwen had gemerkt. De V staat voor 'vader'.

Het huis waarvoor de taxichauffeur haar afzette, was oud en imposant. Het was weliswaar een beetje vervallen, maar je kon nog goed zien dat het ooit een schitterend huis moest zijn geweest. Omdat er niemand bij de poort had gestaan, had ze hem zelf opengeduwd en was naar de voordeur gelopen. Het aanbod van tante Kelechi om met haar mee te gaan had ze afgeslagen. Dit was iets wat ze zelf moest doen, had ze gezegd. Maar nu ze hier was, had ze opeens graag gehad dat iemand haar hand vasthield. Er was nog aangeboden dat iemand haar zou afhalen van de luchthaven, maar ook dat had ze afgeslagen. Misschien, dacht ze nu, had ik op dat aanbod moeten ingaan. Ze had zichzelf voorgehouden dat ze geen gedoe wilde, in elk geval niet zoals de ontmoeting met de familie van haar moeder, die een soort carnaval was geworden; ze had het gevoel gehad tentoongesteld te worden. Maar toch viel het haar nu een beetje tegen dat haar komst het grote, omheinde huis onverschillig leek te laten. Achter de poort op het voorplein liepen geen zenuwachtige familieleden te ijsberen in afwachting van de eerste glimp van de verloren dochter. Het balkon was niet versierd met ballonnen om te tonen dat dit een belangrijke gelegenheid was. Met de kleine koffer vol cadeaus (haar aangeraden door Madam Gold) en wat kleren die ze nodig zou hebben voor haar driedaagse bezoek, liep ze langzaam naar de deur.

De nacht voordien had ze weer van haar moeder gedroomd. Ditmaal had zij er minder 'ontbeend' uitgezien; alsof ze was opgevuld op de plekken waar het vlees eerder was uitgeschept. Maar die zweem van otapiapia was er nog wel. Die lucht bleef aan haar plakken als een opdringerige hond en toen Mma wakker werd, rook ze de lucht nog. Dat had geleid tot een onbedaarlijke huilbui. Ze huilde om dingen die ze nog niet onder ogen durfde te komen, omdat ze te beladen waren, te zwaar om het hoofd te bieden.

Met een zware, bevende hand belde ze aan. De duim op het knopje duwde harder dan de bedoeling was. Ze hoorde de bel zo schel en boos rinkelen dat ze wilde dat ze minder hard had geduwd. Toen de deur openzwaaide, was het een vrouw met enorme heupen in een te lange rok en een te witte kanten blouse die haar binnenliet. Het was Rapu, de andere vrouw in haar vaders leven.

Deel twee

I

Toen Rapu werd geboren, nam Mmeri van even verderop - bekwame vroedvrouw en erkende waarzegster - de navelstreng van de baby tussen haar korte, dikke vingers, hield de streng naast haar oor, kneep erin, zette haar tanden erin, spuugde erop en gaf hem toen aan de vader van de baby met de woorden: 'Zij zal je wegvoeren van de honger. *Ugani* is uit je huis geweken. Honger zal zich nooit meer vertonen. Die is voorgoed weg.'

Met de rug van haar hand veegde ze het bloed van haar lippen en verklaarde: 'Zij is degene op wie jullie allemaal hebben gewacht. Ze is er. Het wachten is voorbij.'

Door het dolle heen knuffelde en zoende hij zijn vrouw, die zwakjes lag bij te komen van de bevalling. Zeer tegen de zin van zijn schoonmoeder, die op bezoek was, stond hij erop yampuree te koken zodat zijn vrouw haar buik zou kunnen verwarmen. 'Wat is dit voor nonsens?' gromde de schoonmoeder terwijl ze naar de man keek die de yam in veel te dikke plakken sneed, ze waste en zo overmoedig in de pan gooide dat er water op het brandhout spatte. Hij sloeg geen acht op haar. 'Welke man kookt er nu voor zijn vrouw? Dat is vrouwenwerk!' Niet gewend aan de vrouwelijke subtiliteit van het werk in de keuken, morste hij olie op de vloer en maaide hij met zijn lompe armen een mand met vis op de grond. Hoewel zijn schoonmoeder nog knorriger gromde terwijl ze de vloer achter hem dweilde en dingen opraapte, was hij niet te stoppen. Vinnig wees ze op een vis en zei:

'*Biko nu*, hou op!' Haar stem klonk echter minder fel dan haar woede zou rechtvaardigen. Weliswaar was hij haar schoonzoon, maar hij was ook het hoofd van dit huishouden. Hij negeerde haar, reikte naar een zakje *okpei* en tikte daarbij de kroes omver die op de aarden pot met drinkwater stond. De kroes kletterde op de grond en zijn schoonmoeder zei, uit voorzichtigheid binnensmonds, iets over mannen die zich bemoeiden met vrouwenaangelegenheden. Echewa lachte alsof de metalen kop hem een grapje had ingefluisterd, gaf er vrolijk een schop tegen en riep 'yesss!', als een voetballer die net het winnende doelpunt heeft gescoord. Hij had al twee kinderen, maar mevrouw Mmeri had de geboorte van een derde nodig gehad om eindelijk een kentering in hun toekomst te kunnen voorspellen.

Met tranen in haar ogen en nog huiverend van de kou, die nu eenmaal gepaard gaat met een bevalling, zei Rapu's moeder tegen haar man dat hij de enige kip die ze in huis hadden maar aan de profetes moest meegeven. Het was een kip die ze hadden bewaard voor de plechtigheid waarbij de baby haar naam zou krijgen, maar aan wie zouden ze het beest beter kunnen geven dan aan Mmeri, die hun woorden van hoop had gebracht? Aan Mmeri die had bevestigd dat de tijden van *ugani* voorbij waren?

De zwaarlijvige Mmeri aanvaardde het geschenk met een glimlach en nam de kip bungelend aan één poot mee naar huis. Daar verdween het gevogelte in een grote pan egusisoep, gekruid met de allerroodste pepers en opgediend met een grote kom gestampte yam, zeker genoeg om twee volwassen kerels te voeden. Een kind ter wereld helpen was zwaar werk; ze kreeg er altijd honger van. Op tafel stond een grote kalebas verse palmwijn waarmee ze haar eten wegspoelde. Mmeri dronk als een man, met enorme slokken, zich amper de tijd gunnend adem te halen.

Tegen de tijd dat haar wijn op was, had Mmeri's profetie al de ronde in het dorp gemaakt. In Lokpanta verspreidde goed nieuws zich even snel als slechte tijdingen. En de mensen kwamen al even gretig bij elkaar om medeleven te betuigen als om feest te vieren. Beide vormen van samenzijn stonden garant voor gratis eten en drinken en de gelegenheid om te mijmeren over het leven.

De mensen zeiden wat een zegen het was – Echewa's familie had genoeg geleden. De baby was geboren in een gezin dat bekendstond om de tegenslagen die het te verduren had. Het was niet meer dan terecht dat het lot een andere wending nam. Het was een komen en gaan van bezoekers die een kijkje wilden nemen bij het kind dat het tij had doen keren. En ze zeiden hoe mooi ze was en degenen die oud genoeg waren om het zich te herinneren, zeiden hoezeer ze op haar overgrootmoeder leek. Die ogen die een beetje schuin stonden had ze beslist van de oude vrouw. Misschien was ze wel teruggekomen. Waarschijnlijk was ze het beu geweest om te moeten toezien hoe moeilijk het voor haar kleinzoon was om zijn gezin te eten te geven, en had ze de goden aan het hoofd gezeurd totdat die de tijd rijp achtten voor haar reïncarnatie. Ze hielden de babyhandjes vast, keken haar in de ogen en zeiden hoe verstandig haar blik was. Nee, er was geen twijfel mogelijk, de pasgeborene was absoluut Echewa's grootmoeder. De gasten noemden haar Grote Moeder en fluisterden haar boodschappen in om door te geven aan hun eigen voorouders (het was algemeen bekend dat pasgeboren baby's nog in nauw contact stonden met de wereld die ze net hadden verlaten). En de bezoekers kregen te eten wat de kleine Echewa had. Palmwijn vloeide en bezoekers dronken en de tongen kwamen los, en ze baden dat de hemel de familie die zo ruimhartig trakteerde met nog meer zegeningen zou verblijden. Hoeveel meer zou Echewa niet geven wanneer de hem verschuldigde rijkdommen uiteindelijk daar zouden zijn? Sommigen zeiden dat ze hadden gedroomd van een dag als deze, dat beelden van de kentering in Echewa's fortuin 's nachts in hun dromen glipten. De mensen lachten uitbundig en sloegen Echewa joviaal op de schouders en knepen in de wangetjes van de baby en hielden haar kleine vingers vast.

Maar Echewa en zijn vrouw, die de mentaliteit van hun volk kenden, wisten dat niet iedereen die met je meelachte ook per se blij voor je was. Ze wisten dat er zelfs op heuglijke momenten als deze lieden waren met boosaardige handen en ogen die probeerden je voorspoed te stelen om het zelf in te palmen, of om het in de rivier de Mmavu te smijten zodat je geluk voorgoed zou verdwijnen. Daarom droegen Echewa en zijn vrouw *ugolo* in hun wangen om het kwaad af te weren, en ook verstopten ze een zakje bittere kola onder het hoofdkussen van de baby. Niemand die eraan twijfelde dat kola hoogst doeltreffend was om onheil op afstand te houden. Vorig jaar nog was Echewa tijdens het aftappen uit een palmwijnboom gevallen. Op een of andere manier was het touw om zijn middel dat hem aan de boom zekerde losgeraakt. (Wie had ooit zoiets gehoord?) Het was wel duidelijk dat dat het werk was geweest van een slechte persoon die hem dood wilde (hoewel hij niet kon bevatten waarom iemand een arme man als hij zou willen doden). Echewa was gevallen en normaal gesproken was hij dood geweest of had hij, in het gunstigste geval, een been gebroken. Gelukkig was die dag niet alleen zijn god wakker, Echewa had ook ugolo in zijn mond gehad: hij was ervan afgekomen met een gezwollen teen. 'Een dikke teen!' riep hij wanneer hij het verhaal vertelde, waarbij zijn stem verried hoezeer dat geringe letsel hem verbaasde.

Zeven dagen later, toen de baby werd getoond aan het dorp en ze haar naam kreeg, bekrachtigd met een druppel van de plaatselijke jenever op haar voorhoofd, zeiden de mensen dat de ouders haar een verstandige naam hadden gegeven: Rapu. Het was een naam die tegenspoed gelastte weg te gaan om nooit terug te keren. Rapu betekent immers 'Ga weg!' Een naam die onheil verbande naar een gat dat diep genoeg was om het op te slokken en gevangen te houden. Want zoals iedereen wist, hadden namen evenveel invloed op iemands toekomst als de goden. Een goede naam stond als het ware halverwege de mens en de goden. Daarom had men een hele week nodig gehad om een naam te verzinnen die passend én welluidend was. Voor een gezin als het hunne was Rapu echt de geschiktste naam. Een betere hadden ze niet kunnen bedenken. De goden - zelfs de christelijke God die de familie onlangs had ontdekt - móésten wel ingenomen zijn met die keuze.

2

Als kind kreeg Rapu het verhaal meermaals te horen. Dat de goden haar zeer goedgezind waren; dat ze haar familie zou verlossen van de misère. Niemand in de familie twijfelde aan de woorden van de dikke vroedvrouw of aan de waarachtigheid van de voorspelling van Ajofia, de ziener. Bij de profetie was echter geen handleiding afgegeven die voorschreef hoe Rapu te werk moest gaan om alles in vervulling te doen gaan. Algemeen ging men ervan uit dat ze er ooit vanzelf tegenaan zou lopen, want de wegen der goden zijn ondoorgrondelijk. Het was echter ook algemeen bekend dat de goden een zekere mate van initiatief verwachten. Dat dat wel het minste was wat een sterveling kon doen. 'De goden zeggen niet eenvoudigweg: "*Ngwa*, open je mond, wijd open, ik zal je voeden", al hebben ze beslist de macht om dat te doen. Nee, als je het voedsel wilt dat is voorbestemd voor jou, dan moet je je mond zelf opendoen. Wijd open en je zult gevoed worden', bracht Echewa zijn familie in herinnering. Belangrijker nog, wie de goden hadden aangemerkt als hun favoriet, diende men gelukkig te houden, want als zij gelukkig was, waren de goden dat ook. Wie de erfgenaam van een koning behandelt met hoon en spot, hoeft niet te rekenen op gulle gaven. Dat zou zelfs de barmhartige christelijke God niet pikken. Echewa wist dat en daarom zorgde hij ervoor dat de goden tevreden bleven.

Wanneer het gezin yam at, kreeg Rapu het middelste stuk, dat is voorbehouden aan eregasten. At het gezin vis, dan kreeg Rapu de kop. Ze vond het heerlijk om de oogjes uit de kop te prutsen, die witte bolletjes, om er dan net zo lang op te kauwen tot haar kaken pijn deden. Dat was veel leuker dan kauwen op de gom van een udalavrucht.

'Als ik rijk word, eet ik elke dag vis!' zei ze vaak tegen haar moeder. En het antwoord luidde altijd: 'Als jij rijk wordt, eten we kip en geitenvlees. Geen vis meer.' Vis was voor de armen, voor wie één stap verwijderd was van helemaal geen voedsel. De rijke mannen, al die figuren met hun dikke nekken en enorme buiken, deden zich elke zondag te goed aan kip en aan rund- en geitenvlees op de andere dagen van de week. Hun kinderen vochten niet om een kippenkop omdat er kippenkoppen te over waren. Vleeseters hadden een huid die glansde alsof het tovenarij was en ieder verstandig mens verlangde ernaar te zijn zoals zij. Rapu durfde haar moeder niet te vertellen dat ze vis niet wilde afzweren.

Schoolgaan was een marteling voor Rapu. Onderwijzers klaagden dat ze te veel praatte, te hard lachte en spullen pikte van andere leerlingen, potloden, gummetjes, krijt. Bijna elke dag stond ze boven aan de lijst van lawaaimakers. Haar billen zagen rood van de stokslagen van de onderwijzeres en de directrice, die erop los sloeg als een veehoeder. Toch wilde ze nooit blijk geven van berouw.

Daar kwam bij dat ze op school geen bolleboos was. Getallen brachten haar in de war, maar biologie verbijsterde haar nog meer. (Als de mens afstamt van de aap, hoe kan het dan dat de aap van Mama Boy, die al sinds mensenheugenis bij haar woont, niet is geëvolueerd tot mens?) Ook grammatica deed haar duizelen; ze kon er met haar verstand niet bij waarom het 'begin-begon-begonnen' was, maar ook 'zie-zag-gezien'. En toen ze weer eens slaag van de juffrouw had gekregen omdat ze het werkwoord 'vrezen' niet correct kon vervoegen (ze had gezegd 'vrees-vras-gevrezen'), kwam ze tot de slotsom dat school niets voor haar was. Er zat geen logica in wat ze leerde, alle kennis die ze opdeed leek bedoeld om haar problemen er alleen maar erger op te maken en haar volledig te verwarren. Als ze vragen stelde, kreeg ze op haar kop van de docenten omdat ze de les verstoorde. Hoe kon het nu 'lees-las-gelezen' zijn, maar verander de eerste letter en de regel veranderde totaal! Hoe moest ze dat in hemelsnaam allemaal onthouden? Zie-zag-gezien. Het was een onredelijke eis. En dan was er ook nog eens dat onlogische gedoe bij wiskunde. Oplossingen vinden voor abstracte vraagstukken die niets te maken hadden met het echte leven. Ze zag niet in hoe die dingen haar tot nut konden zijn, hoe wie dan ook daar iets aan kon hebben.

Na nog een tweede jaar op de plaatselijke missieschool brak ze haar stoffige schrijflei in tweeën en vertelde haar ouders dat ze nooit meer terug wilde. Haar vader zag dat als een blijk van veerkracht en onafhankelijkheid, een teken dat ze de wil had die nodig was om al hun dromen te realiseren. Daarbij was hij eerlijk gezegd ook blij dat hij geen schoolgeld meer voor haar hoefde te betalen. Ze had geen opleiding nodig om hen te verlossen. Haar moeder liet haar ogen rusten op haar verschoten omslagdoek en droomde van de dag waarop ze zich een gloednieuwe kon veroorloven, iets stijlvols, modieus, zoals een paar vrouwen die ze kende.

'Als ze niet naar school wil, laat haar dan maar thuisblijven', had haar vader grootmoedig en stralend van trots verklaard. 'Laat haar hier blijven en leren wat ze moet weten.

De jongens blijven op school. Die lijken behalve op school toch niets te willen leren.' Zijn zoons maakten hem woest vanwege hun schuchterheid, vanwege de gretigheid waarmee ze alle kletspraat opzogen die ze op school te horen kregen. Ze waren geen kritische geesten en hadden niet de minste aanvechting om de wereld in te trekken en geld te gaan verdienen. Het meisje had zijn zoon moeten zijn en de zoons meisjes, maar ja, het leven vroeg je niet wat je wilde, of wel? Het leven liet je zijn achterste zien en liet zijn drollen vallen waar het zo uitkwam. Daar kon geen mens iets aan doen. Je kon alleen die drollen oppakken en ermee doen wat je ermee kon doen. Zijn zoons hadden geen ruggengraat en daarom was de school misschien nog de beste plek voor hen. Beiden hadden twee linkerhanden en geen greintje wilskracht. Ze zouden het hooguit nog ergens schoppen bij de overheid, in een kantoor waar ze de hele dag schoenen en sokken droegen. 'Laat die twee daarom maar doorgaan met school, misschien dat ze ooit toch mannen met invloed worden.'

En zodoende bleven haar broers, Eze en Aru, ploeteren op school om de vierkantswortels van getallen te leren en om het verschil tussen een priemgetal en een gewoon getal te leren, terwijl ze geduldig het moment afwachtten waarop Rapu hen zou verlossen van alle armoede (en ondertussen schooluniformen droegen die hun waren doorgegeven door goedbedoelende buren, maar die inmiddels tot op de draad versleten waren). Als ze klaagden over honger omdat ze niet genoeg te eten hadden, zei hun vader dat honger die de hoop in zich draagt gestild te worden niet dodelijk is. Geduld was het enige wat ze nodig hadden voordat hun lot zich ten goede zou keren. Geduld, én een bezoek aan Ajofia, twee dorpen verderop, om ervoor te zorgen dat het boze oog zich niet tussen zijn familie en wat hun toekwam zou wringen. Ajofia, die beefde en niet lang meer te gaan had, was nog altijd zeer gerespecteerd om de doeltreffendheid van zijn *juju*. Zelfs degenen die christen waren geworden, maakten nog altijd nachtelijke uitstapjes naar Ajofia om naar hem te luisteren wanneer hij namens hen hun voorouders raadpleegde. Er waren bepaalde dingen, zeiden ze, waar een westerse god geen greep op heeft. En als je *onye siemens* was zoals Echewa, dan wist je dat de anglicaanse een stuk inschikkelijker, flexibeler was dan de katholieke God (die een celibatair leven van Zijn priesters eiste), en dat Die het niet erg zou vinden als je naar Ajofia ging. Echewa kreeg te horen wat hij moest kopen, wat hij moest offeren en dat hij geheim moest houden wat hem was verteld totdat het niet meer geheim hoefde te blijven.

Rapu groeide op. Ze had spillebenen en was zo plat als een dubbeltje, zelfs toen ze de leeftijd had bereikt waarop haar vriendinnen al borsten hadden. Ajofia was al lang dood en Echewa begon wanhopig te worden. Totdat er op een dag halverwege het regenseizoen een man uit de stad, iemand uit Kaduna, het pad naar hun huisje opreed, met zijn vrouw en een boodschap die de wanhopige man ervan verzekerde dat alles alsnog goed zou komen. Hij herinnerde zijn vrouw eraan dat als God jeuk schept, Hij ook de vingernagels schept om te krabben. Hun vingernagels om de jeuk te bestrijden die hen jarenlang had belaagd, waren eindelijk aangekomen en alles zou terechtkomen.

Ezi zou Mike er later van beschuldigen dat hij alles had gepland. Was hij niet altijd – ja toch, ja toch? – die zorgvuldige strateeg die elke zet doordacht, die elke list afstofte om de viezigheid eronder te verdoezelen? Dat was Mike door en door. Dat was ook het trotse geheim van zijn succes als eigenaar van de bekendste, meest winstgevende supermarkt in een straat vol supermarkten. Hij luisterde met zijn ogen en schikte elk artikel op het ideale, perfecte schap. Om de zes maanden gaf hij alle artikelen een andere plek, omdat 'het de mensen verveelt steeds naar dezelfde winkel te komen. Ze willen nieuwe ervaringen, schat! Ze willen zich niet voelen als in hun eigen keuken, waar de fles palmolie jaar in, jaar uit precies op dezelfde plek is te vinden!' Hij bleef tot diep in de nacht op om alles met zorg opnieuw in te delen, om de nieuwe situatie op een tekenblok met potlood uit te tekenen. Dagen achtereen was hij daar zoet mee. Nauwgezet schetste en gumde hij tot hij tevreden was. Vervolgens hield hij niet alleen toezicht, maar werkte hij schouder aan schouder met zijn 'jongens' om elk artikel op het juiste schap te zetten. Tot het allerlaatste product. Hij noemde zichzelf graag de opperbevelhebber van de supermarktbranche.

Hij zou tegen haar zeggen dat dat oneerlijk was, dat het onrechtvaardig van haar was hem op die manier te beschuldigen. Ze hadden er samen over gepraat, over de behoefte aan hulp in huis. Had hij niet geopperd dat Ezi haar moeder moest vragen om een hulp voor haar te vinden? En was het niet omdat de jongen die haar moeder had gevonden zich op het laatste nippertje had bedacht, dat hij had voorgesteld om eens met zijn oom te gaan praten om te zien of die raad wist? Had Ezi er niet mee ingestemd dat dat een goed plan was? Sterker nog, had ze hem niet gesmeekt om zo gauw mogelijk naar die oom te gaan? En als dat allemaal zo was, hoe had hij dit dan kunnen beramen? Wat kon ze hem kwalijk nemen?

Dat alles wisten ze nu niet. Dus toen Echewa twee krukken aanbood in de schaduw van een sinaasappelboom, bedankten ze hem en gingen zitten. Toen ze hadden verteld waarvoor ze waren gekomen, zagen ze aan de manier waarop hij verholen glimlachte dat ze niet tevergeefs waren gekomen. Wat waren ze blij.

Mike zag dat Ezi's schouders zich ontspanden. Zij was het die dit wilde en daarom wilde hij het voor haar, hoewel hij er niet zeker van was dat het echt nodig was, want ze hadden het prima zo.

'Mijn vrouw is niet thuis', zei Echewa, waarna hij om Rapu riep en haar vroeg of ze wist wanneer haar moeder terug zou zijn. Nee, dat wist ze niet.

'Zeg je geen dag tegen onze bezoekers?'

Rapu maakte een reverence en zei: '*Nno, goe aftanoen.*' Ze keek naar de bezoekers alsof ze hun kleren en dichte schoenen taxeerde en die vergeleek met de blote voeten van haar vader.

Rapu was een geweldige dochter, zei hij. Te oordelen naar de onvoorstelbare kracht die schuilging in dat tengere lichaam, was ze in een vorig leven vast een jongen geweest. Ze was elke knul van haar leeftijd de baas. In haar laatste jaar op school had ze een jongen die alle meisjes pestte een pak rammel gegeven. 'Rapu is sterk, *oo, o sili ike.* Alsof ze maar één bot heeft!' Hij stuurde het meisje weg en wendde zich tot de gasten.

Toen Rapu weer naar binnen was gegaan, vroeg Mike of ze naar school ging.

'Nee. De school is niet nodig. Wat heeft een meisje nu aan school?' Zijn zoons verslonden alle opleiding die de familie nodig had. Die droomden van goedbetaalde banen in de stad. Misschien in Enugu, zodat ze dicht bij huis bleven. Dat was een probleem de laatste tijd: al die jongemannen die eigenlijk het huis en het land van hun vaders dienden te beheren, maar die naar de steden trokken en alles vergaten. 'Maar u lijkt me niet zo iemand te zijn. Komt u nog vaak thuis?'

'Jazeker', zei Mike, terwijl hij in zijn nek krabde om zich te ontdoen van een mier die rondliep op zijn kraag.

'Al die verlaten boerderijen hier... Je kunt het zelfs de kerk niet kwalijk nemen. Veel mensen hier zijn *ndi siemens* en de anglicaanse priester vindt het best dat wij de geest van onze voorouders eerbiedigen. Zijn God staat dichter bij de god die onze vaders vereerden. De katholieke God is stroef. Te stroef! Hij gunt niemand ook maar enige speelruimte. Weet u wat de katholieke *fada* hun elke zondag vertelt? Dat zijn God een jaloerse God is. Hij houdt er niet van te moeten delen met andere goden. Is de hemel soms niet groot genoeg om alle goden te herbergen die erin willen?' Hij lachte en de bezoekers glimlachten beleefd. 'Isidu overleed vorig jaar en zijn zoon weigerde hun familiegod een plengoffer te brengen. Wie zoiets weigert, weet dat hem niet veel goeds wacht. En nu wordt hij belaagd door zijn vaders geest! Hij is gek geworden in de grote stad. Ik heb gehoord dat hij zijn baan kwijt is, zijn vrouw kwijt is, alles kwijt is! U weet wat ze zeggen: de vlieg die weigert te luisteren naar de raad van oudere soortgenoten, volgt het lijk de grond in. Maar jullie zien eruit als verstandige mensen. Heel verstandig. Hoe was het met de stad toen u vertrok?'

'Prima', antwoordde Mike.

'De stad is een verleidster', zei Echewa hoofdschuddend. 'De stad is als een knappe vrouw die mannen in het verderf stort. Precies als de watergodin Mamy Wata. Ook zij heeft onze mannen weggehaald en hen tot waanzin gedreven. Maar jullie tweeën zien er niet uit als dwazen. Jullie zien er heel verstandig uit. Och, ik zit hier maar te kletsen en vergeet helemaal u iets aan te bieden. Een kopje water?' Hij had geen palmwijn in huis, maar als ze de volgende dag terugkwamen, zou hij de beste palmwijn schenken die er in heel Lokpanta was te vinden. Zoet, zo zoet als suiker als hij vers is, maar sterk als jenever tegen de avond. Niemands palmwijn was beter dan die van Papa Bomboy. 'U moet het morgen zelf maar proeven en zeggen of ik gelijk heb of niet.'

Mike zei dat hij de palmwijn graag wilde proeven en dat hij zich erop verheugde wat flessen te kopen om mee terug te nemen naar Kaduna.

Er kwam een hond het kleine erf oplopen. Het dier zag de drie mensen onder de sinaasappelboom en drentelde naar hen toe. Echewa boog zich voorover van zijn kruk, pakte een stok van de grond en smeet die naar de hond. 'Ksss! Ga weg, strontvreter!'

'Mijn vrouw houdt van honden', zei Mike met een bijna verontschuldigende blik naar Ezi. De hond rende een eindje weg en kwam toen terug met de staart tussen zijn poten.

Echewa lachte en zei dat je in het dorp honden juist wegjoeg, tenzij er uitwerpselen voor ze waren om op te eten. 'Wij zijn niet zoals jullie stadsmensen die, naar ik heb gehoord, zelfs met honden in dezelfde kamer slapen. Dat doet de stad met mensen. Op zeker moment zien ze de grens tussen mens en dier niet meer. Met een hond in je kamer slapen, *tufia!* Walgelijk!' Hij spuugde en de kwak belandde op een poot van de hond. Het beest likte het op.

Ezi keek naar haar man en hij zei dat het tijd was om te gaan. Zoals afgesproken, zouden ze de volgende dag terugkomen.

'Ja, ja. Morgen is prima. Dan zal de moeder van het meisje er ook zijn. Dit is geen beslissing die ik alleen kan nemen.' Terwijl hij sprak, wreef hij in zijn handen alsof dat gebaar oneindig veel meer betekende dan de woorden die hij sprak. 'Kom morgen terug en probeer de beste palmwijn die dit dorp heeft te bieden. Als iemand u wil wijsmaken dat zijn palmwijn beter is dan die van Papa Bomboy, zegt u dan maar dat die persoon een onverbeterlijke leugenaar is. Ja, vertelt u hem maar dat ik dat heb gezegd.' Hij wreef weer in zijn handen toen het paar opstond. 'Ja, kom morgen terug en praat ook met de moeder van het meisje. Ze moet er wel bij zijn.'

Echewa liep met hen mee naar de poort en keek toe hoe de luxueuze auto wegreed, sporen achterlatend in het zand, haaks op de strepen van de bezems die Rapu en haar moeder nog maar een paar uur eerder hadden gebruikt om het pleintje aan te vegen. Op een of andere manier vormde de combinatie van de smalle lange banen van de bezem en de diepe sporen van de auto een patroon dat zijn bestaan bevestigde, een patroon dat krachtiger was dan alle andere patronen die hij ooit had gezien.

Hij riep om Rapu terwijl hij terugkeerde naar zijn plekje onder de boom, ondertussen floot hij een deuntje dat hem deed glimlachen. Rapu zag dat de wereld van zijn schouders gleed als één grote last die de aarde deed beven. Ze zag de glinstering in zijn ogen en wist dat hij onuitsprekelijk trots op haar was. En daarom glimlachte zij ook en haar vader, die nooit zo te koop liep met zijn genegenheid, strekte zijn armen naar haar uit en knuffelde haar.

De volgende dag kwam het stel terug. Rapu had zich van top tot teen geboend en geolied, haar gezicht glansde van de vaseline en haar haar zat keurig. 'Een vrouw met een missie', grapte haar vader. Hij vertelde het paar dat ze die nacht amper had geslapen, dat ze erop had gestaan haar kerstjurk aan te doen, want de reis naar de stad was toch zeker een prima gelegenheid om je beste jurk te dragen? Een katoenen geval was het, met een kanten lijfje dat aan alle kanten te groot was. Ze zwom in die jurk. Als een zak aardappelen, fluisterde Ezi gekscherend tegen Mike. Beiden lachten.

3

Het stel dat haar had aangenomen - Mike en Ezi -, zei haar dat ze hen 'oom' en 'tante' moest noemen. De man zat achter het stuur en de vrouw naast hem. Rapu zat alleen achterin. Met haar handen onder haar billen probeerde ze niet te wippen van opwinding bij de gedachte aan dit nieuwe avontuur. Ze keek door de open raampjes van de auto toe hoe het dorp verdween. Dit was heus niet de eerste keer dat ze in een auto zat, maar het was wel de eerste keer dat ze meer zag dan de oren van de passagiers tussen wie ze klem zat. Tot nu toe was de realiteit van haar 'autotochtjes' (in de streekbus wanneer ze met haar moeder meeging naar de markt in Agwu) beperkt tot het bekneld zitten tussen haar moeder en een andere passagier die bepakt en bezakt was met manden voedsel of met kippen - om te verkopen of zojuist gekocht. Zo dicht zat ze tegen andere passagiers aan dat hun zweet zich vermengde met het hare. Het was een keer gebeurd dat de kip die een vrouw naast haar vast had, ontsnapte en op haar poepte. Steeds wanneer ze uit de bus stapte, snakte ze naar een bad. Maar nu, tijdens deze tocht, kon ze zich uitstrekken als ze dat wilde en ook kon ze uit het raampje kijken om te zien hoe haar oude leven verdween in een wolk van stof, hoe de auto wegzeilde uit het dorp in de richting van de snelweg.

Het begon vrijwel meteen te regenen toen ze het dorp verlieten. Oom Mike sloot de raampjes. De ruitenwissers zwaaiden van links naar rechts, van links naar rechts, en zwiepten steeds weer een dun regengordijn weg. Rapu volgde het zjief-zjaf, zjief-zjaf zo lang met haar ogen dat het rubberen zwiepgeluid veranderde in een ritme in haar hoofd.

Het regende nog altijd toen ze na ruim een uur rijden aankwamen in Enugu, waar ze een pauze zouden inlassen om een familielid van Mike te bezoeken. Het was een man op wie tante Ezi kennelijk niet erg was gesteld, want ze had het over 'die bemoeials in jouw familie' gehad toen ze stopten voor zijn huis. Mike had haar gezegd dat zijn broer het al met al goed bedoelde en bovendien was hij, Mike, er de man niet naar om toe te staan dat zijn familie tussen hem en zijn vrouw kwam te staan. Was ze dan vergeten hoe hij het probleem met zijn moeder had aangepakt? En met Egbuna? Tot haar ontsteltenis hoorde Rapu de vrouw vinnig reageren dat ze hoopte dat het zo zou blijven omdat Silas een laaghartige vent was. 'Je moeder en je broer zijn anders. Silas is erger. Hij is een slang. *Agwo!*' In Lokpanta zetten de vrouwen niet zo'n grote mond op tegen hun mannen. Als ze het niet met hen eens waren, hielden ze hun woede en woorden in totdat ze alleen waren met andere vrouwen. Hoe vaak had Rapu niet gehoord dat haar moeder en haar vriendinnen hun mannen de mantel uitveegden in de beslotenheid van hun keukens, vertelden hoe grondig ze het oneens waren met een of ander standpunt? Toch bleven ze zich voegen naar de wensen van hun wederhelft: op bezoek gaan bij die schoonzus die ze helemaal niet mochten; zorgen voor die schoonmoeder die een heks was; de zoon aanvaarden die hun mannen bij een andere vrouw hadden. Rapu kende geen enkele vrouw die zo onbeschaamd foeterde over de familie van haar man. Kijk eens aan, dacht ze, mijn kennismaking met stadse manieren is begonnen en er zit al iets in mijn verhalentas.

Een glimp van Enugu was Rapu's eerste aanblik van een stad. Ze was niet onder de indruk. Al die heuvels leken zwijgende geesten en zagen er bedreigend uit. De hemel had iets vlekkerigs, alsof mensen na het eten hun handen niet hadden gewassen, maar aan de lucht hadden afgeveegd. Silas' huis maakte haar eerste stadservaring er niet fraaier op. Het snakte naar een lik verf. Rapu had verwacht dat in steden alles schoon en ordelijk zou zijn, maar ze zag alleen chaos en vuil. Een goot voor Silas' huis stonk alsof er sinds het begin van de schepping iets doods in lag. Ze moesten over die goot stappen om een binnenplaats te betreden waar kinderen speelden met een haveloze bal. Vanaf dat pleintje gingen ze een donkere, vieze steeg in met aan weerszijden deuren die toegang boden tot kleine appartementen. Het rook overal verdacht veel naar een geitenhouderij. Als dit de stad was, dan was het een fikse tegenvaller. Hoe konden mensen zo leven, met zoveel vuiligheid? Ze had altijd gedacht dat de stad stofvrij en brandschoon was, dat de stad volop ruimte bood - die geen vuiligheid verdroeg -, dat de mensen er de hele dag rondliepen in hun beste kleren. Vanwaar al die ophef over de stad als dit het wel zo'n beetje was? Waarom spraken de mensen in het dorp erover alsof ze het over de hemel hadden? Waarom droomden de mensen ervan om naar de stad te trekken? En al die verhalen over de stad die ze had gehoord? Waar kwamen die dan vandaan? Als de stad ook een andere kant had, een betere, dan hoopte ze maar dat het echtpaar waarmee ze onderweg was, daar woonde. Misschien was Kaduna heel anders dan Enugu. Misschien stelde dat meer voor als stad, misschien dat Kaduna tegemoet zou komen aan de verwachtingen die haar ertoe hadden bewogen haar beste jurk aan te doen, om te voorkomen dat ze niet op haar plaats leek.

Silas woonde in een flat op de begane grond, zijn woonkamer hing vol foto's van kinderen met oude gezichten. Ezi telde er zes.

Silas en oom Mike schudden elkaar de hand en begroetten elkaar. Toen de vreemde man zich tot tante Ezi wendde, vroeg hij: 'En? Mogen we binnenkort een uitnodiging verwachten?'

Tante Ezi negeerde hem, hoewel het er even op leek dat ze hem zou antwoorden, iets sarcastisch terug zou zeggen. Het was op haar gezicht te lezen.

Alle zes kinderen werden naar binnen geroepen om de bezoekers te begroeten. Druipend van de regen kwamen ze binnen.

Oom Mike legde zijn hand op het hoofd van het meisje en op dat van haar vijf broertjes en zei dat ze er goed aan deden niet al te lang in de regen te spelen. Vervolgens diepte hij uit zijn zak wat 'muntjes voor popcorn' op. Tante Ezi beantwoordde hun begroeting, maar zei verder niets.

De kinderen holden weer naar buiten, joelend van blijdschap om het geld dat ze net hadden gekregen. Rapu zag al voor zich hoe ze ermee zouden opscheppen tegen hun speelkameraadjes op de binnenplaats.

Silas vroeg wat ze wilden drinken en oom Mike zei dat ze op weg waren naar Kaduna en eigenlijk meteen weer moesten gaan, dat ze alleen even waren gestopt om hun gezicht te laten zien. En waar was zijn vrouw? Ze hadden gehoopt ook haar te zien.

Zijn vrouw was voor een tijdje bij haar zus in Akpugo die

net van haar achtste kind was bevallen. 'Heel vruchtbare vrouwen in die familie', zei hij alsof hij oom Mike belangrijke informatie toevertrouwde. Noch oom Mike noch zijn vrouw zei iets terug. Silas zei: 'Het is goed dat je je onze gebruiken herinnert.' Hij keek naar Ezi met een gezicht dat hij zou hebben kunnen trekken als hij onverwachts op een citroen had gezogen. 'Neem dan minstens een kolanoot, of neem ze mee naar huis als je ze nu niet wilt opeten, maar jullie kunnen hier niet even je gezicht komen tonen om dan weer met lege handen te vertrekken alsof je in een leeg huis bent geweest. Ik ben misschien niet zo rijk als sommige mensen die ik ken, maar dat wil niet zeggen dat ik niet gastvrij kan zijn.' Hij verdween achter een deur en kwam terug met vijf kolanoten op een schotel. Oom Mike bedankte hem en gaf hem het schoteltje terug. Silas pakte een kolanoot, sprak een dankgebed uit en brak de noot in punten. Hij pakte een punt en vroeg oom Mike en tante Ezi om er elk ook een te nemen. Daarna liet hij oom Mike de resterende kolanoten in zijn zak steken. Opstaand om te vertrekken, haalde oom Mike een stapeltje bankbiljetten tevoorschijn en legde dat op de schotel waarop de kolanoten hadden gelegen. 'Voor de kinderen', zei hij. Silas glimlachte breed naar hem en zei: 'Moge de zak waaruit dit geld is gekomen nooit verdorren.'

Toen ze weer in de auto zaten, wendde tante Ezi zich meteen tot haar man. 'Wat een vreselijke kerel! Hij kan niet eens behoorlijk zorgen voor die horde kinderen van hem en toch heeft hij het lef om zich te bemoeien met andermans kinderloosheid! Ben ik soms God, Mike? Ben ik God soms?' Haar stem verhief zich, vulde de auto en galmde in alle holle ruimtes toen ze het weer vroeg: 'Ben ik soms God?'

'Trek je toch niets van hem aan', zei haar man.

'Jij hebt gemakkelijk praten', antwoordde ze. 'Jij hebt gemakkelijk praten.'

4

Rapu hoopte dat de regen hen niet zou volgen tot in Kaduna, want dat zou niet zo'n gunstig begin van haar gloednieuwe leven zijn. Ze maakte zich zorgen, zeker na het weinige dat ze van Enugu had gezien. Zelfs de koelte in de auto was niet meer zo verrassend, leek wat klam te worden door het net verworven inzicht dat de stad heel anders was dan haar altijd was voorgehouden. Wat zou haar vader teleurgesteld zijn.

Ze zat achterin, met aan de ene kant een plastic tas met haar kleren en aan de andere kant een opgerolde omslagdoek die haar moeder haar om een of andere reden vlak voor het vertrek had toegestopt. Zoals al haar moeders omslagdoeken, was deze niet nieuw en ze had geen idee wat ze ermee moest. De reden zou later blijken, en wel op zo'n onverwachte manier dat zelfs zij niet kon geloven dat haar moeder dat niet op een of andere manier bewust zo had georganiseerd. Per slot van rekening zei men dat de familie van haar moeder de gave van het derde oog had. Die mensen zagen en hoorden dingen die gewone stervelingen niet gewaarwerden. Het verhaal ging dat haar moeders grootmoeder stenen gebruikte om de toekomst te voorspellen - dat was voordat ze zich tot het christendom bekeerde en die stenen in de rivier de Mmavu gooide. Haar overgrootmoeder was ook een bedreven regenmaakster en veegde dikke wolken weg met een korte bezem om regen op afstand te houden bij bijzondere gelegenheden, wanneer het voor de dorpelingen belangrijk was dat het droog bleef. Maar ze was hulpkosteres geworden - dol als ze was op de paarse sjerp en het gezag van die vrouwen - en had haar regenbezem in het kookvuur verbrand.

De vrouw, tante Ezi, die naar iets delicaats rook dat Rapu's neus vulde, zat op de passagiersstoel terwijl haar man reed. Ze had niet veel gezegd tijdens het bezoek aan Rapu's vader en ze had met een afgemeten knikje Rapu's begroeting beantwoord. Haar man had als enige het woord gevoerd. Ze had alleen gezegd dat ze Rapu nogal klein van stuk vond. 'Ze is wel klein... Ik weet niet zeker of ze wel geschikt is.'

Echewa had haar verzekerd dat ze niet zo jong was als ze oogde: 'Kijk maar naar haar enkels. Daaraan zie je precies hoe oud een vrouw echt is. Ze lijkt op haar moeder, beiden zien er klein en tenger uit, maar neemt u maar van mij aan dat ze allebei maar één bot hebben. Ze kunnen elke jongen of man van hun leeftijd de baas als het op vechten aankomt.'

Even leek de vrouw in lachen te zullen uitbarsten, maar haar man vroeg hoe oud Rapu was. Echewa zei dat ze, als hij zich niet vergiste, voor het einde van het regenseizoen dertien zou worden. En het was jammer dat Rapu's moeder er niet was om dat te bevestigen, aangezien ze naar een bijeenkomst in de kerk was.

De man zei dat hij Echewa geloofde en toen lachte iedereen. Rapu vond dat hij een aangenaam krachtige stem had.

Rapu keek nu naar hem en ze maakte zich ongerust over de achteloosheid waarmee hij het stuur vasthield. Nwogu, die met zijn vrachtwagen soms dorpelingen naar de markt vervoerde, hield het stuur altijd met gepaste ernst vast. Ze maakte zich bijna evenveel zorgen over de nonchalance van oom Mike als over de regen. In tegenstelling tot Nwogu, die altijd half over zijn stuur hing, leunde deze man achterover in zijn stoel, terwijl hij het stuur achteloos met één hand bediende.

De volgende dag waren ze teruggekomen om haar ouders weer te spreken. Ditmaal hadden ze flessen drank bij zich en een stapeltje geld als blijk van hun goede wil. En om te laten zien hoe attent ze waren, brachten ze ook twee broden en twee blikjes margarine mee voor de familie. Echewa zei dat dat allemaal niet nodig was, maar dat hun gulle gaven hem en zijn gezin ontroerden. De man sprak onder vier ogen met Echewa. Rapu's vader riep haar naar buiten en gaf haar in het bijzijn van de bezoekers brokjes wijze raad ('Gedraag je in de stad, dan zul je niet alleen je familie tot eer strekken maar ook jezelf', 'Beweeg je als een kameleon door de stad, pas je aan aan hun gewoonten, maar onthoud wie je bent'). Haar moeder had haar de avond tevoren raad gegeven. Zoals vrouwen dat doen, had ze Rapu discreet wijze woorden in het oor gefluisterd, alsof ze bang was dat een kwaadwillend ding of persoon die woorden zou wegblazen voordat ze Rapu's oren bereikten als ze hardop sprak. Rapu moest zich vooral toeleggen op haar werk, haar taken plichtsgetrouw vervullen. Laat je in de stad niet verleiden door de kwade krachten, door alle lichtjes. Denk aan de familie die je achterlaat.

Ditmaal had Rapu's vader de komst van zijn bezoekers goed voorbereid. Hij had gezorgd voor palmwijn en eten. Hij schonk eerst de palmwijn, uit een houten kalebas. *Mmanya* van Papa Bomboy. 'Drink en zeg me of u ooit eerder zulke palmwijn hebt gedronken!' De man schoot met zijn pink een mier weg voordat hij een slok nam, waarna hij verklaarde dat dit inderdaad de beste palmwijn was die hij ooit had geproefd. Zijn vrouw aarzelde en nam slechts een voorzichtig slokje. Ze zei niets. Toen kwamen Rapu en haar moeder binnen met dienbladen vol eten en water. Er was *gari* en egusisoep. De twee wasten hun handen in de kom water die Rapu hun voorhield en begonnen te eten. De man zei dat hij het eten overheerlijk vond en Echewa zei dat Rapu de beste kok in Lokpanta was. 'Iedereen die u iets anders probeert wijs te maken is een leugenaar! Zeg hun maar dat ik, Echewa, dat heb gezegd. U mag van geluk spreken dat u haar krijgt. Zoals dat meisje kookt... Een mens zou zich overeten! Ik dacht altijd dat niemand de kookkunst van mijn vrouw kon overtreffen, maar haar dochter is toch beter. Eet, en vertel me of u ooit lekkerder gerechten hebt geproefd dan die van Rapu.' De chique vrouw zei niets, leek zich vooral te concentreren op het kneden van kleine balletjes gari die ze in haar soep doopte. 'Je *nwanyi* eet als een vogeltje!' zei Echewa lachend. 'Stadse vrouwen! De eetlust van hun collega's in de dorpen hebben ze niet.' De man mompelde iets onverstaanbaars terug.

Toen de bezoekers klaar waren met eten, de borden waren afgeruimd en de belofte was gedaan dat Rapu twee keer per jaar vakantie zou krijgen om haar ouders te bezoeken, was het tijd om te gaan. Rapu verdween in een achterkamer en kwam er weer uit met een plastic tas vol kleren. Haar moeder liep niet mee naar de auto, ze bleef bij de deur staan, met een hand voor haar mond alsof ze probeerde zichzelf het schreeuwen te beletten. Rapu's broers liepen met hun vader en de bezoekers naar de auto. Rapu sloot de rij en Ezi wist niet zeker of ze huilde of niet. Toen ze bij de auto waren, riep Echewa dat hij bijna de cadeaus zou vergeten die hij had gereedgemaakt voor de gasten. Hij stuurde Eze en Aru terug om snel-snel de cadeaus uit de keuken te gaan halen. 'Vreselijk zou het zijn geweest als ik dat was vergeten! *Ngwa*, schiet op, het is een verre reis, ze doen er goed aan gauw op pad te gaan.' Eze kreeg een duwtje, waarna hij achter zijn broer aan holde. Even later kwamen ze naar buiten met zakken fruit: sinaasappels, guaves, donkere peren gehuld in zand. Kolven verse maïs. Yamswortels en een zak taroknollen.

De man zei dat het allemaal te veel was. 'Och, dit is veel te veel. Hartelijk dank, heel vriendelijk van u.' Zijn vrouw bedankte ook en ging in de auto zitten. De man opende de kofferruimte en hielp de jongens bij het inladen van de geschenken. Vervolgens opende hij het achterportier en gebaarde naar Rapu dat ze moest instappen. Het was hoog tijd om te gaan, anders zouden ze in Enugu moeten overnachten en dat wilde hij niet.

Echewa wekte de indruk tevreden te zijn met de grootmoedigheid van zijn geschenken. Rapu's moeder had de dag tevoren, toen hij in de weer was met de geschenken, gemopperd dat hij te veel weggaf, per slot van rekening ging hun dochter ook met hen mee, maar nu Echewa in zijn zak de bobbel voelde van het geld dat hij net had gekregen, betreurde hij zijn vrijgevigheid niet.

De hinderlijke regen was nog altijd niet gestopt toen ze Makurdi binnenreden. Als kiezelstenen kletterden de druppels op het dak van de auto. Tegen de voorruit spatten ze hard uiteen. Rapu probeerde haar bezorgdheid te vergeten door zich weer te concentreren op het zwiepen van de ruitenwissers, die gelijke tred probeerden te houden met het almaar heviger neerstortende hemelwater. Makurdi, dat blank stond van de regen, oogde als een stad in gebed. Er heerste een stilte die ze niet had verwacht aan te treffen in een stad. Maar ze vond het toch al een stuk beter dan wat ze van Enugu had gezien. Ze keek uit het raampje, dat helemaal was dichtgedraaid om de regen buiten te houden. De weinige mensen die ze onder enorme paraplu's zag wegvluchten voor de regen, zagen eruit zoals geesten er moesten uitzien.

Haar vriendin Ifeoma had ooit een geest gezien. Het was geen geraamte, zoals de verhalen van haar moeder wilden doen geloven, maar de verschijning had net als levende mensen gewoon vlees op de botten. Het enige waarin de geest verschilde van mensen was de wazigheid. Daarom had Ifeoma niet kunnen zeggen wiens geest ze had gezien. Misschien was het wel die van haar reeds lang overleden vader geweest. 'Waarom heb je hem niet met een scheermes in zijn wang gesneden om hem bij je te houden?' had Rapu gevraagd. Als je met een mes een sneetje maakte in de wang van een geest, dan kon die niet terug onder de grond, waar geesten zich ophouden, maar dan zou hij voor altijd bij je blijven.

Ifeoma had gezegd dat ze dat niet had gedurfd omdat ze er niet zeker van was geweest dat het haar vader was. 'Stel dat het de geest van een vreemde was? Van een boosaardige vreemde?' Daar had ze gelijk in. Niemand wilde verantwoordelijk zijn voor de geest van een vreemde. Als het een slecht iemand was geweest, zou je namelijk alle straf voor zijn boosaardigheid op aarde overnemen.

De gedachte aan de dood joeg Rapu angst aan, al was er nog nooit iemand overleden die ze van nabij kende. Trouwens, het waren niet de geesten van bekenden die je angst aanjoegen, maar de geesten van vreemden, van mensen met wie je nooit iets te maken had gehad. Haar vier grootouders waren gestorven voor ze was geboren of voordat ze oud genoeg was om hen te kennen. En nu ze het huis uitging, werd ze opeens bevangen door de vrees dat een naaste zou overlijden voordat ze de kans kreeg die persoon nog eens te zien. Die angst nam de plaats in van haar opwinding. Instinctief reikte ze naar haar moeders omslagdoek en hield die tegen haar neus. Toen ze de scherpe, rokerige geur van haar moeders oude doek inademde, wilde ze huilen. Nu meende ze te begrijpen waarom ze die omslagdoek had meegekregen: om vertrouwde geurtjes bij zich te hebben die haar zouden troosten. In die verklaring was ze blijven geloven totdat de werkelijke reden aan het licht kwam, een reden die ieders levensloop grondig zou veranderen.

5

Ze sliep toen ze Kaduna binnenreden. Tegen de tijd dat ze wakker werd, was de regen opgehouden die hen ongeveer de hele dag had gevolgd. De auto was trager gaan rijden en belandde in een file die traag en willoos voortkroop over goed geasfalteerde wegen. Kaduna zag er gezuiverd uit. Als een katholiek die net uit de biecht kwam. De aanblik van de schone stad beviel haar wel. Het zag er allemaal heel anders uit dan Enugu. In de auto sprak niemand. De radio speelde een zacht deuntje dat tot stilte versplinterde toen ze halt hielden voor een grote poort.

Ze vroeg zich af wie ze ditmaal een beleefdheidsbezoekje gingen brengen. Het huis achter de poort kwam in beeld. Het zag er niet uit als een huis waarin mensen woonden. Misschien dat het een soort kathedraal was of zo. Na kort claxonneren zwaaide een man van middelbare leeftijd met een pet op beide helften van de poort open. Omdat de raampjes dicht waren, werd zijn 'welkom thuis!' gesmoord. De man holde achter de auto aan en zodra die stopte, haastte hij zich naar de kofferbak om er het fruit en de groenten uit te halen. Hij zette de zakken naast de auto op de grond.

Het huis waarvoor ze waren gestopt was magisch. Groter dan de andere huizen in de omgeving, groter dan de katholieke kathedraal in Lokpanta die was gebouwd met subsidie van de Europeanen. Dit huis was groot genoeg om een heel dorp te huisvesten en groter en mooier dan Rapu ooit had durven dromen. Ze had nooit gedacht dat er zoveel geld in de wereld was om zulke gebouwen op te trekken. Dit kon toch niet haar nieuwe thuis zijn? Dit huis overtrof echt alle dromen die ze had gehad over de stad. Toch zou ze hier voortaan wonen. Even sidderde ze van opwinding. Misschien was het die opwinding waardoor ze opeens vreselijk moest plassen. Samenzweerderig fluisterde ze dat in het oor van tante Ezi, die inmiddels ook was uitgestapt en nu vrij schaamteloos door oom Mike werd omhelsd. Ze maakte zich los uit zijn armen en begeleidde Rapu drie brede treden op naar het 'gastentoilet'.

Aangezien ze tot nu toe haar hele leven had doorgebracht in een dorp waar men zijn behoefte in een kuil deed - wat nog altijd beter was dan in het bos, met van die scherpe doorns in je blote billen -, was een wc een sprookje. Het toilet dat haar net was getoond zag er goed genoeg uit om erin te eten. Met open mond staarde ze naar de stralend witte toiletpot. Hoe werkte dit? Moest ze erop gaan staan? Eroverheen hurken? Zitten? Hoe pak je dit in hemelsnaam aan? Ontredderd keek ze naar tante Ezi. Met een lach liet deze zien hoe het werkte. Wat omhoog moest. Hoe ze moest zitten. 'O, en trek alsjeblieft door als je klaar bent. Je drukt gewoon op deze knop en klaar ben je. Daarna ga je buiten Sylvanus helpen om die spullen naar binnen te brengen.'

Ze gaven haar een rondleiding door het huis nadat de auto was leeggehaald. Van beneden tot boven lag er vloerbedekking. Het stond als een paal boven water: deze mensen waren rijk. Zelfs naar stadse maatstaven.

'Als u me het keukengerei wijst, tante, kan ik al beginnen met koken', bood Rapu aan toen de rondleiding in de keuken eindigde. Ze wist hoe ze zich als een echt dienstmeisje zou moeten gedragen en was vastberaden dat ook meteen te bewijzen. Ze wilde niet dat ze opeens andere ideeën over haar kregen, zoals de stadsmensen die Ify vorig jaar hadden aangenomen. Ify kon na één dag al vertrekken. Toen die mensen haar terugbrachten naar haar moeder, een weduwe die in de buurt van Rapu's huis woonde, had de beschaamde vrouw luidkeels gejammerd dat ze het nu moest stellen zonder het maandloon dat haar rechtstreeks zou worden toegezonden.

6

Toen Rapu het nieuws vernam, was ze meteen naar Ify gegaan. Niet te geloven: ze ging als hulp bij een nieuwe familie werken en had gevraagd of ze een dutje mocht doen alvorens te beginnen! Ify had beter moeten weten. 'Maak jezelf onmisbaar', had Rapu's moeder haar aangeraden. En als het aan Rapu lag, was er geen beter moment om daarmee te beginnen dan nu.

De keuken blonk als op de dag van de schepping. Ze vroeg zich af hoeveel werk, hoeveel poetsen en boenen het vergde om een keuken zo schoon te houden. De gedachte alleen al bezorgde haar pijnlijke botten, maar dat deed niets af aan haar enthousiasme. Er hingen kasten boven apparaten die ze amper herkende. Er was niets te herkennen van de eenvoud van haar moeders keuken. Aan de muren kleefde geen roet en van die typische keukenlucht was ook niets te merken. Deze keuken rook nergens naar.

'Waar staan de pannen, tante?'

Ezi trok een kast open en haalde er een pan uit die zo glom dat Rapu er heilig van overtuigd was dat het ding nog nooit gebruikt was. 'Hier berg je de pannen.'

Waar moest ze beginnen? Hopend op instructies keek ze tante aan.

'Laten we vandaag maar yampuree maken. Geef me eens een yamswortel van die stapel.'

Rapu pakte een wortel. Ezi opende nog meer kasten en haalde een fles palmolie, een plastic doos met gemalen rivierkreeft, wat uien en een pot gemalen peper tevoorschijn. Geen wonder dat deze keuken nergens naar rook, alles zat in opbergdozen of blikken achter kastdeurtjes.

Ezi opende de koelkast en haalde er wat tomaten en in krantenpapier verpakt vlees uit. Dat is al beter, dacht Rapu. Even had ze gevreesd dat ze zonder vlees of vis moest koken. Het was minder vlees dan ze had verwacht (ze dacht dat stadsmensen kilo's vlees aten), maar toch altijd beter dan niets. Thuis aten ze nauwelijks vlees, maar Ify had haar verteld dat het echtpaar waarbij ze zou inwonen, kookte met hompen vlees zo groot als de vuist van haar vader. Rapu begon te denken dat Ify had overdreven. Ja, óf ze had overdreven, óf deze mensen waren ondanks al hun rijkdom gierig.

Ezi bezorgde Rapu een mes, een vijzel en een stamper, en zette haar aan het werk. Dit was een karweitje waarmee Rapu vertrouwd was. Echt dol op yampuree was ze niet - en zeker niet yampuree zonder spinazie -, maar dat maakte niet uit. Ze begon zich al thuis te voelen. Ze schilde de yamswortel, sneed hem aan plakjes en die vervolgens weer aan blokjes, zoals haar moeder haar had geleerd. Ze hakte de ui en stampte die tot moes. Net als thuis, zong ze terwijl ze aan het werk was. Het waren de liedjes van haar moeder. Rapu probeerde niet aan haar te denken, zich niet af te vragen wat haar moeder op hetzelfde moment aan het doen was. Ze was nu een stadsmeisje, en dit was wat iedereen in haar familie haar toewenste. Ze wilde er een succes van maken.

De eerste hindernis diende zich aan toen de yamswortel was gewassen en het vlees in porties was gesneden, klaar om bereid te worden. Hoe lang en waar ze ook keek, ze zag niets wat ze kon gebruiken om te koken. Alles glansde, maar nergens was hout te bekennen om een kookvuur te stoken. Dat verraste Rapu niet; Ify had haar verteld dat de mensen in de stad geen hout gebruikten omdat ze binnenshuis kookten. En dat ze dat deden op een grote witte doos, maar in deze keuken stond niet zo'n witte doos. Wat er stond was zwart of metaalkleurig.

7

Al in haar eerste week paradeerde Rapu door het huis alsof het van haar was. Als er niemand in de buurt was, liet ze zich wegzakken in de zachte kussens van de sofa's. Haar vingers liet ze over de houten balustrade van de trappen glijden. Ze vlijde zich neer op het hoogpolige tapijt in haar kamer, waarvan ze de weelderigheid opslorpte. Ze had het gevoel te worden overspoeld door fantastisch helder licht. De weldadige warmte van het tapijt maakte het haar bijna onmogelijk nog aan haar familie thuis te denken. Dit was nu haar thuis. Deze kamer. Dit bed met die echte matras waar ze zo allengs al aan gewend was. Die ventilator die de hitte op afstand hield. Die wekker die 's morgens rinkelde om haar te wekken en om van haar een *sivilaized being* te maken. En dan het toilet... In het begin had ze er een keer kleren in gewassen (wat had tante Ezi haar uitgelachen nadat zij had verteld dat het toilet alleen bedoeld was om er je behoefte in te doen). Al die dingen, dit huis met al zijn pracht en praal was nu haar thuis. Dit was nu haar leven. En als ze hard werkte en hier bleef, zou ze genoeg geld verdienen om haar ouders in staat te stellen hun eigen huis te bouwen. Geen huis van deze omvang natuurlijk, hun ambities waren bescheidener: een betonnen gebouw met een zinken dak, ter vervanging van de lemen hut met het rieten dak dat elk regenseizoen lekte. En voor iedereen zou ze een schuimrubber matras kopen. De matten waarop ze nu sliepen konden ze weggeven of, nog beter, verbranden. Het vreugdevuur zou ze eigenhandig aansteken. Ja, zo rijk zou haar familie worden.

Zolang ze voor hen bleef werken, had oom Mike haar vader verteld, zou hij haar elke maand honderd naira betalen. Haar vader had bepaald dat vijftig naira naar hem ging en dat zij de andere helft kreeg om zaken te kopen die vrouwen nodig hebben. Ze wist al wat ze zou kopen van haar eerste loon. Het maakte niet uit dat ze het niet onmiddellijk nodig had. Met al het goede voedsel dat ze te eten kreeg, zou haar eerste aankoop binnen de kortste keren van pas komen, daar was ze zeker van, want het was heus niet Gods wil dat ze onvolgroeide borsten had. Dat wist ze. Het was slechts een kwestie van tijd en goed voedsel en dan zouden haar borsten duidelijk zichtbaar beginnen te worden.

Ze speelde met het lichtknopje in haar kamer - aan, uit, aan, uit, aan - en genoot van de aanblik van die ene gloeilamp aan het plafond die de kamer ophief uit zijn duisternis. Zo moet de eerste dag van de schepping vast hebben aangevoeld.

8

’s Morgens vertrok oom Mike naar zijn supermarkt aan de Ahmadu Bellostraat, waar veel Igbomannen ook hun winkels hadden. Hij zei dat de betrekkingen verbeterd waren sinds de oorlog van 1968, dat Igbo ook winkels zouden moeten hebben in het hart van de Hausawijken, maar dat dat tot dan toe niet was gebeurd. Zijn supermarkt was een succes, vooral dankzij de loonsverhogingen en vanwege het einde van de lange droogte, een periode waarin de mensen veel minder geneigd waren om geld uit te geven aan niet-essentiële dingen. Hij vertelde Rapu dat hij zich een slag in de rondte werkte om klanten te bedienen die nu weer dit, dan weer dat wilden. Een verademing na de schrale jaren die Kaduna had gekend, na het regenloze regenseizoen dat de oogsten had verdord. Opeens was er dat royale gebaar geweest van de regering-Gowon, die opeens zoveel inkomsten genoot dat ze het minimumloon verhoogde van 300 tot 700 naira. Rapu begreep niet wat ‘minimumloon’ betekende, maar als de mensen daardoor in groten getale naar de winkel van oom Mike kwamen, kon ook zij er alleen maar blij mee zijn. Als oom Mike haar vertelde – niet als dienstmeisje maar als lid van de familie – hoeveel klanten hij vanwege dat ‘minimumloon’ die dag weer had bediend, dan was zij ook dankbaar voor dat minimumloon. ‘Ik ben zo moe vandaag, is er iets te eten voor me?’ vroeg hij steevast als hij thuiskwam. Dan liet hij zijn leren aktetas op de tafel vallen alsof hij het gewicht niet langer kon torsen. Hij was moe.

Niettemin was het tante Ezi die het grootste deel van de

dag doorbracht in bed alsof zij zich een slag in de rondte had gewerkt, alsof zij klanten had bediend. En als ze niet in bed lag, hing ze voor de televisie in de woonkamer en vroeg ze Rapu om 'iets kouds te drinken'. Het gebeurde ook wel dat ze danste op een highlifedeuntje op de tv. Vreemd genoeg had ze nog één ander tijdverdrijf: breien. Eigenlijk was er geen plek in huis die niet was aangekleed met een van haar handwerkjes. Paarse onderleggers, een witte tafelloper die niet helemaal af leek. Verder voerde tante Ezi niets, maar dan ook niets uit. Echt onvoorstelbaar zo lui en sloom als ze was, ook al hád je een goede huishoudhulp. Bij de buren kookte de vrouw des huizes nog altijd voor haar man. Dag in, dag uit. En haar kinderen stopte ze voor het slapengaan persoonlijk in bad, hoe moe ze ook was.

Rapu klaagde niet. Het werk dat ze moest doen was niet onoverkomelijk. Wel wist ze dat een luie vrouw gaten achterlaat waardoor haar man van haar zou kunnen worden afgepakt. Mannen hielden niet van luie vrouwen. Geen enkele man. Soms zag Rapu hoe oom Mike naar zijn vrouw keek. Een blik vol medelijden was het. Nee, niet medelijden. Hij had eerder met haar te doen. Alsof hij al wist dat hij bij haar weg zou gaan en de toekomst voor zich zag waarin zij zou belanden: die van een vrouw alleen. En natuurlijk zou niemand het hem kwalijk nemen. En als hij zo naar haar keek, glimlachte ze en zei: 'Liefste, *i na-atago*?', alsof ze niet helemaal kon geloven dat hij toch weer thuis was gekomen. Dan glimlachte hij en hij kuste haar op de wang. Als ze dan helemaal begon te stralen, had Rapu met haar te doen. Omdat iedereen met ogen in zijn hoofd kon zien dat oom Mike haar aan het verlaten was.

Soms kwamen er vriendinnen van tante Ezi op bezoek. Vrouwen die Rapu nooit uit elkaar kon houden omdat ze wel klonen van elkaar leken. Afrokapsels zo groot dat ze er haast onder bezweken, grote zonnebrillen die hun ogen verstopten en autosleutels die losjes aan hun pols bungelden. Ze zagen eruit alsof ze zo uit een tv-film kwamen, zo chic en opgedirkt waren ze. Soms hadden die vrouwen hun kroost bij zich, kinderen die alleen Engels spraken en met wangen zo rond en zacht dat Rapu de neiging had erin te knijpen. Pas als die kinderen over de vloer waren, merkte Rapu op hoe stil het er anders was. Een reusachtige stilte lag als een deken over het huis. Ze begon zich af te vragen waarom tante Ezi geen kinderen had.

'Misschien heeft hij haar baarmoeder voor *ogwu* gebruikt', zei Anwuli toen Rapu het ter sprake bracht. Anwuli was de hulp van het gezin naast hen. Hun huis was kleiner dan dat van oom Mike en Anwuli's kamer deed ook dienst als opslagruimte voor zakken rijst en yamswortels. Maar Anwuli woonde al veel langer in de stad. Rapu geloofde niets van dat ogwuverhaal. Oom Mike was niet iemand die het op een akkoordje met de duivel zou gooien om rijk te worden. Dat wist je meteen als je hem zag. Hij was geen man die handjeklap speelde met de duivel: buitensporige rijkdom in ruil voor de baarmoeder van zijn vrouw. 'Nou ja, je moet het zelf maar weten. Maar wees voorzichtig. Mensen die bulken van het geld zijn niet te vertrouwen.' Rapu meende dat Anwuli gewoon jaloers was en het duurde lang voor ze weer tegen haar sprak. Ze legden het pas weer bij toen Anwuli aanbood Rapu's haar te vlechten. Als ze niemand kon vinden om te helpen haar haar fatsoenlijk te houden, had tante Ezi gezegd, zou ze haar hoofd moeten laten scheren. Helemaal kaal. Alsof tante Ezi niet wist dat het taboe is om het haar van een jong meisje af te scheren alsof ze een weduwe is. 'Ik zeg het je, Anwuli, die vrouw is een heks!' Onvoorstelbaar wat de stad het gezonde verstand van mensen soms kon aandoen. Hoe snel herinneringen in de vergetelheid werden geduwd, hoe gemakkelijk men fatsoensnormen vergat.

9

Vandaag had tante Ezi bezoek van tante Ifedi, een vrouw die altijd nors keek, alsof die frons als een tatoeage op haar gezicht was geëtst. Ze was bijna even erg als tante Ezi. Ze wilde voortdurend eten of drinken. De twee vrouwen hielden Rapu continu bezig, aan één stuk door moest ze dingen halen, spullen sjouwen en eten koken. Tante Ifedi had verse vis meegebracht en had Rapu gevraagd een pan soep van vis en pepers te maken. Het was er niet bepaald het weer voor – peper-vissoep bij deze hitte! Ze verwijderde de schubben, waste de vis en hakte die in grote moten. Het was zoveel vis dat haar hele familie er een flinke maaltijd aan zou hebben, maar de dames wilden de soep als een simpel hapje tussendoor. Tante Ezi hoefde de vissenkoppen niet en natuurlijk werden die ook de heer des huizes niet voorgezet. Dus als de pot vis schafte, dan ging de kop automatisch naar Rapu.

Toen de vissoep klaar was, schepte Rapu de kop er uit en legde die apart voor zichzelf. De rest van de vis schikte ze in een schotel, die ze bedekte zoals het haar was geleerd. Op een dienblad bracht ze de schotel samen met twee rammelende lepels naar de vrouwen. Toen ze weer terug in de keuken was, ging ze zitten om zich te goed te doen aan haar feestmaal. Zorgvuldig peuterde ze de ogen uit de kop en legde die opzij, omdat ze het lekkerste voor het laatst wilde bewaren. Toen begon ze aan de zijkant van de kop. Al etend sloot ze haar ogen, genietend van de zalige kruiden die als het ware openbarstten in haar mond. Omdat ze volledig opging in dit culinaire feest, hoorde ze niet dat tante Ifedi haar met schrille stem riep en evenmin zag ze dat de vrouw de keuken binnenkwam. Dus de klap kwam als een volslagen verrassing.

'Wat is er gebeurd met die vissenkop, kleine dief?'

Pets! Nog niet helemaal fijn gekauwde stukjes van de opgepeuzelde vissenkop vlogen uit haar mond over de tafel.

'Waar is die vissenkop?'

Ze legde een hand op de gloeiende wang en het enige wat ze kon uitbrengen was 'Tante Ifedi...' Het klonk eerder als een vraag, wat de vrouw woedend leek te maken.

'Wat nu, "tante Ifedi"? Ik heb je een hele vis gegeven om te bereiden. Wat is er met de kop gebeurd?'

'Die heb ik opgegeten, *ma*.'

'Heb jij die opgegeten?! Heb ik soms gezegd dat dat mocht?'

'Nee, *ma*.' Inmiddels besefte ze dat het geen zin had om het te proberen uit te leggen, dat er niets uit te leggen viel.

'Sta op wanneer ik tegen je praat!' Ze stond op. Alle regels trad ze met voeten. Hoe had ze in hemelsnaam de gedragsregels waaraan haar soort zich diende te houden zo onbezonnen overboord kunnen werpen? Hoe moest het met haar aflopen als ze naar huis werd gestuurd? Wat zou er dan met haar gebeuren? En met haar vader? Hoe moest hij de eindjes aan elkaar knopen, in afwachting van het moment dat zijn zoons het studeren beu waren en zouden gaan werken? Ze waren thuisgekomen met goede rapporten en toen hun vader verbijsterd had geroepen of ze dan voortaan maar rapporten moesten eten, hadden ze verteld dat ze op de nominatie stonden om een beurs te krijgen voor een vervolgstudie. 'En waar moet ik dat van betalen?' had Echewa gevraagd, waarop de oudste zoon had geantwoord: 'Een beurs betekent dat jij helemaal niets hoeft te betalen. De regering betaalt.'

'Niemand geeft iets weg zonder iets terug te verlangen. Wat eist de regering terug als jullie klaar zijn? Koeien? Je vrouw? Je leven? Wat?'

De jongens hadden geen antwoord paraat.

'Je broers zijn dwazen', zei hij tegen Rapu toen ze maanden later weer eens naar huis ging. 'Jij bent de enige op wie ik kan rekenen.'

Tante Ifedi trok haar bij een oor naar de kamer waar tante Ezi zat, met haar benen voor zich uitgestrekt.

'Ezi, je verwent die meid van je te veel, *eziokwu*. Ze heeft mijn vissenkop opgegeten. De brutaliteit!'

Tante Ezi nam haar van top tot teen op en toen ze sprak, was het om haar te vragen of iemand van haar familie het zich kon veroorloven zulke vis te kopen, en of ze soms terug wilde naar de armoede waaraan ze was ontsnapt, om te zeggen dat zij geen dieven duldden. 'Stelen, dat is wat je hebt gedaan. Als je de volgende keer iets wilt, dan vraag je het eerst aan de eigenaar!'

De vis was als een prop in haar keel blijven steken en die kreeg ze niet weg, hoe hard ze ook slikte. Wat zou ze deze vrouwen, deze opgeblazen vrouwen, graag vertellen dat haar ouders misschien niet rijk waren, maar dat ze wel wisten wat goed was en wat fout, en dat ze dat bepaald niet van hen kon zeggen. Ze wilde dat ze tante Ezi kon zeggen hoe lelijk ze was, dat ze volkomen ten onrechte het geluk had met een man als oom Mike te zijn getrouwd, iemand die een veel, veel betere vrouw dan zij verdiende. Ze wilde dat ze haar kon confronteren met haar onvruchtbaarheid, dat ze haar de liedjes kon toezingen die ze in het dorp zongen voor vrouwen met een dorre baarmoeder - liedjes die hun voorhielden dat niemand iets heeft aan een hen die geen eieren legt.

Maar dat deed ze niet. Ze kon het niet. Schuifelend op het tapijt wachtte ze het moment af waarop ze haar weer zouden wegsturen, zodat ze in haar eentje een potje kon huilen. Dat ze iets verkeerds had gedaan, wist ze wel, maar om als dief te worden bestempeld kon ze niet verdragen. In een hoekje van de keuken huilde ze om de schande van haar vaders armoede en omdat ze die vrouwen niet flink de waarheid had kunnen zeggen.

En toen zwoer ze een eed.

10

Oom Mike vergiste zich altijd in haar naam. Hoe vaak tante Ezi hem ook corrigeerde (Rapu deed dat natuurlijk niet), hij kon het nooit onthouden. Als hij een glas water wilde, riep hij: 'Ije! Agnes! Eunice!' Dan giechelde tante Ezi: 'Rapu is het! Rapu!' En dan herhaalde hij de naam, zelfs als Rapu al had gereageerd, met een lach waarbij zijn ogen oplichtten. En als hij haar drie tellen later opnieuw liet komen om het glas weer naar de keuken te brengen, riep hij alweer een andere naam. 'Je oom krijgt gaten in zijn hoofd als een oude man', plaagde tante Ezi, waarna de twee lachten. Rapu kon daar nooit om lachen. Een vrouw mag haar man niet belachelijk maken in het bijzijn van iemand anders. Zelfs niet voor de grap. Ze vond dat het de moeder van deze vrouw niet bijster goed was gelukt om haar dochter manieren bij te brengen. En ze kon niet zien wat Rapu wel zag. Dat zelfs wanneer haar man lachte – hihihi hahaha –, ze kon zien dat hij ergens anders was; ze was er bijna zeker van dat oom Mike ergens in de stad een andere vrouw had. Dat hadden alle mannen, maar verstandige vrouwen hielden hun ogen scherp en hun tongen lenig, en als ze het zagen, lokten ze hun mannen terug naar huis voordat de zaken uit de hand liepen.

'Mannen zijn als palmwijn', zei haar moeder toen ze oud genoeg was om zoiets te begrijpen. 'Drink met kleine slokjes en drink met respect, anders verlies je elk besef van goed en kwaad en graaf je je eigen graf.' Haar moeder, haar wijze moeder, kon deze vrouw nog een en ander leren over hoe je een man aan je bond. Vooral hoe je je man behandelt ten overstaan van andere vrouwen. Welke maat de penis van je man ook heeft, geen enkele andere vrouw hoort dat te weten. Thuis in het dorp kregen alle meisjes dat ingepeperd. Hooguit in de beslotenheid van je huis kon je je een zekere mate van familiariteit veroorloven. Maar vooral andere vrouwen hadden daar niets mee te maken.

En ja, zij was ook een vrouw. Haar borsten begonnen te groeien. Ze hoefde er niet meer in te knijpen, hoefde ze niet meer te smeken om eindelijk vol te worden. Dat deden ze nu helemaal vanzelf. En ook was ze begonnen 'haar kip te kelen'. Het was al eens eerder gebeurd, ongeveer een jaar geleden toen ze nog bij haar ouders woonde, maar het was weer opgehouden, net toen ze zich ging verheugen. Nu leek die levensfase echter voorgoed te zijn ingetreden. Ze was een echte vrouw geworden. Haar heupen zouden ook ronder worden, net als haar buik, waar ze nog steeds niet blij mee was: in het midden te hol, als een lepel haast. Met zo'n maag zag ze er ondervoed uit en dat vond ze vreselijk, zij het niet zo vreselijk als haar kleine borsten.

Toen ze daarover mopperde tegen Anwuli, vroeg die of ze helemaal betoeterd was. Stapels tijdschriften sleepte ze aan met foto's van meisjes die naar haar zeggen gevierde modellen waren in *Amayreeka*, meisjes die genoeg geld verdienden om heel Kaduna te kopen, louter en alleen vanwege hun uiterlijk. 'Alle meisjes hier willen eruitzien als zij. En jij beklaagt je! *Chei!* Het zijn vrouwen met billen die niet kunnen zitten.' Rapu had de foto's bekeken en niet ingezien waarom iemand die meisjes stapels geld zou betalen om er zo ondervoed uit te zien. Echt, zei ze, het maakte haar niet uit of die meisjes nu wel of niet geld kregen voor hun uiterlijk, zélf wilde ze er niet zo uitzien. En eerlijk gezegd had ze de grootste twijfels over Anwuli's beweringen. Hoe wist Anwuli nu wat er gebeurde in *Amayreeka*? Ze was zelfs nog nooit in *Leegos* geweest, dat volgens iedereen een soort voorportaal van het buitenland was. Als het echt zo in de mode was, waarom probeerde Anwuli er dan zelf niet zo uit te zien? Zij had een mooie ronde buik, de ideale buik, en dat wilde Rapu ook. Nu ze eindelijk echt ongesteld werd, wist ze bijna zeker dat zo'n ronde buik opeens ook voor haar was weggelegd.

Anwuli had haar laten zien welk maandverband ze moest kopen (geen denken aan dat ze dat tante Ezi zou vragen). Maar goed dat het 's nachts was begonnen. Ze had een zeurende pijn in haar onderbuik gevoeld en kreeg de bevestiging die ze zocht toen ze met een stuk toiletpapier tussen haar benen veegde. Om de nacht door te komen, maakte ze van zakdoekjes een prop die ze bij zichzelf inbracht. Toen ze de volgende morgen naar de markt werd gestuurd, was ze even bij Anwuli langsgegaan om advies.

Ze was dankbaar dat ze Anwuli had, want zonder het oudere meisje zou haar leven echt veel moeilijker zijn geweest. Ze profiteerde volop van Anwuli's ervaringen met het stadsleven en leerde Kaduna vooral via haar kennen. Op haar beurt vond Anwuli het leuk om bepaalde ervaringen die ze als nieuwkomer in Kaduna had gehad opnieuw te beleven, en ook had ze er plezier in om Rapu allerlei dingen bij te brengen. Ze vond het prachtig dat haar jongere vriendin grote ogen opzette bij zaken die voor haar al doodgewoon begonnen te worden. Zodoende volgde Rapu haar vriendin op de voet en slorpte ze alles op van Anwuli's wereldwijze, succesvolle - vooral bij de mannelijke kooplui - en stadse manieren: boezem zo ver mogelijk uit je decolleté, een lage, zwoele stem opzetten en mannen met een verleidelijke oogopslag aankijken. 'Laat de mannen je maar aanraken als ze willen. Te ver zullen ze toch niet gaan, niet op de markt.' En dus liet Rapu toe dat ze haar pols vastpakten, een arm om haar middel sloegen of snel een borst streelden als niemand keek. Zulk gedrag zou in het dorp nooit zijn getolereerd. Een meisje zou zich nooit zo laten aanraken door een man in het openbaar, nog voor geen duizend naira. Rapu genoot van deze vrijheid, de vrijheid om te worden aangeraakt, die je alleen in de stad vond. En daarom giechelde ze als de mannen aan haar voelden en bedong ze de beste prijs voor de tassen en topjes en beha's waarop haar oog viel.

Zodra handelaars nieuwe koopwaar hadden, zei Anwuli tegen Rapu: 'Ik heb de bel gehoord! Ze klingelen met hun bellen.' En als Rapu kon, holde ze naar haar vriendin en dan haastten ze zich om zich te verliezen in de bonte kleuren van confectiekleding uit landen waarvan ze wisten dat ze die nooit zouden bezoeken.

11

Die avond zouden er mensen komen eten. Het waren belangrijke vrienden van oom Mike en hij wilde dat er *isi ewu* werd gemaakt. Met daarbij ook nog eens rijst (drie soorten), yampuree (drie varianten soep) en een grote schotel salade. Rapu stond in alle vroegte op en ging meteen aan het werk. Ze hoopte dat tante Ezi vandaag zou beseffen hoeveel werk het etentje van haar hulp zou vergen en dat ze een beetje zou meehelpen. Een heel klein beetje zou al prachtig zijn. Hoe moest ze al die gerechten in hemelsnaam voor het middaguur klaarkrijgen? Als zoiets zich voordeed in het dorp, dan kwamen haar moeders vriendinnen om rijst te wassen en groenten te hakken, en ze zouden aanbieden om de voorbereide ingrediënten mee naar huis te nemen om ze daar te koken. Hier kwamen de vrouwen alleen om te eten. Ze telde twaalf koppen rijst uit, strooide die uit op een groot dienblad en zette vervolgens een pan vlees op het vuur.

Dat oom Mike al dat eten bestelde, tot daaraan toe. Hij was een man en mannen hadden geen idee hoeveel werk er in koken kroop. Mannen schoven gewoon aan en wachtten tot het eten werd opgediend. Dat was hun recht en daar zat ze ook niet mee. Ze ging zitten op een keukenkruk, zette het dienblad op haar knieën en begon steentjes uit de rijst te vissen. Nee, mannen hadden geen idee hoe vermoeiend het was, hoeveel energie koken kostte. Dus natuurlijk mocht oom Mike haar best vragen om rijst en soep en salade en *abacha* te maken, maar het was aan zijn vrouw om alles een beetje binnen de perken te houden, om met dat flauwe stemmetje tegen hem te zeggen: 'Maar liefste, zoveel eten kan toch niemand in zijn eentje klaarmaken?' En als ze dat niet deed, dan kon ze minstens even komen helpen. Al met al had haar hulp maar één paar handen.

Rapu waste de rijst, zeefde het kaf eruit en zette de pan rijst op een andere gaspit. Daarna pakte ze de twee geitenkoppen die sinds gisteren in de koelkast lagen en waste ze grondig. Eerst spoelde ze de oren uit, vervolgens schrobde ze de huid op de kop met een spons en toen zette ze de koppen in een pan water op het fornuis. Nadat ze zout en kruiden had toegevoegd, deed ze de deksels op de pannen. Het was tijd om aan de woonkamer te beginnen.

Soms voelde ze zich de vrouw des huizes. Alles wat ertoe deed had ze volledig onder controle, alles wat een vrouw tot een goede echtgenote maakt: ze kookte, ze maakte schoon en als oom Mike iets nodig had, was zij het die hij riep.

Ze veegde met een doek over het stoffige glas van de ingelijste trouwfoto. Tante Ezi had haar op het hart gedrukt er voorzichtig mee om te gaan. (Alsof Rapu de breekal was die glazen liet vallen en zei: 'Oeps, wat ben ik soms toch onhandig.') Het is die lijst die Ezi aan gruzelementen zal gooien op de koele tegelvloer van de keuken. Haar keuken. Maar die dag was nog ver verwijderd, loerde nog ergens ongezien in de toekomst. En daarom nam Rapu zorgvuldig stof af. Twee stralende gezichten lachen de camera toe. (Ze had het altijd raar gevonden dat ze in de camera keken en niet in elkaars ogen, zoals ze deden in de buitenlandse films waar tante Ezi zo graag naar keek en waarbij ze in haar handen klapte als ze helemaal opging in een scène. Op haar eigen trouwfoto zou Rapu in de ogen van haar man kijken. Zo had ze het zich ook altijd voorgesteld. Dat was de enige fatsoenlijke manier om op een trouwfoto te staan.) In cirkeltjes stofte ze het gezicht van oom Mike af en met driftige strepen dat van tante Ezi. Toen waren de nekken aan de beurt. Ze glanzen van het zweet. (Zelf zou ze er wel voor zorgen dat haar man niet zweette. Met een wit zakdoekje, weggestopt in haar o zo enige bruidstasje uit Londen, zou ze het zweet eerst even uit zijn nek hebben geveegd. Zijn zweet zou haar geparfumeerde zakdoek zurig en bruin maken, maar och, wat stelt dat voor vergeleken bij het welzijn van je man?) Het pak van de bruidegom dan. Oom Mike draagt een zwart jasje en een rode das die niet meer recht zit, maar tot halverwege zijn borst is losgetrokken, alsof het ding van plan is een wandelingetje te maken. Zijn broek kon ze niet doen, want die is op de foto niet te zien. Tijd voor tante Ezi's bruidsjurk, met een lijfje van kralen dat vast niet al te lekker moet hebben gezeten; haar glimlach op de foto oogt dan ook een beetje gekweld. (Zij, Rapu, met haar weergaloze smaak en haar gezonde verstand, zou vragen om een eenvoudige jurk van witte kant met pofmouwtjes om haar volle armen te showen en vooral haar boezem van indrukwekkende omvang (tegen die tijd). Daarom zou haar glimlach op haar eigen trouwfoto de zelfverzekerde, vlotte glimlach zijn van een bruid in een soepele, plezierig zittende japon. Die jurk zou ze zelf ontwerpen, ze zou de kleermaker vertellen wat de japon moest benadrukken en wat hij juist moest camoufleren. En haar man zou haar bij haar koosnaampje noemen: *obidiya*, 'manliefs ziel', 'zij die exact weet wat haar man wil'.

Hij zou tegen haar zeggen: 'Obidiya, eens te meer heb je jezelf overtroffen.')

Nadat ze de achterkant van de lijst had ontdaan van wat spinrag, hing ze de foto terug. Nu was het de beurt aan de grote tafel met het glazen blad die ze in het begin had bewonderd, maar die ze nu niet meer mooi vond. Eerlijk gezegd vond ze het een nogal onzinnig geval. Tafels dienden stevig te zijn, gemaakt van hout en niet van zoiets breekbaars als glas. Ze geneerde zich er haast voor dat ze het geval ooit mooi had gevonden. Het duurde eeuwen voor je hem schoon had, zeker als een jonge bezoeker het tafelblad de dag tevoren had bepoteld met chocoladehanden. Terwijl ze wreef en boende, vervloekte ze tante Ezi voor de keuze van zo'n tafel; het was alsof ze dat glazen ding speciaal had uitgekozen om Rapu's werkdag er nog langer, nog frustrerender op te maken. Want het was frustrerend om tijd en energie te steken in zoiets volslagen grotesks, zoiets 'onmoois'. Als ze de kans kreeg, zou ze het ding kapotmaken en vervangen door iets wat de weelde van dit huis waardiger was.

Ze stofte de armleuningen van de stoelen af en legde de lopertjes op de twee lage tafels aan weerszijden van een sofa recht.

In het begin had ze die kleedjes ook bewonderd, hun delicate patroon van concentrische cirkels echt mooi gevonden, maar nu ergerde ze zich ook daaraan. Wat had je nu aan die vodjes? Ze zag niet in waarom ze ook maar bestónden.

Stofzuigen kon ze pas als tante Ezi en oom Mike wakker waren. Stel dat het lawaai hen zou wekken! Als het aan Rapu lag, zou ze het liefst een bezem gebruiken voor de woonkamer, maar tante Ezi had haar gewaarschuwd dat ze het tapijt nooit mocht bezemen, omdat bezems te ruw waren; de vloerbedekking zou er maar van slijten. Er zat niets anders op dan de rest van het huis te doen, in afwachting van het moment waarop tante Ezi en oom Mike wakker zouden zijn en ze aan de woonkamer kon beginnen.

Het gastentoilet en de hal moesten nog gebeuren. Ze zuchtte bij de gedachte aan al het werk dat haar nog wachtte. Tegen de tijd dat oom Mike - die altijd als eerste van de twee opstond - uit bed was, stond ze weer in de keuken om de geitenkop te pureren.

'Tjonge, jij weet van aanpakken', zei oom Mike. Hij stond in de deuropening van de keuken en snoof hoorbaar de gecombineerde geur op van de drie verschillende soorten soep die pruttelden op het vuur. Rapu, die met haar handen diep in de vijzel het gerecht stond te mixen, glimlachte om het compliment. Oom Mike kwam binnen, pikte een stukje vlees uit de vijzel en proefde het.

'*Osoka*. Heerlijk. Als je dit straks opdient, zorg er dan voor dat je de lekkerste stukjes apart op tafel zet. Ik wil Alhaji laten zien hoe je dit hoort te eten.'

'Ja, meneer.' Ze trok een schotel naar zich toe en viste de delicatessen uit de vijzel, vier ogen, twee tongen en vier oren. Zelf was ze niet dol op het knapperige van de oren, maar op de ogen, op de zilte vloeibaarheid ervan.

Tante Ezi stond pas tegen het middaguur op. Ze drentelde rond om het eten te keuren. Nadat ze het deksel van een pan had getild, staarde ze erin als was er een geheime boodschap voor haar in geschreven. Ze gaf Rapu instructies: welke borden ze moest gebruiken, welke glazen er op tafel moesten komen. 'En de Guinness is op. Ga onmiddellijk vijf flessen Guinness halen.'

Hoewel Rapu's hele lichaam snakte naar rust, naar een korte pauze, sleepte ze zichzelf naar de winkel.

De bezoekers genoten van de maaltijd en verzuchtten dat ze nog nooit gerechten hadden geproefd die zo rijk van samenstelling, zo zalig waren. En toen een van de mannen Ezi vroeg of dat allemaal haar werk was geweest, schudde ze glimlachend van nee. Oom Mike zei dat Rapu alle eer diende toe te komen. En toen hij haar riep zodat ze haar eens goed konden bekijken (alsof ze haar daarvoor niet hadden gezien; zij was het die het eten had binnengebracht, die de lepels en de glazen en de flessen drank had aangedragen), noemde hij haar eindelijk eens niet bij de verkeerde naam zoals meestal. 'Rapu, kom eens!' brulde hij. Zowel die plotselinge kreet als dat hij haar bij de juiste naam riep, vervulde haar van blijdschap toen ze de keuken uit holde. 'Deze mensen moeten en zullen de fantastische kokkin zien!' De gasten verwonderden zich hardop over haar kleine verschijning en over haar magische kookkunst. Ze gaven haar complimentjes in het Hausa (waar ze maar heel weinig van verstond) en in het Engels (waar ze nog minder van snapte).

'Kind, je bent een lot uit de loterij!' zei een van de dames in het Igbo, een uitbundige vrouw met een pokdalig gezicht. 'Ik kom je echt een keer lenen voor een van onze feestjes. We mogen haar wel een keertje lenen, toch?' Ze keek naar tante Ezi, maar het was oom Mike die zei: 'Wanneer je maar wilt', alsof het zijn voorrecht was om Rapu weg te geven. Ook dat deed Rapu stralen van geluk. Voor oom Mike zou ze overal heen gaan. Haar hoofd vulde zich zo met al dat geluk dat ze het boog, waardoor ze de indruk wekte verlegen te zijn. De uitbundige vrouw lachte en zei: 'Wat een verlegen schepsel.' En tante Ezi stuurde Rapu weer weg, terug naar de keuken om daar te wachten tot ze weer werd opgetrommeld.

Toen het zover was, riep tante Ezi haar. De bezoekers waren weg en Rapu moest de rommel opruimen die ze hadden achtergelaten. Op de randen van de glazen tafel lagen afgekloven en uitgespuugde botjes, de witte kleedjes op de bijzettafels zaten onder de vetvlekken van gemorste soep, en geheimzinnigerwijze was een half opgegeten geitentong onder de tafel beland. Zwetend van inspanning maakte Rapu alles schoon, maar ze voelde geen seconde hoe pijnlijk haar botten waren. Geen tel kwam ze van de wolk waarop ze had gezeten sinds oom Mike had gesproken alsof ze hem toebehoorde zoals een echtgenote haar man toebehoort.

Tante Ezi maande haar op te schieten. Hoe lang moest het duren om een tafel af te nemen? Het kon Rapu niet deren. Ze schoot op. Ze vloog. Haar maag knorde van de honger, maar ze merkte het amper. Tante Ezi had haar gezegd alles op te dienen en dat ze alleen mocht opeten wat er over was nadat de gasten waren vertrokken. Alsof ze dat nog niet wist. Ze was een gehoorzame dienstbode. Ze kende de regels. Niemand zou haar op een misstap kunnen betrappen. Trouwens, ze wist zelfs niet of ze wel zin had in het beetje jollofrijst dat over was, of in de brok *semovita* waarvoor iemand haar 's nachts wakker mocht maken. Als bij wonder was er zelfs nog wat isi ewu voor haar overgebleven. Onder normale omstandigheden zou ze daar gretig op zijn aangevallen, maar dit waren geen normale omstandigheden.

12

Mikes Supermarkt: alles wat u nodig hebt op één plek. De winkel bevond zich aan de Ahmadu Bellostraat, meteen naast het klooster van de Zusters van de Heilige Rozenkrans. De supermarkt was precies zoals Mike het zich altijd had voorgesteld. Hij maakte er een erezaak van om de juiste voorraden te bestellen. En ook de organisatie en de indeling van zijn winkel beschouwde hij als een prestigekwestie. De blikken melk stonden pal onder de pakken suiker, die weer naast de broden stonden. De shampoos had hij naast de crèmespoelingen gezet en die stonden pal naast... liters sinaasappelsap. 'Het is allemaal strategie', legde hij Ezi ooit uit. 'De meeste mensen die flessen shampoo komen kopen, zijn op weg naar hun kapsalon. Schoonheidssalons maken dorstig, maar doorgaans denken de mensen zelden aan dorst. Zien ze echter de vruchtensappen staan, dan denken ze bij voorbaat aan hun droge keel en kopen ze er liters van om de dag door te komen. Het gaat allemaal om strategie.' En Ezi knikte en keek trots naar de strategische planner die haar man was.

Mike dacht haarfijn na over wat hij wel en niet bestelde, zodat hij de andere supermarkten in Kaduna altijd een stap voor was. Hij had een neus voor slim zakendoen. Van een eigen supermarkt had hij altijd gedroomd, al sinds hij oud genoeg was om te dromen. Hij was niet gewoon succesvol, hij was succesvoller dan hij voor mogelijk had gehouden. Hij had zijn ambities overtroffen.

Zijn andere droom ging maar niet in vervulling. Had hij maar een kind. God wist dat hij er alles aan had gedaan. Massa's energie had hij erin gestoken, oneindig veel zaad had hij in de baarmoeder van zijn vrouw gestoten, maar na vijf jaar hadden zijn inspanningen nog altijd niets opgeleverd. Zijn moeder zei tegen hem dat hij een idioot was omdat hij zijn vrouw niet verving door iemand die hem wel baby's kon baren. Hij herinnerde haar eraan hoe dol ze was geweest op Ezi toen ze elkaar leerden kennen. 'Tja, dat was toen', zei ze. 'Vijf jaar en nog altijd geen kind... De mensen beginnen te praten. Ze beginnen zich af te vragen of je wel een man bent.'

'Het kan me niet schelen wat de mensen zeggen.'

'En kan het je niet schelen dat je geen kind hebt? Al dat harde werken, al het zweet dat je in die winkel van je plengt! Voor wie doe je dat allemaal? Wil je je rijkdom soms meenemen in je graf en die verdelen onder je voorvaderen? *Biko*, denk toch eens na!'

Zijn vrienden oordeelden niet veel anders dan zijn moeder. 'Je hoeft haar er niet uit te schoppen. Ze is een prachtige vrouw. Maar je hebt wel een kind nodig.'

'Neem een vriendin, maak haar zwanger en breng de baby groot.'

'Ga in behandeling. Het schijnt dat dokter Maiwada een expert is op dat terrein.'

Mike was naar dokter Maiwada geweest. Eerst alleen, later met Ezi. Beiden hadden allerlei onderzoeken ondergaan en de intiemste bijzonderheden van hun leven waren doorgelicht. De uitslag was onbetwistbaar, maar ze schoten er niets mee op: 'Jullie zijn allebei kerngezond, er is geen enkele reden waarom jullie geen kinderen zouden kunnen krijgen.' De arts deed zijn uitspraak met een brede glimlach. Het stel vermoedde dat de man lachte om hun angst weg te nemen, maar het had precies het tegenovergestelde effect.

Ezi vertelde altijd met smaak dat ze helemaal niet op zoek was naar een man toen ze Mike ontmoette. Ze was niet zo'n vrouw die haar gevoel van eigenwaarde mat aan het gemak waarmee ze een man aan de haak kon slaan. Ze had grotere plannen gehad, ambities die een meisje er beslist niet begerenswaardiger op maakten volgens haar ouders. Beiden waren het erover eens dat het prima was een opleiding te hebben, maar dat scholing op de tweede plaats kwam, een man vinden was belangrijker. Al met al, had haar moeder gezegd, wist iedereen dat meisjes naar de universiteit gingen om er een man te vinden, niet om mannen die toenadering zochten af te schrikken. Niets weerhield haar ervan om te trouwen, om dan met de zegen van haar man haar opleiding te vervolgen. Sommige mannen vonden het leuk om te pronken met de kennis van hun vrouw en zouden het actief aanmoedigen, zelfs als hun vrouw uiteindelijk niets met haar bul zou doen. Gaan werken met een diploma op zak was niet het doel, bleef ze tegen Ezi zeggen, dus waarom gedroeg ze zich alsof het behalen van dat diploma het belangrijkst van alles was? Meisjes van tegenwoordig zijn te eerzuchtig, klaagde haar moeder. In mijn tijd waren we blij als we onze man konden dienen. En vrouwen die naar school gingen, werden verpleegster of onderwijzeres. Beroepen die goede eigenschappen als opvoeden en verzorgen aanmoedigden, en daarom ideale beroepen voor een vrouw.

Ezi had geen oren naar de opvattingen van haar ouders. Ze studeerde graag, vond cijfertjes fascinerend en was uit op het bachelordiploma financiële administratie, waarna ze een masteropleiding zou volgen om een baan te bemachtigen bij een chic accountantsbureau. De tijden zijn veranderd, zei Ezi tegen haar ouders, en als er iemand was die met haar tijd meeging, was zij het wel. Als een van de weinige vrouwen op de faculteit deed ze pionierswerk, zei ze. Het was aan haar om andere vrouwen aan te moedigen door zelf vol te houden en haar dromen na te jagen. En nee, in die dromen was geen plek voor een huwelijk voordat ze haar titel stevig in handen had.

Haar moeder piekerde en maakte zich zorgen om die dochter van haar en waarschuwde dat de veroudering van een baarmoeder onomkeerbaar is. 'Hoe langer je wacht, hoe kleiner de kans op een baby als je uiteindelijk toch trouwt. *Afo talu mmili atago mmili.*' Ezi antwoordde, tot veel misnoegd tonggeklak van haar moeder, dat het haar geen bal kon schelen als ze geen kinderen zou krijgen of nooit zou trouwen.

Tijdens haar derde jaar op de universiteit ontmoette ze Mike. En toen dat gebeurde, stond het voor haar als een paal boven water dat hij degene was die ze zou toestaan haar plannen te dwarsbomen. Ze vertelde graag dat het zijn manier van lopen was, waarbij zijn hakken een boog beschreven alsof hij zijn eigendom uitzette, alsof hij elke vierkante centimeter grond die hij betrad opeiste als de zijne. Dat zelfvertrouwen – want zelfvertrouwen was dat beslist – wond haar op. Ze kende niemand anders met zo'n vanzelfsprekend, natuurlijk gezag. Niemand anders die werkte aan zijn imperium met elke stap die hij zette. Ze wilde dat hij haar voor zich opeiste. Dat hij zijn armen om haar schouders zou slaan en haar zou bestemmen als de zijne. Ze wilde kinderen die eruit zouden zien als hij. Zijn compacte rij mooie kleine tanden, zijn brede schouders, zijn lange, trage glimlach. Ze wilde dat hij die zou doorgeven aan haar kinderen.

Met veel mannen was ze uit geweest. Mannen die onderling zo verschillend waren dat haar goede vriendin Amara, die ze allemaal had leren kennen, ooit verklaarde dat Ezi niet viel voor een bepaald type. Het enige wat haar mannen gemeen hadden, was ook het meest voor de hand liggende: het waren mannen. 'En ze hebben ballen. En dat bedoel ik niet figuurlijk, want je bent ook uit geweest met een paar schaamteloze lafaards!' De twee hartsvriendinnen lachten toen ze terugdachten aan een ex-vriendje van Ezi die haar gebruikte als schild toen ze op een donkere avond geweerschoten meenden te horen. Later bleek dat het de kapotte uitlaatpijp van de vicerector van de universiteit was geweest. Nog diezelfde avond dumpte Ezi hem.

Ezi had evenveel huwelijksaanzoeken gekregen - en afgewezen - als het aantal mannen met wie ze een relatie had gehad. Niet al die aanzoeken had ze meteen weggewuifd, over sommige had ze lang gepiekerd, 's nachts wakker gelegen. Omdat ze geen nee kon zeggen, maar er ook niet van overtuigd was dat het ja moest worden. Nog voordat Mike zijn aanzoek had gedaan - struikelend over zijn woorden omdat hij een biertje te veel ophad -, had ze geen moment getwijfeld over haar antwoord.

Trots was ze op alles wat ze bereikt hadden en ze onderdrukte het innerlijke stemmetje dat haar zei dat ze jaloers behoorde te zijn. Ze stond Amara bij elke zwangerschap terzijde en als haar vriendin klaagde over misselijkheid, schreef ze de onfeilbare behandeling van haar moeder voor: kauwen op een lepeltje gemalen koffie.

Van hun kant waren de kinderen dol op hun tante Ezi. Ze schreeuwden van opwinding wanneer ze voor de deur stond, zoals altijd beladen met snoepjes en koekjes en boeken. Weliswaar herinnerden ze haar aan wat ze niet had, maar desondanks hield ze van hen. Amara zei tegen haar dat God best zag dat ze van kinderen hield en dat Hij haar op een goede dag zeker zou zegenen met eigen kroost. Dat was slechts een kwestie van tijd. Ze moest niet ongeduldig worden. Maar soms, als ze keek naar Amara's perfecte kinderen, dan betrapte ze zich erop dat ze zocht naar foutjes, en als ze zo'n minpuntje had ontdekt – als een van de kinderen wat opvliegerig was bijvoorbeeld –, dan was ze daar onwillekeurig een beetje blij om. Het betekende dat het misschien toch niet zo zalig was om kinderen te hebben, dat ze in geen enkel opzicht tekort had geschoten door Mike geen kind te schenken – zoals zijn broer en zijn neef Silas niet alleen suggereerden maar ook ronduit zeiden.

En er was geen reden waarom ze geen kinderen zou kunnen krijgen. Dat zeiden alle artsen die ze hadden bezocht. Ze ondergingen tests, verzamelden spermamonsters van Mike en maakten bij haar uitstrijkjes, die ze bijna als aanrandingen ervoer. Maar uiteindelijk bleek het lot haar dat ene te blijven ontzeggen dat spookte in haar dromen, dat ene waar Mike naar eigen zeggen nooit over nadacht omdat ze gelukkig waren met wat ze hadden en met wie ze waren. Ze hadden het lekker met hun tweetjes en hadden meer geld op hun rekening dan ze ooit hadden durven dromen. Het maakte niet uit dat zijn hele familie hem voor gek versleet omdat hij bij een vrouw bleef die misschien onvruchtbaar was, een vrouw die niet kon garanderen dat hij ooit eigen kinderen zou hebben, terwijl Egbuna's echtgenote elk jaar een kind baarde.

Voor ze overleed, had zijn moeder twee dingen geprobeerd. Het eerste was Mike overhalen weer te verhuizen naar het zuiden van het land. Het tweede om hem ertoe te bewegen een andere vrouw te trouwen (toen Ezi in het derde jaar van hun huwelijk nog altijd niet in verwachting was). In beide pogingen had ze gefaald en daarom had ze Mike vaak verweten dat hij een stijfhoofd was, een halsstarrige zoon die niets goeds verdiende. Hij zei tegen haar dat hij al het goede al had, dat er niets kon worden toegevoegd aan zijn blijdschap, aan de voldoening die het hem bood om zijn leven te delen met een vrouw die hij liefhad in een stad die hij liefhad. Ooit zei hij tegen Silas dat dat geen loze woorden waren, dat hij ze hartgrondig meende. Silas had gelachen en gezegd dat hij vermoedde dat Ezi iets in zijn water had gedaan, een of ander krachtig tovermiddel, omdat alleen een bezeten man zoiets kon zeggen. 'Maakt het je dan niets uit dat je geen rechtstreekse familie achterlaat als je sterft?'

'Egbuna's vrouw zorgt er wel voor dat de familienaam voortleeft, uiteindelijk baart ze elk jaar weer een zoon.'

'Maar dat zijn kinderen van Egbuna! En die van Mike dan? Dat je van Ezi houdt, betekent niet dat je geen tweede vrouw zou kunnen trouwen. Je hoeft heus niet van haar te houden.'

‘Dat is precies waarin wij verschillen, Silas. Ik kan seks en liefde niet los van elkaar zien. Ik zal nooit een vrouw nemen alleen maar om een kind van haar te krijgen. Trouwens, als God de tijd rijp acht, zal Hij ons echt wel een baby schenken.’

‘Als God de tijd rijpt acht? De tijd rijp?! Dat is misschien troost voor een luie vent. Heb je nooit de uitdrukking gehoord dat God alleen helpt wie zichzelf helpt? *Nwoke m i bukwa mmadu?*’

Zo sleepte de ruzie met zijn moeder en Egbuna aan. Die twee raakten ervan overtuigd dat Mike ze toch niet allemaal op een rijtje had. En dat leidde ertoe dat ze Ezi steeds meer wantrouwden en een steeds grotere hekel aan haar kregen. Het was die afkeer, die ze veinsde niet op te merken, en de baby, die ze veinsde niet te willen, die zwaar op haar begonnen te drukken. Het maakte haar allemaal zo lusteloos dat ze haar huishouden niet langer kon runnen. Ze raakte ervan overtuigd dat ze gek zou worden, tenzij ze een huishoudhulp zou krijgen. Amara had haar bovendien verteld over een tv-programma waarin een pastor beweerde dat onvruchtbare vrouwen er vaak goed aan deden om een jong iemand in huis te nemen, omdat dat de kans vergrootte dat hun baarmoeder zich zou openen. Daarom vroeg ze Mike om haar een jong meisje te bezorgen, een meisje dat haar dochter kon zijn, om haar te helpen in huis en om de eenzaamheid te verdrijven wanneer hij naar zijn werk was. De engelen zouden dan zien hoe goed ze voor dat meisje zorgde en hoeveel ze van haar hield, en die engelen zouden dan persoonlijk haar stille gebeden naar God brengen. Maar ze had er geen rekening mee gehouden dat een dergelijke liefde niet vanzelfsprekend is. Als iemand het haar had gevraagd, zou ze hebben gezegd dat ze in staat was wie dan ook lief te hebben. Wie dan ook. Maar nog voordat ze reden had om een hekel aan Rapu te hebben, ervoer ze dat ze haar niet mocht. Toch had ze het geprobeerd. Ze had het echt geprobeerd.

Het was niet iets wat het meisje had gedaan. Erger nog, het was niet iets wat ze niet had gedaan. Misschien was het haar gretigheid om Mike te plezieren, de wijze waarop ze anticipeerde op Mikes wensen, misschien was het omdat ze zag hoe blij Mike met haar was als ze hem een glas water bracht nog voordat hij besefte dorst te hebben, dat ze hem hoorde zeggen: 'Wat zou ik zonder jou moeten beginnen?' Daar kwam bij dat het meisje groeide. Ze was niet langer het scharminkel met de spillebenen dat ze hadden meegebracht uit Lokpanta. Inmiddels kreeg ze rondingen op plekken die Ezi verontrustten. 'Kom op,' zei ze tegen zichzelf, 'doe niet zo raar. Hoe kun je nu jaloers zijn op een simpele dienstmeid?' Ze had overwogen om haar naar school te sturen of om haar een vak te laten leren zodat ze Rapu niet de hele dag hoefde te zien, maar het meisje had zich daartegen verzet. 'Tante Ezi, ik ben geen studiebol. En een vak leren... Alles wat ik nodig heb, leer ik hier bij u.' Natuurlijk kon ze niet blijven aandringen als het meisje er zo tegen gekant was.

Madam Gold had vaak geopperd dat het misschien een idee was als Ezi op zoek ging naar een baan. 'Je hebt een prima diploma, meid! Jij vindt zo werk als je geen zin hebt om zoveel thuis te zitten.' Inderdaad, ze had de nodige papieren en inderdaad, hoogstwaarschijnlijk zou ze vlot een baan kunnen vinden, ondanks de hoge werkloosheid. Maar Mike wilde niet dat zijn vrouw ging werken. In de eerste maand van hun huwelijk had ze het onderwerp voorzichtig aangesneden. Mike had haar met een droevige glimlach aangekeken, alsof haar verzoek hem had gekwetst.

'Is er iets dat je nodig hebt dat ik je niet geef?'

'Daar gaat het niet om.'

'Waar gaat het dan wél om? Heb je me ooit iets gevraagd wat ik wel *kon* maar niet *wilde* geven? Heb je in dit huis ooit ook maar één dag honger geleden? Je bent mijn vrouw. Mijn vrouw. Het is mijn plicht om te werken en zo in ons levensonderhoud te voorzien. En jouw taak is het om voor ons beiden te zorgen.'

Ze was het niet met hem eens, maar ze had geen zin om ruzie te maken met de man die ze zo innig, zo intens liefhad. Daarom zweeg ze. En wie zwijgt stemt toe. Ze bracht de kwestie nooit meer te berde. Haar rusteloosheid legde ze het zwijgen op, maar in plaats van te verdwijnen, veranderde die onrust in zo'n verlammende lusteloosheid – mentaal en fysiek – dat ze 's morgens moeite had haar bed uit te komen. En nu ze Rapu had, hóéfde ze er ook niet meer uit te komen. Elke huiselijke taak, elk klusje kon ze laten uitvoeren vanuit het comfort van haar slaapkamer.

'Rapu, maak de lunch klaar.'

'Rapu, ga de was doen.'

'Rapu, haal eens een glas water voor me.'

'Rapu, de Omo is op. Ga naar ooms supermarkt en haal een nieuwe doos.'

'Rapu, breng me een sinaasappel, of nee, doe er maar meteen twee.'

Rapu werkte met een precisie en een doeltreffendheid waarvan Ezi de kriebels kreeg. Het meisje was haast perfect; de ideale hulp die niet de hele dag bezig was met het verzinnen van manieren om onder lastige karweien uit te komen. Ezi's vriendinnen benijdden haar. Al die vrouwen klaagden over hun dienstmeisjes. Ze stalen, waren lui of kookten slecht. Op Rapu was niets aan te merken en daarom vergrootte Ezi minimale foutjes enorm uit om haar overdreven reacties op zo'n onvolkomenheid te rechtvaardigen. Ze wou dat ze nooit om een hulp had gevraagd. Vaak verweet ze zichzelf dat ze zich zo liet meeslepen door die onlogische afkeer die zelfs ontaardde in haat. Ongegronde jaloezie jegens een arm kind zonder opleiding. Hoe kwám ze erbij dat Rapu een bedreiging kon zijn, dat Mike Rapu zou beschouwen als iets anders dan een huishoudhulp? Ze probeerde haar angsten weg te lachen en hield Rapu constant bezig. Haar vriendinnen zouden de draak met haar steken als ze haar zo tekeer hoorden gaan.

En Mike? Mike zou beledigd zijn als hij het hoorde. Waarschijnlijk zou hij zeggen: 'Denk je soms dat ik een hond ben?' Ze wilde het Mike vertellen, zodat hij dat tegen haar zou zeggen en zodoende alle angst zou wegnemen die knaagde aan de randen van haar verstand. Maar banger was ze dat hij kwaad zou worden omdat ze zoiets ook maar wáágde te denken. Daarom hield ze haar mond en 's nachts klampte ze zich vast aan Mikes rug en gaf ze hem kussen die hem deden zuchten. Ze had niets te vrezen. Hoewel, je hoorde vaak verhalen over wellustige mannen en hun grillige dienstmeisjes. Nee, Mike niet. Mike zéker niet. Ze kon Rapu natuurlijk terugsturen naar haar ouders, maar met welke reden? Wat kon ze verzinnen? Zelfs een blinde kon zien hoe goed ze werkte. Zij, die zo lang bij Mike had gezeurd om een hulp in de huishouding (en hulp had ze echt nodig), hoe kon ze na nog geen jaar nu tegen hem zeggen dat ze van gedachte was veranderd? Nee, dat was geen optie.

Niettemin hield ze Rapu met argusogen in de gaten, vastbesloten om haar eruit te smijten zodra ze ook maar de geringste poging zou doen om Mike te verleiden. Waakzaamheid was het parool. Waakzaam en behoedzaam moest ze zijn.

Maar soms zijn het niet de dingen die we het ergst vrezen die ons verpletteren, maar de dingen die we vergeten te vrezen. Het is wat we vergeten te vrezen dat door een kier ons huis binnenglipt en het hele huis voor zich opeist, omdat we onvoldoende op onze hoede zijn geweest. Een paar maanden later zou Madam Gold dat tegen Ezi zeggen toen Ezi haar op een middag belde met de boodschap dat haar wereld in duigen viel.

Nu leverden ze strijd tegen de bitterkoude harmattan in Kaduna. Rapu, die nog het minst was voorbereid op de kou en de droogte, wist niet hoe ze zich ertegen moest wapenen. Haar lippen barstten en de kou bezorgde haar eeltknobbels op haar handen. Schuldbewust zag tante Ezi hoe de kloofjes in Rapu's lippen afbreuk deden aan haar schoonheid. Daar genoot ze van. Elke avond riep ze Rapu naar de slaapkamer en droeg ze het meisje op om *okwuma* in haar voetzolen te wrijven, en elke avond verlustigde Ezi zich in de handpalmen van het meisje die – stroef als schuurpapier – de sheaboterlotion in haar benen masseerden.

Rapu zou later ook zeggen dat ze het niet had kúnnen plannen, hoewel niet veel mensen haar geloofden en sommigen zelfs tegen haar zeiden dat ze had gekregen wat ze verdiende. Wat had ze dan gedacht?

Maar dat moest allemaal nog komen.

Rapu had wel gehoord dat het behoorlijk fris kon worden in het noorden, maar op zoveel kou was ze niet voorbereid. Ze giechelde toen oom Mike haar vertelde dat het in Amerika nog kouder kon zijn. 's Nachts spreidde ze haar moeders omslagdoek - die niet meer naar thuis rook - over zich heen en om de doorzichtigheid van haar nachtpon te verhullen sloeg ze die doek 's morgens om. De katoenen pon die ze altijd droeg, had ze geërfd van tante Ezi. Als die na te zijn gewassen nog niet droog was, hulde ze soms haar naakte lichaam in haar doek en kroop zo in bed.

13

Ezi's lusteloosheid nam met de dag toe, aangewakkerd door een verbittering die ze niet kon onderdrukken, hoe ze dat ook probeerde. Het duurde dan ook een hele tijd voor ze merkte dat er iets aan het veranderen was in haar lichaam. Ze had het zelfs nog niet doorgehad toen Rapu op een avond zei: 'Tante Ezi, je enkels voelen zo opgezwollen aan.' Ezi had er alles aan gedaan om haar opwinding te bedwingen en had geprobeerd zich te herinneren wanneer ze voor het laatst ongesteld was geweest. Zou ze dan toch...? Ze durfde er niet aan te denken. Ja, ze had een kind in huis gehaald, maar ze hield niet van het meisje. Sterker nog, ze had de pest aan haar. Kon het zijn dat de komst van Rapu desalniettemin haar baarmoeder had geopend zoals de pastor op tv had beloofd? Als dat zo was, beloofde ze God, als ze echt zwanger was, dan zou ze Rapu innig liefhebben. Ze zou zichzelf dwingen om van deze geluksbode te houden, om haar te behandelen als haar eigen dochter. Ze zou nooit meer één kwade gedachte, - niet één! - jegens haar koesteren. Op dat nachtelijke tijdstip waren er geen apotheken meer open, maar toen Mike de volgende dag was vertrokken naar zijn supermarkt, kleedde Ezi zich aan om op zoek te gaan naar de test die haar geluk moest bezegelen.

Omdat haar benen haar geluk niet konden dragen, liet Ezi zich languit op bed vallen. Voorzichtig streek ze met een hand door haar blouse heen over haar buik. Het voelde warm aan, ze voelde het leven bonzen. Iets, nee, *iemand* was daarbinnen aan het groeien. Dat voelde ze gewoon en het gevoel overweldigde haar zo dat ze leek te zweven. Eindelijk zou haar leven volmaakt zijn. Ze zou Mike een zoon geven, ze zou zijn hele familie voorgoed het zwijgen opleggen. Ja, die afschuwelijke Silas die haar altijd zo minachtend aankeek, zou zijn hatelijkheden moeten inslikken. Ze slaakte een vreugdekreetje en maakte huppelpasjes door de kamer. Nu kon er niets meer misgaan. Ze zou van Rapu houden, haar beminnen als een moeder, en als haar baby werd geboren zou ze natuurlijk ook hem liefhebben. Koosnaampjes, allerlei koosnaampjes zou ze over hem uitstrooien om hem te laten weten hoe gewenst hij was, hoeveel hij voor haar betekende. Ze zou een zoon krijgen... Na al die jaren wachten en hopen was dat wat ze verdiende. Een meisje zou leuk zijn als tweede kind. Eerst een zoon om zich ervan te verzekeren dat Mike voor altijd bij haar zou blijven, en dan een dochter die ze kon bemoederen zoals je dat met meisjes hoort te doen.

Ze dacht terug aan al die keren dat ze de afgelopen jaren oude vrienden tegen het lijf waren gelopen, die altijd leken te spieden naar kinderen die zich achter hen verstopten en elk moment tussen hun benen door konden komen kruipen. Op zeker moment vroeg zo'n oude vriend dan: 'En? Hoeveel kinderen hebben jullie nu? Een hele voetbalploeg zeker?' En dan de pijnlijke stilte die voorafging aan de bekentenis dat er nog geen kinderen waren. 'Tja,' zeiden die vrienden dan steevast, 'Gods molens malen langzaam.' Wat had ze uitgekeken naar dat moment, en nu, zomaar uit het niets, was het er opeens! Niets of niemand die het kon ontkennen. Het lukte haar niet te beschrijven wat ze voelde. 'Gelukkig' leek een wat al te zwakke typering. Ze was niet alleen uitzinnig gelukkig, er was nog iets anders ook, iets beters, hoger dan gelukkig.

Toen Mike die avond thuiskwam, troonde ze hem naar de kamer en fluisterde ze hem het nieuws in de oren. 'We zijn zwanger', zei ze. Zijn gezicht werd één grote glimlach. Hij omhelsde haar en zette vervolgens een stap naar achteren. Zijn blik had iets ondoorgrondelijks, maar ze sloeg er geen acht op. Het nieuws dat ze hem net had meegedeeld was overweldigend. Het was een geschenk waarnaar ze hadden gesnakt, al waren ze bijna op het punt beland dat ze de moed zouden opgeven. En nu het cadeau er was, kostte het tijd om eraan te wennen.

Ze spraken er niet over. Nog niet, omdat er altijd krachten waren, onzichtbaar en onhoorbaar voor gewone stervelingen, die zich opmaakten om halverwege je geluk weg te graaien en het zomaar voor de grap te vertrappelen. Ze bewaakten hun geheim angstvallig en stilzwijgend, totdat het zichtbaar begon te worden en het geen zin meer had het te ontkennen, maar zelfs toen spraken ze er niet over.

Ze hadden de moed inderdaad opgegeven. Het was een wonder dat Mike ondanks alles was gebleven. Maand na maand kondigde een zeurende pijn in haar onderbuik toch weer haar ongesteldheid aan. De naamgevingsfeesten bij vrienden voor hun eerstgeborenen die binnen de kortste keren een zwerm broertjes en zusjes kregen. Iedere baby leek het pad te effenen voor meer baby's. Maar bij Ezi en Mike gebeurde er niets. Alleen dat gegeneerd zwijgen wanneer ze vrienden tegenkwamen die ze een tijdje niet hadden gezien. En dan die vraag die niet echt een vraag was: 'Nog niets?' En dan de bevestiging: 'Nee, niets.' Een vrij precieze schets van de situatie. Compact. 'Niets.' Een lege baarmoeder. Zoveel jaren huwelijk hadden nog niets opgeleverd. Plat. Kil. Oneindig zwart hulde zich rond Ezi en Mike. Een donkere wolk die hen omhelsde en zo stevig vastpakte dat er amper ruimte was voor een beetje geluk. Geluk heeft ruimte nodig om te zweven.

Soms kreeg Ezi in de gaten dat hun mannelijke vrienden zich afvroegen waarom Mike bij haar bleef. Niet veel mannen zouden dat doen. En maar weinigen zouden het hem kwalijk nemen als hij vertrok. Dat was Ezi's grootste angst. Hoe vaak Mike haar ook in zijn armen hield en hoe vaak hij ook zei dat zij de enige was die hij wilde, ze was er nooit van overtuigd dat hij het ook meende. Want afgezien van zijn vrienden was er ook nog zijn moeder.

Dat ze zijn moeder was, gaf haar het voorrecht dat ze haar ongenoegen niet hoefde te verbloemen voor haar zoon. Ze zoog hoorbaar lucht tussen haar tanden op en wond geen doekjes om haar woorden toen ze tegen Mike zei dat hij gek was om bij een vrouw te blijven die hem geen kinderen kon baren. Of zelfs maar één kind. Het hoefde niet eens per se een zoon te zijn. 'Laat haar bewijzen dat ze een vrouw is! Hoe kun je nu leven met een soort man?' Het kon haar niet schelen dat Ezi in de aangrenzende slaapkamer was en haar kon horen. 'Dan hoort ze me maar!' riep de vrouw toen Mike probeerde haar te sussen. 'Laat ze me maar horen! Hopelijk bevrijdt ze je dan van welk tovermiddel ze ook gebruikt om je aan zich te binden. *Si ya rapu gi aka biko*. Laat haar teruggaan naar de toverdokter die ze heeft geraadpleegd om jou aan zich te binden, zodat ze je kan losmaken, zodat jij je rol als man kunt vervullen. Ik ben het wachten beu. Kinderen wil ik zien! *I nugoya?* Ik ben het beu!'

Hoe kwam het toch dat sommige vrouwen al zwanger werden door simpelweg naar hen te kijken? Overal zag je hen, vrouwen die meer kinderen hadden dan waar ze raad mee wisten. Vrouwen met bedelnappen tussen hun gespreide benen en baby's op hun rug. Hoe kon het dat die wel baby's kregen en zij niet? Het deed Ezi pijn om er ook maar over na te denken en daarom dacht ze niet langer aan baby's en zwangerschappen, aan uitblijvende maandstonden. De zwangerschapstest deed ze niet één maar drie keer, omdat drie een heilig getal was, het getal dat dingen beklinkt, dat overeenkomsten bezegelt. Als je iemand drie keer riep, maakte het niet uit wat je te zeggen had, het moest serieus worden genomen. Drie keer was de test positief.

Niemand had het hardop over een zwangerschap, uit angst het boze oog aan te trekken en daarom zeiden ze niets. Zelfs niet tegen elkaar. Ezi ging op zoek naar andere manieren om haar ongeduld, haar rusteloze opwinding te uiten. Zo begon ze te breien. Ze had nooit van breien gehouden, maar nu hoorde Mike haar breipennen klikken wanneer hij in bed lag. Kleine dingen maakte ze. Babydingen in wollige regenboogkleuren. Vestjes en sokjes en laarsjes. Onderzetters, tafelkleedjes en bonte hoesjes voor zonnebrillen. Hij vroeg haar niet voor wie ze breide. Zij had een metalen koker voor haar zonnebril en zelf droeg hij er nooit een. Maar hij besefte dat het er helemaal niet om ging of die dingen nuttig waren. Het was net seks. Het hoefde niet doelmatig te zijn, hoefde niet per se te leiden tot een baby. Het plezier was een doel op zichzelf. Waar hij ook keek, overal was breiwerk van Ezi te zien. Ze besprongen hem onder de rode kussens van de sofa vandaan; vanaf de koelkast in de keuken staarden ze hem aan; van het glazen blad van de tafel in de woonkamer; van de ladekast in de slaapkamer. En op de vloer van de woonkamer rolden bollen wol zich uit om zich rond stoelpoten te wikkelen als geheimen die nog amper geheimen waren. Soms hield het klikklik van de breinaalden hem wakker. Meestal vond hij dat niet erg. Hij wist dat dat Ezi's manier was om met hem te praten, om hem te vertellen over dat ene ding waarover ze niet met elkaar konden praten. En dus neuriede en breide ze, en hij lag in bed op zijn rug naar het plafond te glimlachen. Als ze moe werd, zuchtte ze. Dan richtte ze zich moeizaam van de bank op en ging naar bed.

's Nachts lag ze in de holte van zijn elleboog, ademde ze in zijn neus en was ze ervan overtuigd dat het leven alleen maar mooier zou worden. En de goden die haar zagen maakten radslagen en giechelden.

14

Dit was niet de bedoeling: de omslagdoek van haar moeder die haar naaktheid bedekte, raakte los toen ze de gootsteen schoonmaakte, waardoor ze zich letterlijk blootgaf. Toen Rapu zich boog om de doek op te rapen, zag ze vanuit een ooghoek dat oom Mike achter haar stond, met een glas in zijn hand. Even was ze zo in verlegenheid gebracht dat ze hoorbaar naar adem snakte. Krampachtig klemde ze de doek vast en rende haar kamer in.

Rapu deed haar ochtendtaken vaak gehuld in de omslagdoek van haar moeder. En ruim voordat de anderen wakker werden, had ze zich al gewassen en aangekleed. Dit was nooit eerder gebeurd, oom Mike of tante Ezi die binnenkwam terwijl ze 's ochtends haar werk deed. Ze bleef bij oom Mike uit de buurt en liep op haar tenen door het huis, de hemel smekend onzichtbaar te mogen worden. Ze kookte, waste en deed boodschappen op haar gebruikelijke accurate wijze en al snel was ze het voorval vergeten.

Oom Mike had haar beloofd dat ze over twee maanden haar familie mocht bezoeken, wanneer hij naar het zuiden zou rijden om zijn oom in Lokpanta te bezoeken. Rapu verheugde zich op het bezoek, popelde om bij haar vriendinnen en broers op te scheppen met haar stadse look. Inmiddels had ze een hip afrokapsel en haar garderobe was flink gegroeid dankzij de koopjesjachten met Anwuli, die precies wist welke marktkramers de beste aanbiedingen hadden. Ze had drie paar schoenen met halfhoge hakken die koket klikklakklikten wanneer ze ze droeg naar de kerk. Ook haar Igbo was verfijnder, gepolijster geworden, zodat ze klonk als tante Ezi. Ze zouden haar totaal niet herkennen. En dan haar borsten... Och, haar borsten. Daar was ze nog het meest opgetogen over. Ze had ze zien groeien, gezien hoe ze een beha vulden, waardoor ze niet langer jaloers was op Anwuli zoals in het begin. Helemaal anders was ze geworden. Maar ja, wat had je aan al die veranderingen als je ze niet trots aan iemand uit je verleden kon tonen? Daarom telde ze de dagen af en wierp ze zich helemaal op het huishouden.

De raad van haar moeder had ze ter harte genomen en ze was er sterk van overtuigd geraakt dat ze inderdaad onmisbaar was geworden in dit huishouden. Ze kende het huis op haar duimpje, beter dan de eigenaars zelf, zei ze tegen Anwuli. En Anwuli lachte en zei tegen haar dat ze op een dag misschien de vrouw des huizes zou worden en dat al die kennis dan goed van pas kwam. En de twee meisjes gooiden hun benen in de lucht en lachten om de belachelijke onwaarschijnlijkheid van die bewering. Wanneer zij de vrouw des huizes werd, zei Rapu, zou ze tante Ezi elke dag heel vroeg uit bed trommelen om haar die luiheid af te leren. En weer lachten beiden bij het idee. Er school geen boosaardigheid in hun pret, verwachting evenmin. Het was het pure plezier van twee jonge meiden die opgingen in hun fantasietjes. Veilig was het. En in die veiligheid van het onmogelijke (hoe zouden de rollen ooit omgedraaid kunnen worden, nou?) verzonnen ze almaar wredere straffen voor Ezi, die culmineerden in een scenario waarbij Rapu aan Mike zou vragen

Ezi het huis uit te zetten. En dat zou Mike natuurlijk doen. Giechel giechel. Hihihi! Krom lagen ze. Pijn in hun buik van het schateren.

15

Nee, dit was niet gepland: een omslagdoek die afglijdt en hem een blik gunt - een korte blik, maar niettemin - op weelderige vrouwelijkheid. Billen zo rond als kleipotten en een rug die hem deed huiveren. Hij kon het niet uit zijn hoofd zetten. Maar hij kon er niets mee. Wat zou hij ermee moeten? Zo'n man worden die de hulp dwingt seks met hem te hebben? Daarvoor respecteerde hij zijn vrouw te veel. Hij had toch ook het hoofd geboden aan zijn moeders pogingen om hem ertoe te bewegen een andere vrouw te trouwen? 'Je hoeft niet eens van haar te houden. Zorg er gewoon voor dat ze je een kind geeft. De mensen gaan praten. Ze beginnen te fluisteren dat je geen echte vent bent.' Had hij zich niet beledigd gevoeld? Niet door wat de mensen zeiden, maar door wat zijn eigen moeder suggereerde. Had hij zijn vrouw niet door dik en dun gesteund? Hoe kon het dan dat zijn dienstmeisje hem zo opwond? En dan nog een meisje dat bijna jong genoeg was om zijn dochter te zijn.

Hij vroeg zich af hoe haar billen zouden aanvoelen wanneer hij ze met volle handen kneedde. Het beeld liet hem niet los en vulde zijn hoofd met zoveel hitsige gedachten dat hij zich haast niet meer kon concentreren. Elke dag was een beproeving, een strijd tegen de verleiding die hem zo opvrat dat zijn handen beefden wanneer hij een glas water van Rapu aannam. En wanneer hij 's nachts in bed naast zijn vrouw lag, leken die jeugdige billen hem te roepen. Hij woelde en draaide zo onrustig dat Ezi vroeg of er misschien een malaria-aanval op komst was. 'Ik denk van niet', zei hij nors, terwijl hij krampachtig probeerde stil te liggen. Misschien kon hij een reden vinden om het meisje terug te sturen naar haar ouders, om zo de oorzaak van de verleiding weg te nemen. Maar wat voor reden zou hij moeten aanvoeren? Het was Ezi die om een hulp had gevraagd en het was haar taak haar te ontslaan. Rapu had bovendien niets gedaan wat hij bij zijn vrouw kon aanvoeren als reden om haar de laan uit te sturen. Ezi zou achterdochtig worden als hij opeens met alle geweld wilde dat ze het meisje ontsloeg. Daarbij zou het niet eerlijk zijn om het kind te straffen voor iets wat ze niet had gedaan. Het was zijn plicht om zijn gedachten streng op afstand te houden van de gevarenzone die ze zo hardnekkig bleven opzoeken.

Wat ze ook droeg, als hij Rapu tegenkwam, zag hij de afglijdende omslagdoek die hem een blik gunde op haar billen. Daarom was het misschien onvermijdelijk dat hij, op de dag dat zijn vrouw op reis ging voor de bruiloft van een vriendin, besefte dat hij zich tegen zijn wil naar Rapu's kamer begaf. En toen hij midden in dat vertrek naar haar keek, terwijl zij zich afvroeg wat hij wilde, voelde hij zich belachelijk. Maar dat gevoel ging snel voorbij en even later had hij haar billen in zijn handen.

En het leek voorbestemd te zijn. Ze verzette zich niet, maar stelde zich juist warm voor hem open, verwelkomde hem alsof ze hier al haar hele leven op had gewacht. Ze klemde hem tussen haar dijen alsof ze dat al vele malen eerder had gedaan. Haar strakheid verwarde hem omdat hij niet kon geloven dat ze nog maagd was. Dat dat wel zo was, stemde hem droevig maar ook weer blij. Het was alsof hij iets heel kostbaars had gestolen, maar tegelijkertijd een ongelooflijk cadeau had gekregen. Als een zware last ervoer hij het. Verdoofd stond hij op om zich te douchen. Hij kon niet geloven dat hij echt naar Rapu was gegaan en het met haar had gedaan, dat hij zich had geschaard in de gelederen van het soort mannen dat hij altijd zo openlijk had verguisd. Hoe kon hij hierna nog met zichzelf leven? En, belangrijker nog, hoe kon hij leven met Ezi? Maar wat voor kans maakte een man ook, welke rechtgeaarde man met een penis tussen zijn benen, tegen zo'n meisje in zijn huis? Toen hij haar eenmaal naakt had gezien, was er geen weg terug. Dat beeld obsedeerde hem zo dat het hem tot waanzin had gedreven als hij haar niet had bezeten.

Hij had langer weerstand geboden dan de meeste mannen zouden hebben gedaan. Wat voor slechts had hij nu helemaal gedaan dat hij er wakker van lag? Hij was niet slechter dan andere mannen. Niet beter, maar ook beslist niet slechter. Moest je zien wat vrienden van hem zoal uitvraten! Die sliepen met vriendinnen van hun dochters en maakten het nog wel bonter ook. Was dat niet veel erger? Ezi zou er trouwens ook niet achter komen en wat ze niet wist, zou haar ook niet deren. Hij was ervan overtuigd dat Rapu wist dat het hun geheimpje was. En het zou nooit weer gebeuren; deze ene uitglijer en basta. Maar de ervaring was te mooi. Zo strak, zoveel kracht in zo'n jong en soepel meisje. Alleen al bij de herinnering eraan zuchtte hij weer. Maar het mócht en het zóú niet meer gebeuren. Hij had zijn moment van zwakte gehad en dat was genoeg. Hij wilde Ezi niet kwetsen. En kwetsen zou het haar... Maar ze zou het niet te weten komen. Rapu zou niets zeggen. En deed ze dat wel, dan was het haar woord tegen het zijne. Nee, zo'n extra strubbeling kon hij niet gebruiken. Niet nu. Niet met die geruchten die de ronde deden. Waarom had hij dit laten gebeuren? Goed, hij was gewoon een man, maar dat was niet genoeg om dit goed te praten. Hij had altijd gedacht dat hij als man meer waard was. Dat was hij ook, dat moest hij zijn. Daarom zou het ook nooit een tweede keer gebeuren. Hoe kon hij in hetzelfde huis wonen met zowel Ezi als Rapu en doen alsof er nooit iets was voorgevallen? Hij had haar van haar maagdelijkheid beroofd, goeie genade! Dat moest reusachtig veel voor haar betekenen. Een meisje schonk haar werkgever niet elke dag haar maagdelijkheid. En als ze het Ezi vertelde? Tja, dan kon hij het altijd nog ontkennen, toch?

Hij woelde en draaide en zuchtte. Hij wreef over zijn maag, zoals hij vaak deed na een goed maal. Dat meisje was zo lief, zo zoet. Het klopte wat men zei: als je lang achter elkaar hetzelfde eet, snak je naar een nieuw menu. Maar wat moest hij doen? Wat moest hij doen? Zou ze het vertellen? Niet vertellen? Had hij echt iets verschrikkelijks gedaan? Of was hij gewoon gezwicht voor zijn mannelijke natuur? En waarom had ze niet tegengestribbeld, niet gevochten? Waarom had ze het juist verwelkomd, het zelfs aangemoedigd?

Die vragen spookten en zongen rond in zijn hoofd, maar ze weerhielden hem er niet van om in een lange, voldane slaap te vallen. Het was de droomloze slaap van de onschuldigen, van de rechtschapenen. Want heus, wat had hij misdaan?

16

Wat de goden ook voorbeschikten, ze vonden altijd een manier om het te laten gebeuren. Rapu had dat altijd geweten. Het was de belangrijkste les die haar vader haar ooit had bijgebracht en haar vader was een wijze man. En dit was voorbeschikt. Dus toen ze oom Mike haar kamer zag binnenkomen met de blik van een man die al nachten niet heeft geslapen, wist ze welke wending haar lot nam. Had hij haar niet aangeraakt, dan zou zij misschien de eerste stap hebben gezet, dan had ze misschien haar handen uitgestrekt om zijn baard (o, die zalige ruwe stoppels) te beroeren. Maar ze was blij dat hij het initiatief had genomen. Toen hij haar billen vastpakte, wist ze wat er van haar werd verwacht en daarom leidde ze hem naar haar bed. Ze had verwacht dat de opwinding haar van de aarde zou tillen, dat ze door haar kamer zou zweven, maar dat gebeurde niet. Het lot leidde hen. Toen schortte hij haar jurk hoog op en zoog hij op haar tepels, eerst de ene en toen de andere. Ze voelde zich als Moeder Aarde en spreidde haar benen om zijn gewicht te torsen. Zwaar was hij niet. Hij kroop tussen haar benen en kneedde haar borsten. Even hief hij zijn gezicht zodat ze zijn onderhemd over zijn hoofd kon trekken, waarna hij haar jurk uitdeed, zodat ze borst op borst, vel op vel kwamen te liggen. Hij schoof naar beneden en kuste haar navel en zij huiverde en hij huiverde. Toen gleed hij weer naar boven en ze voelde zijn geslacht groeien en kloppen en nog meer groeien en ze wilde het aanraken en ze tastte naar beneden en hij wurmde zich uit zijn broek en ze pakte het ding vast en het was warm en springlevend en hij zei nee, zijn stem klonk anders, alsof hij stervende was, en ze spreidde haar benen en daartussen vond hij de plek die hij wilde en hij drong in haar en toen kreunden ze allebei en even deed het haar pijn, maar al snel hield dat op. En hij kwam in haar binnen en trok zich weer terug. In en uit en in en uit. En ze vergat wie ze was, waar ze was en ze riep '*choyooo*', want dat was wat ze altijd riep als geluk haar te veel werd, te veel voor woorden alleen. En het geluid vulde haar mond en haar oren en ze zweefde en toen plofte hij uitgeput op haar neer, bezweet.

Ze kon niet slapen. De hele nacht bleef ze hem ruiken. En toen ze eindelijk sliep, was het een slaap vol dromen over baby's die eruitzagen als Mike en over een huis dat van haar was. In haar bed waren ze een geworden en ze wist dat niets hen nu nog kon scheiden. Daarom had haar moeder haar die omslagdoek meegegeven. Om de grote vis aan de haak te slaan, de ultieme slag te slaan, de vis binnen te halen die ze nooit had verwacht te kunnen krijgen. Ze had het ook niet eens geprobeerd. Haar gezicht had ze niet gepleisterd en beschilderd met poeder en oogschaduw zoals Anwuli soms op zondag deed in de hoop de aandacht van de fotograaf te trekken. Het enige wat ervoor nodig was geweest, was haar moeders omslagdoek.

Ze klemde het kussen tegen haar borsten en stelde zich voor dat ze Mikes stoppelbaard voelde terwijl hij op haar tepels knauwde en sabbelde. Bij de gedachte eraan, de herinnering eraan, gloeide haar hele lichaam. Ze kreunde en glimlachte. Dit moest ze Anwuli vertellen. Zou ze haar zoiets belangrijks wel kunnen toevertrouwen? Hoe lang zou het geheim blijven? Mike (hij was niet langer 'oom') en zij waren voorbestemd om samen te zijn. Vroeg of laat zou iedereen dat ook weten. En ze zou hem de kinderen geven die hij zo graag wilde. Iedere man wil een zoon. Ze was dan misschien jong en onervaren, maar dát wist ze drommels goed. Haar toekomst zou verzekerd zijn als ze hem een zoon schonk, dat wist ze.

Rapu observeerde Mike in de hoop signalen op te vangen dat ze in zijn gedachten was bevorderd. Niets. Van haar teleurstelling liet ze niets merken. Mike bleef gewoon de oude. Soms vergat hij haar naam weer en Ezi behandelde hij alsof zij de enige was die ertoe deed. 's Zondags gingen ze picknicken en dan smeerde Rapu de sandwiches die ze meenamen. Op zaterdagmorgen bracht Rapu de twee ontbijt op bed. Eén keer spuugde ze in de eieren die ze voor hun ontbijt aan het bakken was, omdat ze niet bij machte was iets anders te doen. Toen Ezi weer een week op reis was naar familie, verwachtte Rapu dat hij zou komen, wachtte ze op hem, beval hem in gedachte zelfs te komen, maar Mike ging 's morgens in alle vroegte het huis uit en kwam pas heel laat terug. Hij leek te willen vermijden om in hetzelfde huis weer alleen met haar te zijn. Ze snikte in haar kussen omdat zo'n afwijzing erger was dan de dood. Een man die je ontmaagdde, hoorde zo naar je te verlangen dat hij aan niets anders kon denken. Het was het kostbaarste cadeau dat je een man kon geven, een geschenk dat een man voor eeuwig koesterde. Dat zei Anwuli tenminste. Ze had Anwuli niet verteld wie de man was (en ook niet dat haar vriendin ernaast zat toen die zei dat het vast de deurwachter was geweest; alsof ze zichzelf zou geven aan die graatmagere man met zijn gerimpelde huid!) De man die je had ontmaagd bedacht manieren om je te zien in plaats van redenen om níét met je samen te zijn. Ze huilde en kon haar verdriet niet delen met Anwuli, omdat ze niet wist of ze haar stekende, wijze uitspraken wel aankon.

Misschien was ze te gewillig geweest, had ze zichzelf zo gretig gegeven dat hij geen interesse meer had. Anwuli zei altijd dat alleen ordinaire meisjes vlotjes toegaven. Nette meisjes zeiden nee als ze ja bedoelden en stribbelden zelfs tegen wanneer ze hun benen spreidden. Maak nooit een te gretige indruk, had ze Rapu voorgehouden terwijl ze luidruchtig kauwgum kauwde. Maar hoe kon je nu niet gretig zijn jegens iemand naar wie je zo verlangde? En hoe vond je de juiste balans tussen te gretig en ongeïnteresseerd? De vragen en twijfels kolkten in haar hoofd en bezorgden haar slapeloze nachten. Toen Mike de derde nacht, de dag voordat Ezi zou terugkeren, haar kamer binnenkwam, dacht ze dat ze hem had bezworen. Dat moest wel. Hij rook naar drank en lalde toen hij haar naam riep, maar ze vond het niet erg. Ze liet zich door hem nemen en dit werd een vast patroon wanneer Ezi de stad uit was. Rapu maakte zich zorgen dat Mike niet zou komen en dan, net als ze op het punt stond de hoop op te geven, dan kwam hij, stinkend naar alcohol, en hijgde hij haar naam. Als ze dan de drank op zijn huid proefde, werd ze even dronken als hij.

Het viel haar steeds moeilijker om hem weer af te staan (want zo was ze erover gaan denken) wanneer Ezi terugkwam. Af en toe kwam ze in de verleiding haar te vertellen wat er gaande was. Uiteindelijk zou Ezi erachter komen, zij het op een volstrekt andere manier dan Rapu of Mike ooit had gedacht. Dat Ezi het ontdekte was uiteindelijk niet het ergste wat hen overkwam. Maar dat alles sluimerde nog gelukzalig in de toekomst.

17

Ezi grapte dat Rapu haar zwangerschap na-aapte. 'Het is net of jouw enkels ook dik worden', plaagde ze het meisje en Rapu lachte. Ook Ezi lachte. Rapu zwanger? Dat was werkelijk ondenkbaar. Het kind kwam nauwelijks de deur uit, dus hoe zou zoiets kunnen gebeuren? Daar kwam bij dat ze nog piepjong was. Meisjes van haar leeftijd hielden er geen minnaars op na. En hadden ze die wel, dan zou het hun nooit lukken om dat voor volwassenen verborgen te houden.

De vriendinnen aan wie Ezi vertelde dat Rapu er ook zwanger uit ging zien, begonnen twijfel te zaaien. Was ze nu echt zo naïef? Wist ze dan niet dat meisjes steeds jonger seksueel actief werden? De hulp van die vriendin van Madam Gold was toch ook nog maar twaalf toen ze zwanger werd? 'Al die plattelandsmeisjes laten zich meeslepen door het stadsleven en spreiden hun benen voor de eerste man die hun een stukje van dat leven belooft!'

Nee, dat Rapu zwanger was, had Ezi echt niet verwacht. En toen het zover was, had ze ook niet verwacht dat Rapu de schuld aan Mike zou geven. Die aantijging was zo potsierlijk geweest dat Ezi er in het begin om lachte, zo lang lachte tot ze er buikpijn van kreeg. Toen greep ze haar buik vast en begon ze woedend te hijgen en te puffen.

Rapu wilde niet plassen op het plastic staafje dat tante Ezi haar voorhield. Waarom zou ze? Welke vrouw dwong een andere vrouw om te plassen terwijl ze toekeek? Dus toen haar dat werd gevraagd, zei ze nee. Wat had deze vrouw dat zij niet had? Beiden sliepen met dezelfde man, met de heer des huizes. Dus welke scheidslijn de ene vrouw voorheen hoger plaatste dan de andere, die lijn bestond niet meer.

'Wat zei je?'

'Nee, ik plas niet op dat staafje.'

Pets! Een klap belandde op haar rechterwang. Met een hand bedekte Rapu haar wang; ze voelde hem trillen.

'Hoe durf je zo tegen mij te praten? Ik zie dat je vleugels krijgt, *okwaya*? Mogen bedwantsen je hersens opvreten! Voordat ik tot drie heb geteld, heb je je uitgekleed en plas je hierop!'

In haar ogen glinsterde iets fels en gevaarlijks, wat Rapu ertoe bewoog om te doen wat haar bazin verlangde. Nooit eerder had ze een vrouw zo buiten zinnen gezien. Alsof ze volledig bezeten was door een of andere duivel.

En dus kleedde ze zich uit. Met moeite wist ze een paar druppels urine te produceren. Als ze voor tante Ezi stierf, dan zou ze terugkeren als geest en het mens laten boeten voor deze vernedering. Ze zou niet zo verdorven zijn om haar te doden, ze zou haar niet eens tot waanzin drijven. Nee, ze zou haar gewoon kwellen tot zij zou smeken om vergiffenis. Welke vrouw dwong een andere vrouw om zich uit te kleden in haar aanwezigheid? Te urineren in haar bijzijn? Dat was wel de moeder van alle vernederingen. Als ze een geest werd, zou ze haar mores leren. Alleen door eerder te sterven dan zij, zou tante Ezi aan haar toorn kunnen ontsnappen.

'Je bent zwanger!' gilde tante Ezi. 'Slet! Straatmadelief! Je bent zwanger!'

Rapu zei niets. Het was de bevestiging waarop ze had gewacht. Dus daar was dat stokje voor. Ze was zwanger, nou en? Eigenlijk was het beter zo, beter dat er nu duidelijkheid was, zodat tante Ezi wist dat ze nu elkaars gelijken waren. Beiden zwanger van dezelfde man. Maar goed dat dat nu helder was, dan wisten ze beiden waar ze stonden. Hun baby's zouden broer of zus van elkaar zijn, ze zouden hetzelfde bloed delen, dezelfde vader. Zij, Rapu, zou een kind krijgen dat dit riante huis ook zijn thuis zou noemen. Welke status zou dat haarzelf bezorgen? In elk geval zou ze meer zijn dan een simpele dienstmeid, want dat kon ze niet meer zijn. En als God beschikte dat ze een zoon zou krijgen? Dan zou ze nog altijd al het werk in huis doen, aangezien zij de jongste van de twee was en nog niet met Mike was getrouwd. Maar dat werk zou ze doen als een soort mede-echtgenote, als junior vrouw, als lid van de familie.

'Ja, *ma*, ik ben zwanger!' Het was niet haar bedoeling geweest het tartend te laten klinken, maar gewoon als een bevestiging van de schrille uitroep van de oudere vrouw.

Tegen de tijd dat Mike die avond thuiskwam van zijn werk, had Ezi Rapu's tas gepakt. Ze had het meisje ettelijke keren gevraagd de naam van de vader van haar baby te noemen. 'Is het Hassan de automonteur? Haruna van de winkel misschien? Wie? Wie is het?'

Stilte.

Rapu had geen woord gezegd. Een flauwe glimlach wilde niet wijken. Dat ergerde Ezi zo dat ze haar een klap gaf. Pets! Vol op haar wang. 'Dus jij denkt dat je nu een grote vrouw bent, hè? Je bent zwanger en je hebt het lef om te glimlachen terwijl ik je ondervraag? Ik mep die lach van je gezicht! *Kitikpa lacha kwa gi imi!* Als ik klaar met je ben, zullen je ouders je niet meer herkennen. *Ashawo!* Sloerie!'

Ze had er niet lang over gedaan om te beslissen dat Rapu weg moest. Er zat niets anders op. De volgende dag zou ze in alle vroegte moeten vertrekken, omdat het huis niet groot genoeg was voor hen beiden. Dat zei ze tegen Mike zodra hij thuiskwam.

'Dat kind dat je me hebt gebracht moet hier weg voor ik haar vermoord.'

'Wat heeft ze dan gedaan?'

'Wat heeft ze niet gedaan? Ze slaapt met elke penis hier in de buurt. Ze is zwanger! Laat ze thuis maar bevallen van haar bastaard als ze me niet wil vertellen wie de vader is. Ik ben niet van plan voor mijn dienstmeid te gaan zorgen.'

'Weet je zeker dat ze zwanger is?'

'Ja. Ik vermoedde het al en daarom heb ik een test gekocht. Ze is zwanger en ze ontkent het niet eens.'

'In dat geval zal ze moeten gaan. Ik neem aan dat ze van weinig nut is als ze zwanger is.'

En zo geschiedde. Op weg naar zijn werk bracht Mike Rapu de volgende morgen naar de bushalte. Tegen de avond zou ze weer in haar dorp zijn. Ezi had tranen van berouw en een smeekbede om vergeving verwacht, maar dat gebeurde niet. Toen ze het Madam Gold vertelde, zei die dat ze Rapu had verwend. Huismeisjes moet je kort aan de riem houden, anders keren ze zich tegen je en bijten ze jou.

Iedereen was het erover eens dat Rapu's ontslag een goede zaak was, dat het afschuwelijk was dat ze zich op haar leeftijd zwanger had laten maken. Maar ook dat het voor Ezi moeilijk zou zijn om zich in haar eentje te redden met een baby op komst. Haar vriendinnen leenden om de beurt hun huishoudsters uit totdat ze een nieuwe hulp had gevonden; een weduwe uit Jos nam het roer over. Ze bemoederde Ezi zo dat het haar bijna verstikte en ze besmette Ezi met het verdubbelen van woorden wanneer ze tegen haar sprak alsof ze een kleuter was. Maar zo vreselijk was dat allemaal niet, want het huishouden werd tenminste gedaan.

Er zouden nog zes maanden overheen gaan voordat Rapu terugkeerde. En toen ze dat deed, haalde ze Ezi's wereld ondersteboven en binnenstebuiten. Er kwam een kettingreactie van gebeurtenissen op gang die ertoe leidde dat Ezi van Kaduna naar de anonimiteit van Enugu zou trekken.

18

Dat Rapu terugkeerde is niet helemaal correct geformuleerd. In werkelijkheid werd ze teruggebracht, zegevierend met een baby in haar armen, vergezeld door Ezi's schoonmoeder. Het kind was in een dekentje gewikkeld en het eerste wat Ezi dacht, was dat dat dekentje enorm leek op dat van haar eigen baby. Mma was toen drie maanden oud, een mollige baby die voortdurend aandacht wilde en zowel haar moeder uitputte als haar oma, die was overgekomen om Ezi te helpen. Mma en haar grootmoeder lagen op dat moment te slapen in de logeerkamer. Ezi rustte wat uit in de woonkamer toen er werd aangebeld. Daarom opende zij de voordeur voor haar schoonmoeder en de nog vollere Rapu en het bundeltje in haar armen. Haar schoonmoeder was haar nieuwe kleindochter nog maar twee keer komen bezoeken, onder het mom dat ze Ezi's moeder, die druk met Mma in de weer was, niet voor de voeten wilde lopen. Nu stond ze daar met het dienstmeisje dat in ongenade was gevallen en naar huis was gestuurd. Even dacht Ezi dat ze droomde.

'Goeiemiddag, mama', zei Ezi, Rapu volstrekt negerend. 'Mike is niet thuis.'

'Nu wel', zei zijn moeder. Toen had Ezi pas in de gaten dat er nog iemand naar de deur was gelopen. Het was Mike. Even leek hij in de war, alsof hij een verkeerd huis was binnengegaan, maar toen sprak hij dat ene woord dat Ezi's wereld ineen deed storten: 'Sorry.'

Ezi had hem kunnen vragen 'Sorry waarvoor?' Maar dat

was niet nodig. Ze had meteen begrepen waarvoor. Ze zag het aan de glimlach op Rapu's gezicht.

Iedere man verdiende een zoon. Als Rapu hem geen zoon had gegeven, had ze nooit mogen binnenkomen. En als Ezi dat wilde, zou Rapu zodra haar zoon oud genoeg was, worden teruggestuurd naar het dorp en dan zou Ezi haar nooit meer hoeven zien. Zijn zoon moest opgroeien in de stad. Zijn kinderen moesten samen opgroeien. Ezi hoorde slechts flarden van Mikes smeekbedes. Hij was achter haar aan gehold toen ze gillend naar de slaapkamer vluchtte. Daar had hij geprobeerd haar te kalmeren. Ja, hij had met Rapu geslapen, maar nee, het had niets betekend. Het enige wat Ezi hoorde was het stromen van haar tranen. Ze wilde haar moeder. Ze wilde haar baby, haar Mma-Mma. Mike probeerde een arm om haar schouders te slaan, maar ze sloeg zijn hand ruw weg en strompelde naar de logeerkamer. Vanuit de woonkamer was te horen dat Rapu neuriede voor haar baby die was gaan huilen.

'Wat is er aan de hand?' vroeg haar moeder, toen ze Ezi's tranen en verdwaasde blik zag.

Toen Ezi haar vertelde dat haar wereld verging, nam de vrouw haar dochter in de armen met de eenvoudige woorden: 'Niets wat de ogen zien kan ze ooit doen bloeden. Hoor je me? *O nwero ife anya fulu gbaa mme*. Kind, je liet me schrikken! Ik dacht dat er iemand dood was.'

'Zie je dan niet dat dit erger is dan de dood!?'

Ze hield haar dochter vast en liet haar huilen. '*Ndo. Ndo.* Niet huilen. Je dochter heeft je nodig. Sorry. Stop.'

'Ik wou dat ik dood was', snikte Ezi.

'Nee! Zeg dat nooit! Roep de dood nooit aan met roekeloze woorden', zei haar moeder streng. 'Natuurlijk ben je gekwetst.'

'Maar mama! Hij is naar bed geweest met Rapu! Met Rapu, mijn meid!'

'Ja. Hij heeft je bedrogen. Stop. *Ozugo.*'

'En ze heeft een kind van hem!'

'Kind? Een zoon! *Zijn* zoon! En dat, liefje, is het grote verschil. Maak hem niet boos, *ooo*, terg hem niet! Want op dit ogenblik sta je nog maar met één been in dit huis, terwijl die Rapu hier stevig op beide benen is beland. Natuurlijk ben je van streek. Natuurlijk ben je kwaad. Maar liefje, als de ergste woede voorbij is, zul je moeten overleggen hoe je hem bij je houdt.'

Ezi wurmde zich uit haar moeders omhelzing. Misschien dat haar moeder dat zou hebben gepikt van háár man, maar zijzelf was een moderne vrouw. Tijden veranderen! 'Hem bij me houden? Ik ga bij hem weg. Ik kan hier onmogelijk blijven!'

Haar moeder lachte. 'Bij hem weg? Waar wil je heen? *Ebe ka-i na-aga?* Dat is het probleem met meisjes als jij, meisjes met te veel boekenwijsheid. Waar wil je naartoe met zo'n piepkleine baby?'

'Ik verzin wel iets. Ik kan een tijdje thuis komen wonen om alles op een rijtje te krijgen. Ik vind wel een baan.'

'Hoezo thuis? Dit hier, dit is je thuis. Maak ons alsjeblieft niet het mikpunt van spot. Je vader heeft al een te hoge bloeddruk. Wil je dat soms erger maken? Hier, de baby moet drinken. Ga hier zitten, voed haar en zeg geen dingen waar je straks spijt van krijgt. Ik weet hoe je je voelt, maar die pijn gaat over. Neem van mij aan dat ik dit ken. Ben je Indy soms vergeten?'

Pas toen merkte Ezi op dat haar baby, haar prachtige nieuwe baby huilde, haar gezicht verkreukt als een papieren zak en haar vuisten gebald alsof ze zich opmaakte om een boksring te betreden. Niemand anders deed ertoe, behalve haar baby. Deze baby waarnaar zij en Mike zo hadden verlangd en die ze hadden verafgood sinds haar geboorte. En al die tijd had hij geweten dat er een ander kind van hem op komst was. Mma begon als een bezetene te huilen en plotseling moest Ezi kokhalzen. Snel gaf ze de baby terug aan haar moeder en proestend braakte ze op de vloer.

'Moet je jezelf nu zien', zei haar moeder. 'Je doet alsof de wereld is vergaan. Je baby heeft honger en jij staat hier een beetje medelijden met jezelf te hebben.' Ze siste afkeurend en ging naar buiten. Even later kwam ze terug met zand dat ze over het braaksel strooide en met een glas water voor Ezi. 'Wil je soms dat je baby omkomt van de honger?'

Ezi pakte Mma op, schortte haar blouse omhoog en begon de baby te voeden. Mma, die geen oog had voor de instortende wereld van haar moeder, zoog gretig en trok aan de tepel als wilde ze zich wreken voor een haar te lang ontzegd maal.

Alles leek onwerkelijk. Ze voelde zich ver van alles verwijderd. Van de baby die aan haar tepels trok. Van haar moeder die het overgeefsel opruimde. Van de geluiden van de andere baby die in de woonkamer huilde. Dit gebeurde allemaal niet echt. Dit kón niet gebeuren, dit kon Mike en haar niet overkomen. Daarvoor waren ze te solide als stel. Sinds wanneer meende Mike dat meisjes er niet toe deden? Dat alleen zoons telden? Dat was niet de Mike die haar had bemind, die aan haar zijde had gestaan gedurende al die jaren van kinderloosheid. Dit zou hij toch nooit doen, nu hun gezin begon uit te breiden? Waar had hij een zoon voor nodig als ze hun eigen dochter hadden?

Hoe had hij kunnen denken dat Rapu wegsturen het probleem zou oplossen? Dit alles, die baby zou altijd tussen hen in blijven staan; de kennis van wat hij had gedaan zou haar altijd bijblijven.

'Ik kan het je niet vergeven', zei ze uit de grond van haar hart tegen Mike, toen hij die avond weer met haar probeerde te praten, haar wilde vertellen dat áls Rapu bleef, het als huishoudster zou zijn. Hij zou nooit meer met haar slapen. Hij maakte zijn wijsvinger nat en stak die in de lucht, zijn vrouw een eed van trouw zwerend.

'Ik kan hem niet vergeven', zei ze de volgende dag tegen haar moeder, terwijl ze haar eigen kleren en die van haar baby in een tas pakte.

Hebzucht. Mikes moeder zei dat dat Ezi's grootste probleem was. Haar eigen moeder zei dat het egoïsme was, omdat het haar niet uitmaakte wat het voor haar ouders zou betekenen als ze de brui gaf aan haar huwelijk.

Mike liet Madam Gold en twee andere vriendinnen komen om Ezi over te halen te blijven. De vrouwen vroegen haar alles nog eens goed te overwegen. Wilde ze liever een alleenstaande moeder zijn dan een man delen? Zelf zouden ze het wel weten als ze moesten kiezen. En al die tijd hield Rapu zich stilletjes op de achtergrond en zorgde ze voor haar zoon, die ze Prince noemde. Prince, het licht dat in haar leven was gaan stralen en dat haar ouders voorspoed zou brengen. Mike had al beloofd een huis voor haar ouders te bouwen. Hij kon niet trouwen met hun dochter omdat hij al een vrouw had, maar hij zou haar royaal belonen voor de zoon die ze hem had geschonken.

Maar wie zou nog wel met haar trouwen? Rapu maakte zich zorgen, totdat haar moeder haar eraan herinnerde dat het niet nodig is je zorgen te maken over dingen die zich doorgaans vanzelf regelen.

Overtuigd door haar vriendinnen, pakte Ezi haar tassen weer uit. Ze sliep in de logeerkamer met haar moeder, die haar behandelde als een ei: angstvallig verdere barstjes voorkomend. 'De pijn gaat over', beloofde ze haar dochter. En terwijl Ezi zichzelf elke nacht in slaap huilde, sliep Rapu op de sofa in de woonkamer met haar zoontje dicht tegen zich aan en neuriede ze dwaze deuntjes in zijn oren. Overdag ging Mikes moeder met haar op stap. Een chauffeur reed hen kriskras door Kaduna om allerlei dingen voor haar baby te kopen. Op de vierde dag na Rapu's komst zei Ezi tegen haar moeder dat ze niet langer kon blijven. De situatie was ondraaglijk. 'Ik kan zo niet leven, mama. Ik kan geen nacht langer slapen in hetzelfde huis als Mike.' Ze vertelde haar moeder niet dat het beeld van Mike en Rapu steeds bij haar opdoemde wanneer hij haar in bed probeerde aan te raken. Ze kon het niet van zich afzetten. En toen Mike die nacht zijn hand in de richting van haar dijen liet glijden, had ze er zo'n harde klap op gegeven dat hij zijn hand schudde alsof hij zich had gebrand. Haar moeder waarschuwde haar: 'Als je vertrekt, als je je huwelijk opgeeft, ben je thuis niet meer welkom.'

'Dat risico neem ik dan maar.'

'En je baby dan?'

'We redden het wel. Ik heb tenslotte een diploma. Een baan vind ik heus wel. Een fluitje van een cent!'

'Alleen een koppige vlieg volgt een lijk het graf in. Ik heb mijn zegje gedaan. Je vader ook. Als je zo aan je einde wilt komen, ga je je gang maar!'

Als ze nog wat langer zou blijven, vreesde Ezi, zou ze iets vreselijks doen of zou haar iets nog vreselijkers overkomen. Steeds wanneer ze Rapu's baby hoorde huilen, wilde ze het kind wurgen, het laten stikken, wilde ze het wezen doden dat hun leven overhoop had gehaald. Hoe kon ze dan onder hetzelfde dak leven? Zelfs als die baby niet lijfelijk in het huis was, dan nog zouden hij en zijn moeder haar blijven achtervolgen. Hoe dan ook, ze kon niet bij Mike blijven. En hoe moeilijk kon het nu zijn om als alleenstaande vrouw met een baby te leven? De dingen waren veranderd sinds de tijden van haar moeder, toen vrouwen doodsbenauwd waren om alleen te leven. De maatschappij was toch zeker intelligenter geworden, toleranter? Ze hoefde zich toch niet vast te klampen aan een huwelijk dat haar niet meer zinde, puur en alleen om een man voor zich te kunnen opeisen?

'Mam, de tijden zijn veranderd', zei ze zacht tegen haar moeder.

'O ja, is dat zo?' had haar moeder gegromd. Daarna was ze sissend van ergernis naar bed gegaan. De volgende dag vroeg ze Mike om haar een lift naar de bushalte te geven. Haar taak hier was volbracht. Ze wilde geen afscheid nemen van Ezi en ook niet van Mma, omdat ze bang was dan in tranen uit te barsten. Ezi zag haar moeder pas een tijd later weer. Ze was op bezoek met Mma. Dat had haar ouders een sprankje hoop bezorgd dat ze misschien toch van gedachte was veranderd, maar die hoop had Ezi meteen de kop ingedrukt. Dat was het moment waarop Ezi door haar moeder werd vervloekt.

De dag dat haar moeder vertrok, ging ook Ezi weg met Mma. Zonder een adres achter te laten. Enugu leek haar een goede plek om opnieuw te beginnen.

19

Rapu wende sneller aan de nieuwe situatie dan ze had verwacht. Dat Ezi vertrok, beschouwde ze als een zegen. Mike te moeten delen zou ze niet erg hebben gevonden; ze had er zelfs op gerekend, was zelfs bereid Ezi te respecteren als Mikes voornaamste vrouw. Maar zonder daartoe ook maar op enige wijze te zijn aangezet, was Ezi vertrokken. Mike betaalde Rapu's bruidsprijs. Er zat niets anders op. Zodoende was Rapu niet alleen de moeder van de eerste zoon, maar ook de vrouw des huizes. Anwuli's ogen rolden uit hun kassen toen ze de eerste keer op bezoek kwam en Rapu vertelde dat ze op zoek was naar een hulp. 'Met zo'n jonge baby wordt het te veel voor me.'

'Hm, jij boft maar, *oo*', zei Anwuli, terwijl ze Rapu's nieuwe kleren monsterde. Ze wist niet meer hoe ze tegen haar moest praten, tegen haar vriendin die opeens was bevorderd van dienstmeisje tot vrouw des huizes. Rapu wist dat haar relatie met Anwuli moest worden herijkt, maar ze had geen andere vriendinnen. Er was niemand die ze haar angsten kon toevertrouwen, niemand om haar geluk mee te delen. Kort nadat Ezi was vertrokken, had Rapu's moeder een maand bij hen gelogeerd. Aangezien haar bruidsprijs was betaald, gold de vrouw nu als officiële schoonmoeder. Rapu had het heerlijk gevonden om het huis te showen - háár huis - en om te zien hoe haar moeder met open mond alle spullen bekeek die nu haar dochter toebehoorden.

'Het is alsof ik droom', zei haar moeder terwijl ze met een hand over de deur van de koelkast gleed. '*Hei! Chukwu alu go lu m ooo!* Maar is het niet onhygiënisch', vroeg ze, 'om een toilet binnenshuis te hebben?'

'Nee hoor', zei Rapu, die verlost was van haar twijfels omtrent de hygiënische aspecten van én je behoefte doen én koken en eten in hetzelfde gebouw. 'De technologie verwijdert al het vuil', zei ze een beetje aarzelend.

'Wat is *tekkinolozjie*? Je begint verdikkie te praten als je broers.'

Ze wist niet helemaal zeker wat technologie was, maar dat had Anwuli haar verteld toen ze, even groen als haar moeder nu, ernaar had gevraagd. Prince, die zich begon te roeren in haar armen, bezorgde haar een goed excuus om haar moeders aandacht te vestigen op een minder duister onderwerp. Haar moeder hoefde niet te weten hoe weinig verstand ze ervan had.

Zo was die ene maand verlopen: haar moeder ontdekte het ene na het andere moderne mirakel, Rapu legde naar vermogen dingen uit en Prince hield beide vrouwen constant bezig. Rapu had geen idee dat je zoveel werk had aan een pasgeboren baby. Ze was blij dat haar moeder er was om te helpen, want op hulp van Mike hoefde ze niet te rekenen. Niet dat ze dat van hem had verwacht. Die eerste maand zag ze hem ook nauwelijks. Hij kocht cadeaus voor zijn zoon, zoveel speelgoed dat Rapu niet meer wist waar ze het allemaal moest bergen. Vaak kwam hij 's nachts niet thuis en overdag was hij in zijn winkel. Als een man in de rouw gedroeg hij zich. Hij at in stilte en sliep alleen. Een paar keer trof Rapu hem aan terwijl hij somber door het huis liep en dingen vastpakte die van Ezi waren geweest: de mok met de ronde bodem waaruit ze elke morgen thee had gedronken, dat ene kleedje dat ze waarschijnlijk had vergeten mee te nemen toen ze alle andere kleedjes inpakte, haar gele slippers. Als hij glimlachte, dan was dat naar Prince. Soms riep hij dat ze hem de baby moest brengen. Dan hield hij hem een paar minuten glimlachend vast, waarna ze de baby weer moest overnemen. De bruidsprijs had hij nagenoeg in het geheim betaald. Geen feest om de nieuwe echtgenote te vieren. Niets.

Rapu sliep met Prince in haar oude kamer, hopend dat Mike haar zou uitnodigen naar zijn kamer te komen. Daar hoorde ze toch? Hij had haar bruidsprijs betaald en dus hoorde ze nu bij hem te zijn. Anwuli zei dat ze geduld moest hebben. 'Heet water koelt na verloop van tijd vanzelf af. Dit blijft heus niet duren. Ik hoorde van mijn madam dat jouw madam echt niet meer terugkomt.'

'Mijn "madam"?'

'Oeps, sorry... Je mede-echtgenote bedoel ik!'

Beiden hadden moeten lachen zoals vroeger. Ze sloegen zich op de dijen en schaterden het uit, totdat Prince wakker werd en met een schreeuw die luider was dan hun gelach de komst van zijn moeder eiste.

Rapu waakte over haar huis met een felheid die haar man nooit achter haar had gezocht. Toen ze uiteindelijk een hulp had gevonden, stond ze niet toe dat het meisje voor Mike kookte; ze stond erop dat zelf te doen. Op een dag, nadat hij zich te goed had gedaan aan haar kookkunst en alleen in zijn bed lag, was hij opgestaan om Rapu te halen. 'Laat de baby hier slapen', zei hij, 'en kom bij mij in bed.' Dat was de eerste keer dat hij haar 'obidiya' noemde. 'Je bent een goede vrouw, obidiya', zei hij, terwijl hij haar uitkleedde en gretig naar haar borsten tastte.

Rapu keerde niet meer terug naar de logeerkamer. Ze installeerde zichzelf, haar bodylotion, mentholpoeder en deodorant in de laden die Ezi had leeggeruimd. En ze was blij dat ze achter in een la een vergeten fles parfum vond die nog nagenoeg vol was. Dat moest ze Anwuli vertellen! Ook de kasten zouden snel vol hangen met haar kleren. En haar man, haar Mike, zou niet langer 'Ezi' roepen wanneer hij Rapu bedoelde, wanneer zij het was die hij omhelsde, terwijl zijn geslacht in haar zwol. Hoe vernederd had ze zich toen gevoeld, maar ze had het niet laten merken. Ze had niet tegen hem gezegd: 'Hé, ik ben Ezi niet, *ooo*, ik ben Rapu!' Ze wist dat geduld een schone zaak was. Zoals haar moeder voortdurend zei, *mmili di oku ga emesia juo oyi*. Heet water koelt uiteindelijk vanzelf af.

20

Inderdaad, het koelde af. Tenminste, tot al dat gepraat begon over die dochter die thuiskwam... Wat haar betrof, kwam die dochter iets opeisen wat haar niet toebehoorde. Ezi was dood en begraven. Mike had het nooit meer over haar gehad. En vrienden - van het echtpaar Ezi en Mike - die in het begin naar haar informeerden, deden dat niet meer. Sommige vrouwen van Mikes vrienden waren haar gaan beschouwen als de nieuwe vrouw des huizes, al werden ze niet haar vriendinnen. Rapu had in de loop der jaren een eigen vriendenkring opgebouwd. Zij en Mike hadden later nog een tweeling gekregen. Alles was in orde en toen stond daar opeens, zo uit het niets, een boodschapper met een bericht over Mma.

Rapu had het gewaagd om Mike te vragen: 'Waarom komt ze?'

'Hoezo "waarom"? Ze is mijn dochter.'

De toon waarop hij dat had gezegd, klonk als een waarschuwing dat ze voorzichtig moest zijn; er borrelde een zekere verontwaardiging onder en ze wilde niet dat dat overkookte. Als ze ergens bedreven in was, was het wel in het aanvoelen van Mikes stemmingen. Op die manier had ze door de jaren heen ruzies vermeden.

'Ik bedoel: waarom juist nu? Waarom niet vroeger? Ik vraag niet waarom ze komt - natuurlijk is ze je dochter -, maar waarom komt ze juist nú?' Ze probeerde haar stem zo vlak en emotieloos mogelijk te laten klinken.

'Ik zou het bij God niet weten. Maar het is goed dat ze thuiskomt.'

'Ja', zei Rapu. 'Dat is zo.' En in gedachte voegde ze eraan toe: ze komt straks mijn huis binnen en ik zal mijn huis beschermen met alles wat ik heb. Ik ben niet voor niets zover gekomen. Het klopt niet. Ik laat niet gebeuren dat Mike de helft van wat mijn kinderen toekomt aan die Mma geeft. Haar moeder heeft dit huis jaren geleden verlaten. Niemand had haar weggejaagd. Uit eigen beweging was ze vertrokken. Ik heb hier te veel in geïnvesteerd om dit alles de rug toe te keren. Trouwens, waar zou ik heen moeten? Ik heb niet een van de voordelen die Ezi had. Alleen red ik het nooit.

O, wat miste ze Anwuli opeens. Anwuli die na verloop van tijd niet meer kwam, waarschijnlijk omdat ze zich geneerde voor het statusverschil. Zelf was ze ook niet naar Anwuli op zoek gegaan; eigenlijk was Rapu blij geweest dat ze die beslissing niet had hoeven nemen. Toen ze eenmaal feitelijk Mikes vrouw werd, vond ze het moeilijk om te doen alsof ze nog elkaars gelijken waren. Toen Anwuli nog eens was langsgekomen om te vertellen hoeveel ze had gespaard en wat ze daarvan zou kopen, had Rapu haar enthousiasme maar moeilijk kunnen delen. Ze kreeg een behoorlijk huishoudgeld en hoefde niet langer te beknibbelen en te sparen voor tweedehandsjes van de markt. Toen ze eenmaal haar eigen dienstmeisje had, werd het nog moeilijker Anwuli te blijven zien. Dus toen Anwuli niet meer langskwam, was ze eigenlijk dankbaar, dat kon ze niet ontkennen. Die vriendschap had haar doel gediend en was een natuurlijke dood gestorven. Anwuli was getrouwd met iemands chauffeur en was vertrokken. Rapu had geen idee waar zij nu woonde. Wel had ze een set theekopjes met roze bloemen en blauwe vogels gekocht, toen ze van Anwuli's werkgeefster had vernomen van het aanstaande huwelijk. Ze had niet naar de bruiloft kunnen gaan en had het cadeau, fraai verpakt in glanzend papier, aan Anwuli's bazin gegeven met het verzoek de bruid het pakketje te bezorgen, omdat ze ergens naartoe moest met Mike en hem niet had kunnen vertellen dat ze naar Anwuli's bruiloft moest. Hij wist niet eens wie Anwuli was. Ze wist niet eens zeker of hij haar ooit had gezien. Dienstmeisjes zag men meestal niet als ze bij elkaar op visite gingen. Anwuli's bezoekjes waren trouwens altijd maar kort opdat haar bazin haar niet miste, en ze zaten altijd in de keuken, de plek waar dienstmeisjes verbleven als ze op bezoek waren.

Ze had haar kinderen nooit verteld over Mma, maar nu ze op komst was, moest ze het wel vertellen. Prince had het voor kennisgeving aangenomen. 'Dus ik heb nog een zus? Oké dan.' Maar de tweeling was heel enthousiast geweest, zo enthousiast dat Rapu hun later een standje gaf en zei dat het meisje dat op komst was, heus niet speciaal voor hen kwam.

Toen eindelijk de dag daar was waarop Mma zou komen, had Rapu zich vast voorgenomen om ervoor te zorgen dat zij zich niet zo welkom zou voelen dat ze zou besluiten te blijven. Maar ze moest het subtiel aanpakken, zodat Mike niet werd geprest om het voor zijn dochter op te nemen. Zo waren mannen. Als je hen duwt, duw je hen weg. De fouten van Ezi zou ze niet herhalen. Dat stomme mens dacht vast dat Mike achter haar aan zou hollen en zijn nieuwe vrouw en Prince in de steek zou laten als ze met haar dochter haar biezen zou pakken. Dat mens wist niets van mannen. Zij, Rapu, was slimmer. Haar moeder had haar alles goed geleerd.

Zelfs in de eerste maanden, toen Mike haar 'Ezi' noemde in plaats van obidiya of Rapu, was ze nooit bang geweest dat

Mike achter Ezi aan zou gaan. Haar grootste vrees was dat Ezi zou beseffen wat voor kolossale fout ze had gemaakt, dat ze zou terugkomen om de zaken weer in handen te nemen, en dat juist op het moment dat zij, Rapu, zich echt op haar gemak ging voelen. Ze zou dan worden verbannen naar haar oude kamer en als ze ooit naar die kamer terug moest, kon ze het wel vergeten ooit weer op te klimmen; ze moest boven aan de ladder blijven, niet alleen uit eigenbelang, maar ook in het belang van haar ouders.

Haar vader zei dat de goden hun belofte boven verwachting waren nagekomen. 'Was er maar een manier waarop ik Ajofia kon terugbetalen... Ach, ik weet zeker dat Ajofia uitbundig wordt gehuldigd door zijn voorouders, dat kan niet anders. Uiteindelijk heeft hij dienstgedaan als de ogen van de goden en heeft hij onze familie oneindig veel goed nieuws gebracht.' De eerste keer dat hij naar Kaduna kwam, naar het huis van zijn dochter, straalden zijn ogen van bewondering voor zijn meisje. Het maakte niet meer uit wat zijn zoons deden of hoe lang ze van plan waren nog op school te blijven; zijn dochter had het spuug van de armoede van zijn gezicht gewist. Toen Mike hem meenam naar een dokter omdat hij rugpijn had – hij werd volledig onderzocht en kreeg zakken vol medicijnen mee –, bleef hij maar zeggen: 'Och, *ogbenye ajoka*, armoede is iets ellendigs. Mijn hemel, zo ziek als ik ben geweest, zoveel pijn als ik heb gehad... Opeens is dat allemaal voorbij. Ik dacht dat het aan de leeftijd lag, maar nu weet ik dat het gewoon armoede was.' Wel vertikte hij het om bloed te laten afnemen voor onderzoek. 'Ik heb niet veel bloed in me, en het beetje dat me rest ben ik niet van plan weg te geven. Trouwens, wat zijn dat voor heksenstreken? Alleen heksen willen bloed.' Fronsend had de arts hem maar laten gaan; het bloedonderzoek was ook niet echt nodig geweest, gewoon een onderdeel van het algemeen onderzoek.

Rapu was er nu aan gewend de vrouw des huizes te zijn, gewend aan de gedachte dat alles voor haar kinderen was. Geen denken aan dat ze zou toestaan dat daar nu verandering in kwam.

21

‘Kom binnen’, zei Rapu met een glimlach die bijna te breed was voor haar gezicht. Ze deed een stapje opzij om Mma binnen te laten in een enorme zitkamer met kamerbreed tapijt. Toen ze zich voorstelde als ‘Rapu, je vaders vrouw’, was Mma’s eerste gedachte dat ze helemaal niet mager was. Op een tandenstoker leek ze ook beslist niet. Haar armen waren vol en rond. De vrouw was bijna even groot als Madam Gold, groter dan haar eigen moeder. Mma zag geen enkel verband tussen de Rapu die voor haar stond en de Rapu die Madam Gold had beschreven.

Net als bij haar grootouders waren ook hier mensen bijeen, maar het waren er minder dan bij haar papannukwu. Toen Mma naar binnen liep, kwam er een man naar haar toe die haar omhelsde. De V staat voor ‘vader’. Vader rook sterk naar deodorant. Zijn omhelzing was zo stevig dat hij haar niet meer leek te willen loslaten. Hij was stukken langer dan zij. Nu wist ze van wie ze haar lengte had. Ze was lang voor een meisje, ruim één meter tachtig. Als kind had ze dat vreselijk gevonden omdat ze er op school altijd mee werd gepest, maar nu was ze er juist blij mee. Ze was niet ijdel, maar in een korte broek was ze trots op haar lange benen.

‘*Nwa m*, welkom’, zei hij en gebaarde haar naast hem te gaan zitten. ‘Ik ben vandaag een heel gelukkige man’, zei hij. ‘Je bent naar me teruggekomen.’

Hij zag er niet heel anders uit dan op de oude foto die ze van hem had gezien. Had hij op de foto een vol afrokapsel gehad, nu had hij een kale kruin die glansde van het zweet.

Even had ze de neiging dat zweet af te wissen. De V staat voor 'vader'. Vader heeft een kale kruin. Vader woont in een groot huis in Kaduna. Mijn vader. De mijne! Madam Gold had haar gezegd hoe ze zich moest gedragen. Dat ze haar vader namens haar moeder excuses moest aanbieden. Een cadeau moest geven. Mma nam haar tas en haalde er de twee flessen gin uit die ze op aanraden van Madam Gold had meegebracht. 'Voor jou, vader', zei ze. Het woord was vanzelf gekomen. Haar moeder was altijd 'mam' geweest. 'Mammie' soms. Maar haar vader kon niet 'papa' heten. Ook niet 'pa' of 'paps'. In 'papa' of 'pa' schuilde iets intiems waarop ze nu nog geen aanspraak kon maken. In de aanspreking 'vader' klonk in elk geval de aard van hun relatie door, misschien ook de bereidheid daar iets meer van te maken. Het was nog te vroeg om hem 'papa' of 'pa' te noemen.

Hij keek opgelucht en nam de flessen met een glimlach in ontvangst. Toen zei hij: 'Kom, ik stel je voor aan de anderen.'

De namen gingen als in een waas aan haar voorbij. Prince. Toen de zestienjarige tweeling Chioma en Chindu. 'Mijn dochters', zei haar vader, waarna de meisjes verlegen 'hallo' fluisterden, waarbij een identieke glimlach hun gezichten deed oplichten. Ze leken sprekend op hun vader. Met enige trots bedacht Mma dat dat betekende dat ze op haar leken. Ook zij hadden de rijke donkere tint van gepoetst mahoniehout en lippen die lichtjes omhoogkrulden. Iedereen kon zo zien dat ze familie waren. 'Mijn dochters.' Het bleef galmen in Mma's hoofd. 'Mijn dochters.' Niet: 'je zussen'. Zo losjes en vanzelfsprekend eiste haar vader de meisjes voor zich op. Zou hij net zoveel aanspraak maken op haar? Dit is Mma, mijn dochter!

Het eten werd opgediend door Rapu en een dienstmeisje – een stevig, klein ding met vlechtjes die als spijkers op haar hoofd stonden. Ze liepen in en uit met schalen en kommen eten: dampende schotels yampuree en soep. Toen de geur van egusi Mma bereikte, gingen er tranen in haar ogen branden – haar moeders laatste maal.

'Kom, we gaan eten.' Haar vader loodste iedereen naar de enorme tafel in een hoek van de kamer. 'Neem plaats.' Mma ging zitten. Haar vader ging rechts van haar zitten, aan het hoofd van de tafel. Rapu tegenover haar. Prince zat links van Mma en de zusjes zaten naast hun moeder. Zonder enig commentaar namen ze hun plaatsen in, alsof ze elke dag op dezelfde plek zaten. Of misschien was hun van tevoren gezegd waar ze moesten zitten en hoe ze zich moesten gedragen.

'Toen ik hoorde van je moeders dood, ging me dat zeer aan het hart', zei haar vader. Hij klonk formeel. Heel anders dan toen hij Prince vroeg een fles water uit de koelkast te pakken en een van de meisjes opdroeg zijn pil uit de ladekast te gaan halen. Hij hoefde niet uit te leggen welke pil. Of welke ladekast. Ze wist welke. Zo werkt dat in een gezin.

De J staat voor 'jaloezie'. Voor 'janken'. Voor 'jammer'. J. Jee. O jee. Toen ze voor het eerst iemand 'jeetje' hoorde zeggen, moest ze lachen: wie gebruikt er nu een letter om verbazing of verrassing uit te drukken? Haar moeder had haar uitgelegd dat het een eufemisme was, dat die J stond voor 'Jezus' en dat mensen zich konden storen aan 'Jezus' als krachtterm.

Ze probeerde zich voor te stellen dat haar moeder hier woonde, samen met een mede-echtgenote en haar kinderen.

Hoezeer ze ook haar best deed, ze zag haar moeder niet in dat plaatje. Ze zag haar moeder wel in het huis in de Neni-straat, alleenstaand, haar leven met niemand delend. Ze betrapte zich erop dat ze zich niet kon voorstellen dat haar moeder hier ooit had kunnen dansen. Dat zou onmogelijk voor haar zijn geweest. Dat voelde ze gewoon. Dit huis, met Rapu erin, kon onmogelijk het decor zijn waarin Ezi rondzwierde op rode dansschoenen.

Ze dipte een yambolletje in de soep. Hoe vaak had ze niet met de gedachte gespeeld? Eén snufje otapiapia in haar moeders eten en ze zou van haar verlost zijn. Hoe vaak had ze niet gedroomd van die vrijheid? Van het samenzijn met haar vader. Ze had zich hem altijd voorgesteld als iemand in het luchtledige. Als iemand die geduldig in het niets op haar wachtte tot ze zou komen, zodat hij zijn leven kon vervolgen. Maar haar vaders leven had nooit stilgestaan. Aan de wanden hingen foto's van zijn gezin. Zijn zoon en dochters. Geen foto van haar. Alsof ze niet voor hem bestond, alsof ze hier niet thuishoorde. Er was ook geen foto van haar moeder te bekennen. Wat voor leven zij hier ook had geleid, het was uitgeveegd, geschrapt. Mma probeerde te eten, maar de brok in haar keel weigerde te wijken. Daarom vroeg ze, al was het niet echt haar bedoeling: 'Waarom hield je je voor me verstopt?'

Rechts van haar bleef het yambolletje van haar vader roerloos in de lucht hangen. Rapu keek grijnzend op van haar bord.

'Ik heb me nooit voor je verstopt', zei hij na een tijdje. 'Waarom zou ik? Ik ben hier nooit weggeweest. Waarom zou ik?'

In 2000, toen er onlusten uitbraken vanwege de invoering van de sharia en toen zijn supermarkt – lang beschouwd als symbool van het succes van de Igbo in Hausaland – werd platgebrand, had hij geweigerd zich te voegen bij de drommen Igbo die op de parkeerplaats Mando ijlings in bussen stapten om terug te gaan naar Onitsha, Owerri en Enugu, leuzen schreeuwend als 'Geef ons Biafra terug!', 'Nigeria heeft ons teleurgesteld!' en 'Niet langer één Nigeria!' Kaduna was zijn thuis en het kwam niet bij hem op om de stad of zichzelf in die stad te zien als vreemd of atypisch. Hier was hij thuis. Het was hem nooit gelukt zich ergens anders thuis te voelen dan in het noorden. Ook toen Rapu het hem smeekte, bang voor het leven van hun kinderen, weigerde hij te vertrekken. Zijn huis bevond zich niet in de vreemdelingenwijken van Sabon Gari, waar zuiderlingen uit hun huizen werden gesleept en afgeslacht. Een van de verstandigste besluiten die hij ooit had genomen was een huis bouwen midden in een Hausabuurt. Niemand zou het durven om zo'n exclusief stadsdeel te bestormen en zijn Hausaburen waren beschaafd genoeg om hem niet over te leveren aan een bende bloeddorstige herrieschoppers. Hij was altijd in hetzelfde huis blijven wonen.

'Zei je moeder soms dat ik me verstopte?' Hij klonk lichtjes geamuseerd.

'Nee.' Ze wilde dat ze niets had gezegd. Er viel een ongemakkelijke stilte aan tafel. Zonder te kijken wist ze dat niemand meer at. Iedereen wachtte op... Ja, waarop eigenlijk?

'Je had me zo kunnen vinden.'

'Maar ik wist niet eens van uw bestaan af!' Ze moest zich inhouden om niet te schreeuwen. Dit was niet het welkom thuis dat ze in gedachten had gehad. En dit huis, dit vreemde huis met zijn harde leren kussens, dat hoge plafond en die kroonluchter, was niet haar thuis. 'Thuis' stond een knalrode televisie met een afstandsbediening die het niet goed meer deed (ze moest niet vergeten het ding te vervangen); vanaf het balkon kon ze de heuvels zien die verrezen boven de stad; er was een slaapkamer met de foto's van haar moeder aan de muur. Thuis rook ook anders. Ze was moe. Gaan liggen en slapen, dat wilde ze. Morgenochtend zou ze een stuk opgewekter zijn. Daar was ze zeker van.

'Luister, dit is niet het moment en ook niet de plek om wie dan ook van wat dan ook de schuld te geven. Als je nooit van mij hebt gehoord, dan moet je dat je moeder kwalijk nemen. Maar dat doet er nu toch niet toe? Je bent teruggekomen waar je hoort. Je bent thuisgekomen. Dat is het enige wat telt. Je bent teruggekomen om excuses te maken voor de zonden van je moeder.'

22

De Z van 'zonden'. Wat is een zonde? Op school had ze de definitie uit haar hoofd geleerd: 'De zonde is een vergrijp tegen de rede, de waarheid en het reine geweten.' Maar ze had geen idee welke zonden ze werd geacht goed te maken. Wat waren de zonden van haar moeder? Waarvoor moest ze zich eigenlijk verontschuldigen? Ze wist het werkelijk niet.

Mma slikte alles in wat ze wilde zeggen en begon weer te eten van het voedsel dat ze niet meer proefde. Rustig en met weinig woorden beantwoordde ze vragen zoals ze haar moeder antwoordde. Ja. Nee. (En laat me nu mijn boek uitlezen.) Maar ze zorgde ervoor beleefd te zijn tegen haar vader. Tegen vreemden was ze altijd beleefd.

Ze ving de blik op van Rapu, die naar haar glimlachte. 'Wil je nog wat?' vroeg zij.

'Nee, dank u.' Zag die vrouw niet dat haar bord nog vol was? Er was iets met haar dat Mma, al binnen vijf minuten na hun kennismaking, niet aanstond. Haar poeslieve, zeemzoete houding leek gemaakt. De S is van 'sacharine', dacht ze terwijl ze nog een bolletje yam kneedde om in de soep te dopen. De S van 'suikerzoet spotten en sneren'. En dan al die mierzoete onzinvraagjes. Te veel zoetigheid doet walgen. Die te brede, te lieve, te zoete glimlach begon Mma pijn te doen. Ze wilde die suikergrijns niet meer zien.

Ze glimlachte terug naar Rapu. Een vermoeide, versleten glimlach was het. Ezi glimlachte nooit, tenzij ze het meende. Mma leerde om te glimlachen zelfs wanneer ze daar eigenlijk geen zin in had. Nu vestigde ze haar blik op haar vader.

Gek, dacht ze, dat eerst haar grootvader en nu haar vader hadden aangenomen dat ze naar hen op zoek was gegaan om zich te excuseren voor haar moeder. Waarom zou ze verontschuldigingen aanbieden voor een vrouw die geen spijt had van haar daden? Zeker nu ze de afgelopen weken, sinds de start van haar zoektocht, was gaan inzien dat Ezi niets verkeerds had gedaan? Ze begon stilaan respect voor haar moeder te krijgen. Nee, ze zou zich nooit voor haar verontschuldigen. Madam Gold had anders wel gezegd: 'Wees niet koppig. Zo gaat dat hier nu eenmaal. Je hoeft niet te zeggen "sorry, *ndo*". Laat je handelingen, je daden het woord voor je voeren. Spreek niet met woorden tegen wat je gebaren je familie zeggen. Daar zullen ze niks van snappen. In Igboland zeggen we veel meer met wat we doen dan met wat we onder woorden brengen. Geef je vader dus de flessen gin. Hij zal het begrijpen. En ik weet zeker dat je moeder zal begrijpen dat je dit wel móést doen. Ezi was koppig, maar ze wilde wel dat je gelukkig zou worden.'

Mma had zich een verraadster gevoeld, maar ze geloofde Madam Gold: haar moeder zou begrijpen dat haar handen gebonden waren. Als ze nog enige hoop koesterde om te worden aanvaard, om een normaal leven met Obi te kunnen leiden, dan moest ze dit doen. Ze moest doen alsof. Lieg-lieg te veel en het wordt de waarheid.

'En? Is er een jongeman die een oogje op je heeft?' Rol. Dip. Slik.

'Ja. We hopen over niet al te lange tijd te trouwen.' Rol. Dip. Slik.

'Mooi. Hij moet komen om kennis te maken... Om je bruidsprijs te betalen, zoals ik die van je moeder heb voldaan.

Maak je geen zorgen, ik zal niet te veel vragen. Ik heb genoeg voor mijn kinderen en mezelf. Maar hij zal zich moeten houden aan de regels van de traditie.' Rol. Dip. Slik.

'Natuurlijk, *sir*.' De S staat voor 'straf'. Straf zou ze misschien riskeren als ze geen excuses aanbood voor haar moeder. En de S is van 'sir'. Zo noem je je vader als je nooit bij hem hebt gewoond. Als je niet weet waar zijn pillen liggen. Als je niet eens weet waarvoor hij pillen slikt. Nee, sir. Ja, sir. De S is ook van 'staren'. Vijf vreemde mensen die haar opnemen. Tien ogen die haar bekijken, taxeren. Mensen die zich misschien afvragen wat ze daar doet. Wat deed ze hier? En dan al dat gedoe over traditie... Uitgerekend die traditie had haar moeder doen vluchten. Rol. Dip. Slik.

Ze had haar vader ontmoet. Ze had Rapu ontmoet. Ze had haar broer en haar zussen ontmoet. Na al die jaren waarin ze van deze dag had gedroomd, voelde ze een zekere teleurstelling. Welk gevoel ze ook had verwacht, ze had gehoopt op meer, op iets beters. Voor het eerst miste ze haar moeder. Ja, mammie. Nee, mammie. Ook al had ze haar moeder gehaat, ze was wel haar mammie. Al was mammie een beleefdheidsvorm en niets meer dan dat, ze noemde haar nooit 'moeder'. Een groot deel van haar volwassen leven had ze niets voor haar moeder gevoeld. Er was geen intimiteit, geen warmte tussen hen. Ze ging niet naar haar moeder met problemen. Ze praatte niet met haar over de jongemannen die haar beminden en haar dan de bons gaven. Ze bedelde niet, zoals haar vriendin Adaku deed, om haar moeders schoenen of haar jurken te mogen dragen – alsof ze zussen waren in plaats van moeder en dochter. Ook was ze niet als Constance, haar vriendin, die wel de tong van haar moeder leek; als een attente minnaar maakte ze haar moeders zinnen af, zodat mensen hen bewonderden om hun innigheid en zeiden dat ze in een eerder leven vast een tweeling waren geweest die het idee zo ondraaglijk hadden gevonden te worden gescheiden, dat ze in dit leven waren gereïncarneerd als moeder en dochter. Nee. Mma en haar moeder waren samenlevende schaduwen geweest en de oudste van de twee zorgde voor de jongste door te voorzien in de drie basisbehoeften: onderdak, voedsel en kleding. Om de beurt kookten ze. Mma had erop gestaan een kookrooster op te stellen. De keuken was te klein voor twee, zei ze, toen haar moeder tegenwierp dat ze best samen konden koken. 'Nee, mam. De keuken is te klein.' Haar moeder was niet in discussie gegaan en had zich erbij neergelegd met een berustend 'Zoals je wilt', alsof ze haar hele leven al toegaf aan de grillen en wensen van haar dochter. De keuken was heus niet zo klein, een stuk groter zelfs dan de keukens van de meeste vriendinnen van Mma, maar de gedachte om met haar moeder in die ruimte te staan, met hun ellebogen tegen elkaar terwijl de ene uien snipperde en de andere pepers waste, beklemde Mma. Ze aten ook apart, Mma in haar slaapkamer vol posters van beroemde modellen (zich afvragend wat voor leven die mensen leidden) en haar moeder meestal in de woonkamer, terwijl ze keek naar Bollywoodfilms met onmogelijke namen en nukkige vrouwen met glanzend donker haar. 'Wist je', vroeg haar moeder haar ooit, 'dat het haar van Indiase vrouwen zo glanst vanwege kokosolie?' 'Nee', had Mma vlak geantwoord, zonder ook maar voor te wenden dat het haar interesseerde. 'En het kan me ook niet schelen', had ze eraan toegevoegd om de andere vrouw te ontmoedigen een langer gesprek te beginnen.

Zo was hun relatie. Afgekapte gesprekken over niets wat er echt toe deed, in elk geval niet voor Mma. Als haar moeder ooit tegen haar zou hebben gesproken over haar vader, als ze ooit zou hebben gezegd: 'Wist je, Mma, dat je vader en ik elkaar ontmoetten...', dan zou Mma hebben laten vallen waar ze ook mee bezig was en zou ze haar moeder haar volle aandacht hebben gegeven.

Nu zat ze hier aan een tafel met haar vader. Rol. Dip. Slik. Het was moeilijk om te slikken. Pijnlijk. Alsof er een visgraat vastzat in haar keel. Ze kon hier moeilijk een potje gaan zitten huilen, maar de onderstebovengedachten waren opeens terug. Uitgerekend daar, terwijl ze egusi at. Ze had haar moeder gedood. Haar oren waren verstopt; haar vader moest zijn vraag een paar keer herhalen voor ze hem hoorde.

'Waarom eet je niet?'

'Ik heb voldoende gegeten, sir.'

'Nu al? *Ah ah?*'

'Ach, ze heeft net voor het eerst haar vader ontmoet. Geen wonder dat Mma niet zo'n trek heeft.' Rapu keek naar haar. Die brede glimlach was er nog steeds. De zoetigheid ervan veroorzaakte dat haar maag zich bijna omdraaide.

'Die jongelui van tegenwoordig. Je doet toch hopelijk niet aan de lijn? Ik hoop dat mijn dochter zich niet doodhongert om eruit te kunnen zien als al die magere scharminkels op tv?'

'Nee hoor.' En zich naar Rapu wendend zei ze: 'Dank u wel. Het was erg lekker.' De geur van egusi werd haar te veel. Ze wendde zich tot haar broer. 'En wat doe jij, Prince?' Ze moest spreken om die andere gedachten op een afstand te houden. Haar huid voelde strak aan, gespannen als een trommelvel. Ze was bang dat ze uit haar vel zou knappen als ze haar gedachten niet snel afleidde van het schuldgevoel dat haar opvrat.

'Prince is dokter. Hij is bezig met zijn stage', antwoordde Rapu met een grijns van oor tot oor. De glimlach deed haar ogen oplichten.

'Mijn zoon de dokter', zei haar vader en de trots in zijn stem raakte Mma's ziel als een vlijmscherp scalpel. De Z van 'zoon'. Zoon. Geen verdere toelichting nodig. De trots in zijn stem. Hoe zou hij haar voorstellen? 'Mijn dochter'? Of: 'De dochter die ik heb bij mijn eerste vrouw Ezi. Herinner je je haar nog? Je weet wel, ze pakte haar boeltje, vertrok met de baby en liet nooit meer van zich horen. Nu is ze dood en haar dochter is gekomen om me te vragen haar te vergeven. En ik heb haar vergeven. Ik heb mijn dochter welkom geheten. Mijn dochter, Mma'? Zou er trots doorklinken in zijn stem? Zou het even lief en warm klinken als wanneer hij over zijn andere kinderen sprak?

'Ben net afgestudeerd', zei Prince. 'Ik denk nog na over mijn specialisatie. Ik weet nog niet zeker in welk specialisme ik me wil werpen.'

'Ik heb gezegd dat hij voor neurochirurgie moet gaan, want daar zit het geld', zei Mike.

'Welke disciplines heb je in gedachte?' vroeg Mma.

'Ik twijfel nog tussen nefrologie en gynaecologie. Ze hebben niets met elkaar te maken, maar ik vind beide fascinerend. Ik voel niet echt voor neurochirurgie, hoewel papa het liefst wil dat ik me daarin specialiseer.'

Papa. Het klonk zo losjes, zo vanzelfsprekend. Mma voelde zich een buitenstaander. Ze mompelde iets onverstaanbaars tegen Prince en zei verder geen woord. Mike at zijn bord leeg, ging zijn handen wassen en droeg Mma toen op te gaan rusten. 'Rapu zal je je kamer wijzen. Je zult wel moe zijn. Het is een lange dag geweest.'

Ze zouden haar haar kamer wijzen. Als een gast. Was ze dan iets anders? De gedachten die opkwamen en zwollen in haar hoofd alarmeerden haar. Nu al voelde ze een zeker misnoegen, een machteloosheid waarvoor ze geen directe reden kon aanwijzen. Niemand had haar tot deze zoektocht gedwongen. Uit eigen beweging was ze eraan begonnen. Haar leven lang had ze ervan gedroomd. Hoe kwam het dan dat ze zo prikkelbaar was?

Pff. Dit was het soort stilte waarnaar Mma had verlangd toen haar moeder nog leefde. De S staat voor 'stilte'. Stilte om na te denken. Om haar leven opnieuw uit te denken, om haar geschiedenis te herzien. Er zijn verschillende soorten stilte. En het soort dat over dit huis lag, was de stilte waarin haar schuldgevoel haar in de oren schetterde. Ze woelde en draaide totdat ze haar moeder huilend smeekte om vergiffenis voor wat ze had gedaan. Mma was aan het veranderen op een manier die ze zich nooit had kunnen voorstellen.

23

De eerste nacht verscheen haar moeder weer in haar droom. Deze keer stond ze niet bij de deur van Mma's kamer in Enugu, maar in de kamer waar ze nu logeerde. Haar ogen blonken als diamanten en in glinsterende spoortjes biggelden er tranen over haar wangen. Mma wist dat Ezi niet om zichzelf huilde maar om haar dochter, die moest boeten voor de zonden van haar moeder. Op dat moment had ze de indruk zo dicht bij haar moeder te staan dat ze met elkaar leken versmolten. Ze voelde haar moeders adem in haar nek en haar handen die in de hare knepen. Toen ze ontwaakte, werd ze zich een vreemd licht gevoel gewaar in haar hoofd. In haar oren hoorde ze iemand een zacht wijsje neuriën dat haar weer in slaap suste.

Ze had haar moeder dood gewild; ze had er moedwillig op aangestuurd. De otapiapia had ze gekocht en verscheidene keren had ze overwogen het gif door haar moeders eten te mengen. Daar had ze ook vaak de kans toe gehad. Ze wist dat ze ermee weg zou komen. Wie zou haar verdenken? Wie zou een autopsie eisen? Maar steeds wanneer ze een lepel uit het potje schepte en zich opmaakte om het door het eten van haar moeder te roeren, werd ze tegengehouden door een logge hand op haar schouder. Op de dag dat haar moeder klaagde over krampen die haar voor het eerst echt zorg-zorgen baarden, was Mma ervan overtuigd dat zij die onbewust had veroorzaakt met haar gedachten, want juist op die dag had ze zich over de *achi* gebogen die haar moeder had gehaald voor de soep, en had ze overwogen om wat van het gif te vermengen met die specerij die er als otapiapia uitzag. Nee, ze had het niet gedaan, maar hoe viel dan te verklaren dat de krampen van haar moeder begonnen nadat ze de met die achi bereide *fufu* en soep had gegeten? En als ze het nu wel had gedaan, terwijl onderstebovengedachten door haar hoofd schoten? Als ze nu wel wat gif in de pan had laten vallen? Stel dat ze daadwerkelijk een lepeltje gif door de soep had gemengd, maar dat ze het was vergeten? Dat soort verhalen lees je wel vaker, over mensen die zulke vreselijke dingen doen dat ze er alleen maar mee om kunnen gaan als ze de herinnering eraan verdringen. Stel dat zij de herinnering ook had verdrongen? Als een onderstebovengedachte dag na dag na dag aan je knaagt zoals vastberaden muizen hardnekkig knagen aan eten, maak je dan nog kans om níét aan die gedachte toe te geven? Maar na de droom van de afgelopen nacht was de lucht verdwenen die almaar in haar neus hing. Eindelijk kon ze weer vrij ademhalen. Het was alsof ze een verstopte neus had behandeld met een flinke dosis menthol. Ze stond op, bedankte haar moeder fluisterend en voor het eerst sinds tijden begon ze een deuntje te neuriën.

Obu onye ga-di ka nne m
Nne m oo
O bu onye ga-adi ka nne m
Nne m o

Voor het eerst in haar volwassen leven zong ze dat liedje ter ere van haar moeder, van alle moeders, van alle goede moeders die dagelijks en in stilte kleine of grotere offers brengen, die zich tijdens dagelijkse ritueeltjes opofferen voor hun kinderen.

24

In de straten van Kaduna gonsde, nee, stormde het van de geruchten. En toen ze de tweede dag 's avonds aan tafel zaten, hadden die geruchten zich ook een weg gebaand naar het huis, maar met een handgebaar wuifde Mike alle onheilstijdingen weg. Net mijn moeder, dacht Mma. Ze vroeg zich af wie die typische houding van wie had overgenomen. Ezi kon precies zo reageren, kon precies zo - wapperend met een hand - argumenten verwerpen, hoe waterdicht de logica of hoe verhit het debat ook was. Het gebaar betekende dat ze er klaar mee was, er niet meer van wilde horen. Aansluitend lachte ze haar harde, schrille lach. Maar bij Mike volgde na het gebaar geen lach. In plaats daarvan sprak hij. 'Kaduna heeft zijn les geleerd', zei hij. Het was ondenkbaar dat het in de stad weer tot onlusten zou komen. Kaduna heeft op pijnlijke wijze ondervonden dat het rekening zal moeten houden met de hele bevolking. En zou er iets gebeuren, dan waren zij veilig, zoals ze dat ook de vorige keer waren geweest. Mensen uit het zuiden die in Sabon Gari woonden, die hadden reden tot angst. Hij was altijd tegen segregatie geweest. 'Als je naar een stad verhuist,' zei hij, 'dan verhuis je naar het hart ervan! Al dat gedoe met het opzetten van eigen wijken leidt alleen maar tot problemen', zei hij opgewonden. Hij leefde te midden van de Hausa en niemand zou het durven om ook maar in de buurt van het huis te komen. Geen mens hoefde zich zorgen te maken; het waren allemaal maar kletspraatjes. 'Niemand begint een oorlog omdat een journalist beweert dat de profeet Mohammed, als hij nog had geleefd, een vrouw zou hebben gekozen uit de deelnemers van de Miss Worldverkiezing.'

'Je hebt te veel vertrouwen in deze stad', mopperde Rapu terwijl ze hem een glas water aangaf. Ze haalde moeilijk adem toen ze dat zei. Alleen Mma hoorde dat omdat ze het dichtst bij haar zat. 'Je hebt ook te veel vertrouwen in de mensen', zei ze op een manier waardoor Mma zich afvroeg of er behalve de angst voor de geruchten nog iets anders achter haar woorden school. Prince en de twee meisjes, in hun identieke jurken voortdurend en verlegen glimlachend naar Mma, precies zoals tijdens de kennismaking de dag tevoren, zaten tegenover Mma. 'Deze stad reikt geen prijzen uit voor vertrouwen', zei Rapu, over de tafel reikend om de karaf water in het midden te zetten. Ze verhief nooit haar stem als ze sprak.

'Dit is mijn thuis', zei Mike. 'Kaduna geef ik voor geen goud op. Heb je lekker geslapen, Mma?'

'Ja, sir.'

Ze had gehoopt dat ze een moment onder vier ogen met haar vader had kunnen spreken. Dat ze wat tijd met hem had kunnen doorbrengen, alleen met hem. Niet dat ze hem geheimen had te vertellen of zo, maar ze had zich voorgesteld dat hij na al die jaren van verwijdering nieuwsgierig naar haar zou zijn, dat hij net als haar grootvader wat tijd alleen met haar had willen doorbrengen. Ze wilde hem niet voortdurend delen met drie andere kinderen die hij al hun hele leven kende, ze wilde meer dan hem brokjes van haar leven voeren tussen lepels vol eten door. Vind je het eten lekker? Heb je goed geslapen? Was je bed comfortabel genoeg? Was de airco in je kamer fris genoeg? Is er een man in je leven? Ze wilde dat hij haar dingen zou vragen die ertoe deden, om te laten blijken dat hij ook aan haar had gedacht, al die tijd dat ze zich dingen over hem had afgevraagd zonder ook maar een idee te hebben hoe hij eruitzag.

Rapu vroeg Prince om haar de thermoskan naast hem aan te geven. Ze schonk zichzelf een kop thee in en vroeg Mma toen: 'En, werk je?' Haar glimlach was dezelfde brede, al te brede glimlach. Mierzoet, suikerzoet, zeemzoet, dacht Mma. Een sacharineglimlach.

'Ja', zei Mma en voor ze er erg in had, loog ze dat ze bij een bank werkte. Dit was niet het moment om te vertellen dat ze leefde van het vermogen van haar moeder. Akkoord, een fraaie manier om de relatie met haar net gevonden familie te starten was het niet, maar de vraag verraste haar en de toon ervan klonk achterdochtig. Misschien nam haar verbeelding een loopje met haar. Maar met een broer die arts was en de tweeling die uitblonk op school, wilde ze niet ambitieloos overkomen. Een profiteur was ze niet en ze zou het geld van haar moeder goed gebruiken. Ze zou het kapitaal investeren en bewijzen dat ze haar moeders dochter was. Het was misschien beter als ze haar zagen als een jonge carrièrevrouw. Haar vader zou ze later de waarheid wel vertellen. Maar nu nog even niet. Pas wanneer de tijd rijp was, wanneer hij haar goed genoeg kende om te beseffen dat ze slim was en dingen in haar mars had.

Haar vader glimlachte goedkeurend bij haar uitspraak dat ze bij een bank werkte. 'Altijd een goed vertrekpunt, een baan bij een bank', zei hij. 'Wat heb je gestudeerd? Economie? Financieel beheer? Accountancy?'

'Nee, ik heb de toneelschool gedaan.' Mma was altijd als de dood voor die vraag. De mensen gingen er altijd van uit dat ze op de theateracademie had gezeten omdat ze niet slim genoeg was voor een zwaardere opleiding, terwijl ze in werkelijkheid elke studie had kunnen doen die ze wilde. Haar cijfers waren meer dan gemiddeld en haar moeder had genoeg geld om wie dan ook smeergeld te betalen om ervoor te zorgen dat ze werd toegelaten op de faculteit van haar keuze. De mensen zagen haar passie voor theater niet, hadden haar nooit op het toneel gezien.

'O', zei haar vader zuinig. Ze durfde te zweren dat hij teleurgesteld was.

'Goh', zei Rapu en glimlachte haar glimlach. 'Tegenwoordig kun je ook met elk diploma terecht bij banken.'

Mma reageerde niet. Iedereen zweeg en een hele tijd werd er in stilte gegeten. Toen begon Mike te praten. Hij klaagde over de droogte die Kaduna in november trof, vertelde hoe moeilijk het was geweest om zijn supermarkt weer op te bouwen nadat hij alles was kwijtgeraakt bij de rellen van 2000, dat hij toen zijn heil had gezocht in de verkoop van exotische rolgordijnen, en hoe het ging met Prince' medicijnenstudie. Hij sprak met geen woord over Ezi. Ondertussen glimlachte Rapu voortdurend wanneer Mma's blik de hare kruiste. Het liefste zou Mma die glimlach wegvegen, hem van haar gezicht sláán. Ze wilde dat haar vader iets over haar moeder zei, dat hij vertelde over de liefde die hen had samengebracht. Deze vrouw, met het postuur van een worstelaar maar met een gezicht dat niet veel ouder oogde dan dat van Mma zelf, had een glimlach die kronkelde als een slang. Mma kon die lach niet meer verdragen.

25

Ze was hier nu twee dagen. Al die tijd was ze in het huis gebleven en had ze gegeten. Daarom voelde ze een zekere opluchting bij de gedachte dat ze de volgende dag zou vertrekken. Haar taak was volbracht: ze had haar vader ontmoet en kennisgemaakt met haar broer en zusjes. Het opbouwen van een vertrouwelijker contact met Mike zou ze laten gebeuren in zijn tempo. Hij moest het voortouw maar nemen. Nu ze eenmaal hier was, zag ze in dat er geen haast bij was. En ook dat ze zonder enige reden jarenlang haar moeder had gehaat. Op haar eigen manier had deze geprobeerd haar sterk te maken. Dat zag ze nu in. En ze was er dankbaar voor.

Chioma en Chindu bleven stilletjes praten over de Miss Worldverkiezing. Hun stemmen leken zo op elkaar dat ze onderling uitwisselbaar waren en ze babbelden zo zacht dat ze amper waren te verstaan, behalve wanneer ze hun vader iets vroegen. Alleen aan hun grote, stralende ogen was te zien hoe opgewonden ze waren. Heel even voelde Mma een steek van jaloezie. Die was zo diep en zo pijnlijk dat ze 'au' kreunde, alsof ze door een naald was gestoken. Gelukkig leek niemand het te hebben gemerkt. De meisjes bleven kletsen. Hoe spannend het was - ja toch? - dat de Miss Worldverkiezing in Kaduna werd gehouden. Dat ze dat mochten méémaken. Wat een buitenkans! Hoe zalig het zou zijn als ze erheen mochten, als ze een glimp zouden kunnen opvangen van de deelneemsters, als ze even vlak bij al die glamour konden zijn. En Agbeni zou er zijn! Agbeni, hun idool. Ze hunkerden ernaar om te zijn als zij. Zo knap. O, Agbeni's gezicht is zo zacht, zo effen. Wie had ooit gedacht dat een Nigeriaanse Miss World kon worden? Zij konden het ook zijn. Had een meisje onlangs niet gevraagd of ze familie waren van Agbeni? Het zou super zijn om de deelneemsters in levenden lijve te zien. Om Agbeni te zien. Ze kenden de dochter van een of ander belangrijk iemand en dat meisje had een kaartje bemachtigd om het festijn bij te wonen. Haar was zelfs beloofd dat ze backstage zou mogen kennismaken met de uiteindelijke winnares. Hoeveel mazzel kon je hebben? 'Papa, ken jij niet iemand die ons een kaartje zou kunnen bezorgen?'

'Ik denk dat ze alles afblazen', zei Prince, terwijl hij een bord rijst opschrokte. 'Met al die heisa eromheen.' Hij had een donkere, lage stem. Een stem die zeker was van zijn status en macht. Mma kon zich best voorstellen dat ze met hem zou pronken. Mijn broer, Prince. Mijn broer Prince, die nog niet veel tegen me heeft gezegd sinds ik hier ben.

'De organisatoren zijn anders vastbesloten om het gewoon te laten doorgaan', zei Mma met volle mond. Per ongeluk spuugde ze wat rijstkorrels over tafel. 'Ik geloof nooit dat een paar proteststemmen hen nu nog kunnen tegenhouden. Jullie hebben het nieuws gisteren zelf gezien.' Ze liet haar lepel vallen en veegde met de rug van haar hand de olie van haar lippen.

'Wat? Een paar proteststemmen?!' Rapu klonk overdreven boos. Dit was de eerste keer dat Mma hoorde dat ze haar stem verhief. 'Het gaat hier echt niet om een "paar" proteststemmen. Dit is de stem van de meerderheid. *Oranaeze.* Je zou de straat eens moeten opgaan om te horen hoe verontwaardigd de mensen zijn. En dat artikel van vandaag zal alles er alleen maar erger op maken.'

'Wat ben je toch een pessimist, obidiya', zei Mike. 'Ik heb het artikel ook gezien en ik geloof echt niet dat dat aanleiding zal geven tot gedonder omdat een paar zwartkijkers dat toevallig beweren.'

'Jij ziet alleen maar de goede kant van mensen, Mike.' Het klonk zo vlak dat het was alsof ze overlegde wat voor soort vis ze morgen zou klaarmaken.

Even vroeg Mma zich weer af of er niet meer school achter Rapu's woorden dan een verschil van mening over de mogelijke impact van het artikel. Ze begon Rapu er steeds meer van te verdenken dat zij een hekel aan haar 'stiefdochter' had, en daarom ontleedde ze al haar uitspraken, op zoek naar bewijs voor die antipathie. Wat ze zou doen als ze die afkeer aan het licht had gebracht, wist ze niet. Behalve dan dat ze het zou registreren om er haar vader later op te wijzen.

'We waren een stuk beter af toen het leger het voor het zeggen had. De militairen maakten meteen korte metten met mensen die het recht in eigen hand namen', vervolgde Rapu. 'En toen ze vertrokken, begon het land uiteen te vallen. Als het leger er nog was, zouden we nu die herrie niet hebben.'

'Maar mama, dat wil toch niet zeggen dat een dictatuur beter is?' zei Prince. 'Niemand mag een militaire dictatuur verkiezen boven een democratie, hoe zwak die democratie ook is!' Hij was overgeschakeld op het Engels, alsof hij zijn argumenten dan meer kracht kon bijzetten. 'En trouwens, ik zie nergens herrie.'

'Hoor jezelf eens praten. Alsof je een woordenboek hebt doorgeslikt, net als je ooms', antwoordde Rapu in het Igbo.

'Daar zijn ze nogal mee opgeschoten, met al dat onderwijs. Wat baat grammatica als het land op zijn kop staat? Hoe lang na het vertrek van het leger braken er overal rellen uit? In Shagamu werden de Hausa vermoord door de Yoruba. In Lagos en Onitsha werden mensen levend verbrand omdat ze zouden hebben gestolen, zelfs zonder bewijs van diefstal. Was Idiagbon aan de macht, dan zou hij wel raad weten; hij zou onmiddellijk korte metten maken met al die nonsens. *Odogwu!*'

Het leek Mma beter om zich buiten het gekibbel te houden. Ze wendde zich tot een van de tweeling en vroeg wat voor plannen ze had voor de dag. Zelf had ze zin om er even uit te zijn, om iets meer te zien dan de voortuin waarin ze al een paar keer had rondgewandeld.

'Ik ga straks naar een vriendin.'

'Goh, jammer. Ik had gehoopt dat je me wat van Kaduna kon laten zien. Wat wandelen door de stad. Ik heb mijn camera bij me, maar ik heb nog niet één foto gemaakt en...'

'O nee, vandaag niet, *oo*', onderbrak Rapu haar. 'Er is te veel spanning. Te veel onrust. Dit is echt niet het moment om met een camera door Kaduna te lopen. Niemand gaat vandaag het huis uit, *biko*. Jullie blijven allemaal mooi thuis. Wedden dat straks zal blijken dat ik gelijk heb? *Ka m malu nke m na ya biko*. Papa, Prince, zeggen jullie er eens wat van.'

'Maar morgen vertrek ik', zei Mma. Ze keek naar haar vader alsof ze steun van hem verwachtte. 'U zei zelf dat het allemaal niet zo'n vaart zou lopen.'

Voordat Mike kon antwoorden, zei Rapu: 'Je komt heus wel weer terug. Ik zeg alleen maar dat het voor twee jonge meisjes niet veilig is om over straat te gaan. Dit is het huis van je vader, dus ik neem aan dat we je hier wel vaker te zien krijgen.'

Voor Mma stond het nu wel vast, er zat echt iets vijandigs in 'dit is het huis van je vader', zo dunnetjes versluierd dat het onmiskenbaar was. Wat was het probleem van die vrouw toch? Mma had geen zin om erover te beginnen, want het scheen niemand anders te zijn opgevallen. Ze boog haar hoofd en staarde kauwend en peinzend naar haar bord, alsof het alle antwoorden bevatte die ze ooit nodig zou hebben.

Nee, ze wilde niet dat haar herinneringen aan dit bezoek werden verpest door Rapu. En ook niet dat haar ternauwernood verborgen hatelijkheden dat lichte gevoel van daarnet zouden oplossen. We lijken wel rivaliserende mede-echtgenotes, dacht ze.

'Natuurlijk komt ze terug', grijnsde Mike. 'Dit is nu ook haar thuis. De volgende keer zullen je zusjes je de stad laten zien en met hun grote zus pronken. Maar vandaag kun je beter thuisblijven, tenminste totdat we er zeker van zijn wat er echt gaande is.'

26

De afspraak was dat Mike haar de volgende dag naar de luchthaven zou brengen. Hij was helemaal het tegenovergestelde van haar moeder, die uren aan één stuk kon praten. Ze had nog niet de kans gehad om hem uitgebreid over Obi te vertellen. Over hun plannen om naar Kaduna te verhuizen. Ze kon zich hier elk huis veroorloven. Ze had hem nog niet verteld dat ze zou willen trouwen in Kaduna, dat hij haar dan naar het altaar leidde, dat ze trots haar familie zou willen voorstellen aan Obi's ouders. Want dit was een familie waar iedereen graag toe zou behoren. Oud geld. Verdiend met hard werken. Een broer die zich ging specialiseren in iets indrukwekkends. Twee beeldschone tweelingzussen. Dat zou ze hem allemaal vertellen in de auto, ver weg van die alomtegenwoordige Rapu. Misschien zouden haar zussen haar bruidsmeisjes worden. Haar gedachten dwaalden af naar een toekomst waarin ze gemakshalve geen plek voor Rapu reserveerde.

Na het lange ontbijt met rijst en kip vroeg een van haar zussen haar of ze een spelletje wilde doen, als alternatief voor een stadswandeling. 'Schitterend!' riep Mike, in zijn handen klappend als een opgewonden schooljongen. 'Prima idee! Pak de kaarten maar. Iedereen doet mee.' En toen tegen Mma: 'Weet je, je moeder was net als jij. Waar ze ook naartoe ging, ze moest en zou naar buiten om de stad te zien. Hopelijk heb je zin in een spelletje? Ezi hield er niet van om stil te zitten en spelletjes te doen. We zijn ooit naar het wildreservaat in Bauchi geweest. Je moeder moest en zou elke dag wandelen. Ik vond het al prima als ik lekker kon uitrusten in bed. Ik had ingestemd met het reisje om even te ontkomen aan het lawaai in de stad. Zij wilde gaan omdat ze al die dieren wilde zien en lange wandelingen wilde maken!'

Dat was de eerste keer dat hij tegen Mma iets zei over Ezi. Ze had nooit geweten dat haar moeder zo van de natuur hield, ook al omdat zij niet van huisdieren wilde weten. Of misschien was dat juist de reden waarom ze geen huisdier mocht. Misschien dat ze dat beschouwde als dieren opsluiten. Hoe kon Mma dat weten? Ezi was niet iemand die zich nader verklaarde. Al helemaal niet tegenover haar dochter. Op Mma's ontelbare waaroms had ze altijd even kinderachtig als ergerlijk geantwoord: 'Waarom? Daarom! Tja, waarom zijn de bananen krom?'

De kaarten werden geschud en Mike smeet met een dreun een kaart op tafel, waarna hij er een joker op legde. 'Zo! Allemaal naar de markt, jullie!' Terwijl iedereen kaarten van de stapel pakte, voelde Mma dat haar leven compleet was. Dit was het plaatje dat ze altijd in haar hoofd had gehad. Dit was inderdaad het soort familie waartoe ze wilde behoren. En nu was dat ook zo. Ze hield haar kaarten voor haar gezicht om ze af te schermen voor de anderen. Achter de kaarten verscheen een brede glimlach op haar gezicht.

Ze zette de wekkerfunctie van haar mobieltje op zeven uur 's morgens en kroop in bed. Dat was een ingebakken gewoonte. Eigenlijk sloeg het nergens op om de wekker te zetten, want ze was altijd vroeg wakker en stond dan meteen op. Waarschijnlijk zou ze ook nu wakker worden voordat het wekkersignaal klonk. Inderdaad. Maar niet op de manier die ze verwachtte.

Woest geklop op haar deur schrok haar op uit haar slaap. Eerst dacht ze dat het de radio was, maar toen herinnerde ze zich dat ze geen radio had in de kamer. Het vertrek was helemaal roze geschilderd, waarschijnlijk toen de tweeling werd geboren. Daarna was er niets meer aan gebeurd. Her en der bladderde de verf af. Als een oude huid die zich niet vernieuwt. Niet voor het eerst vroeg ze zich af hoe het moet hebben aangevoeld om hier op te groeien. Na hun kaartochtend had ze Ezi boos kwalijk genomen dat zij haar dat leven had ontzegd. Ze hadden allemaal prima met elkaar kunnen opschieten. Maar de gedachte dat ze goed met elkaar hadden kunnen opschieten, dat haar moeder en niet Rapu de vrouw des huizes zou zijn geweest, dat hun huishouden niet het eerste polygame zou zijn geweest, dat Ezi had moeten proberen haar verontwaardiging te overwinnen, dat haar moeder alles wel heel egoïstisch had opgegeven..., al die gedachten die in het verleden pijlsnel zouden zijn gerezen en haar dan chagrijnig zouden hebben gestemd, kwamen nu aarzelend in haar op, schoorvoetend, alsof ze niet langer zeker waren van hun rol en plaats in haar wereld. Zoals zijzelf ook niet meer zo zeker was van haar plek in de wereld van haar vader. Zelfs de woede jegens haar moeder had geen scherpe randjes meer. Ze was dankbaar dat ze Mike had gevonden, al was ze er niet meer zo zeker van als tijdens het kaarten dat er plaats voor haar was in dit huis. Ze kon zich niet voorstellen dat ze hier in de badkamer zou fluiten zoals thuis in Enugu. Naar Kaduna verhuizen, bij hem in de buurt zijn, maar niet in hetzelfde huis wonen, zou hun beiden de kans geven geleidelijk een relatie op te bouwen. Rapu mocht ze niet en Prince was afstandelijk, maar ze zou het reuzeleuk vinden om haar zusjes in de buurt te hebben. Ze kon met hen gaan shoppen, dingen voor hen kopen die ze niet nodig hadden - het voorrecht van een grote zus. Ze waren nu nog te jong voor make-up, maar ze kon zich voorstellen dat ze haar over een paar jaar tips zouden vragen. Vroeger waren er momenten geweest dat ze ook had verlangd naar een broer of een zus om te mopperen over hun moeder. Als ze naar Kaduna verhuisde, zouden haar zussen tegen haar kunnen klagen over hun vader. Ze herinnerde zich de tijd dat ze zo oud was als zij. En haar vriendinnen op die leeftijd. Een leeftijd waarop ouders niets goed kunnen doen.

27

Het was een van de tweeling – het kostte haar moeite hen uit elkaar te houden – die haar uit bed trommelde met de vraag of ze het nieuws had gehoord. Kaduna stond in vuur en vlam, zei ze. Mma vond die uitdrukking wel héél melodramatisch. Pff, 'in vuur en vlam', alsof Kaduna brandde als de verbrandingsoven niet ver van haar huis in Enugu. 'Wat is er aan de hand?' vroeg ze haar zus.

'Kaduna staat in brand!' antwoordde het meisje met vuurschietende ogen – alsof de vlammen zich erin spiegelden – terwijl ze als een wervelwind door het huis stormde. Mma trok een kamerjas aan en ging de woonkamer binnen, waar iedereen voor de tv terneergeslagen zat te luisteren naar de gouverneur van de staat, die de kijkers eraan herinnerde dat ze allen deel uitmaakten van één ondeelbaar Nigeria.

'Er bestaat niet zoiets als een islamitisch Nigeria of een christelijk Nigeria. Er bestaat slechts één ondeelbaar Nigeria. Kaduna is van alle Nigerianen. Geen enkele religie rechtvaardigt geweld of willekeurige wreedheden. Helaas hebben bepaalde onverantwoordelijke elementen aangezet tot deze verfoeilijke botsingen, en die elementen zullen worden opgespoord en hun gerechte straf niet ontlopen. Er is inmiddels een uitgaansverbod ingesteld...'

Er waren beelden te zien van brandende huizen en van lijken in de straten. De tv toonde een close-up van een vrouwensjaal.

Even wendde haar vader zijn blik af van het toestel. 'In het centrum zijn botsingen tussen moslims en christenen gaande', zei hij, alsof Mma dat zou zijn ontgaan. Het artikel had inderdaad tot protesten geleid, precies zoals Rapu had voorspeld.

Het redactiegebouw van de krant die het artikel had gepubliceerd, was bestormd en in brand gestoken. Volgens het nieuws had een aantal christenen in de buurt dat opgevat als een directe oorlogsverklaring en nu braken er overal in de stad gevechten uit. 'Vandaag kun je niet weg, Mma', zei een van de tweeling.

'Er is al een uitgaansverbod ingesteld, dus van vertrekken kan sowieso geen sprake zijn', zei haar vader.

Mike zuchtte. Mma wist dat hij zich zorgen maakte om zijn winkel. Uit de naam 'Mike Ugwu & Zoons' die trots prijkte op de voorgevel, was gemakkelijk af te leiden dat het de zaak was van iemand uit het zuiden. Als mensen uit waren op het verwoesten van eigendommen van christenen om zich te wreken voor de belediging van hun geloof, zouden ze zijn winkel niet ontzien. Hij durfde niet zo ver te rijden om poolshoogte te nemen en omdat hij geen nieuws over zijn supermarkt vernam, was hij angstig en kortaangebonden.

'We mogen blij zijn als we het er heelhuids afbrengen. We hadden hier na de sharia-oorlog meteen moeten weggaan', zei Rapu. Mma hoorde het verwijt in haar stem. In de stilte die volgde, voegde Rapu eraan toe: 'En nu we opeens je dochter op ons dak hebben...' Ze wendde zich tot Mma. 'Luister, als je soms hoopt op een deel van je vaders vermogen, dan zie je dat dat vermogen zich in een hachelijke situatie bevindt.'

Mma had het gevoel dat ze een klap in haar gezicht had gekregen. Dus dáár ging het allemaal om. Die blik die haar continu volgde. De venijnige opmerkingen, gecamoufleerd met die vlakke stem en die mierzoete glimlach. Dus Rapu dacht dat ze op zoek was gegaan naar haar vader om hem geld afhandig te maken! Ze wilde lachen, wilde deze vrouw vertellen dat ze met het geld dat Ezi haar had nagelaten dit huis wel *tien* keer kon kopen. Dat ze het geld van haar vader heus niet nodig had. Dat ze meer geld had dan ze in haar leven ooit zou kunnen opmaken.

'Rapu, stop', zei haar vader. Weliswaar ontbrak het zijn stem aan gezag of overtuiging, maar het bevel was voldoende om Rapu mokkend naar de keuken te laten gaan. In tegenstelling tot haar moeder leek dit mens hele dagen te slijten in die keuken, dacht Mma. Als een pasgetrouwde bruid die overweldigd is door haar fonkelnieuwe keuken, goochelde ze aan één stuk door met haar potten en pannen, met haar fornuis en haar lepels, om manlief te verleiden met haar kooktalent.

Mma ging terug naar haar kamer en kwam pas tegen de lunch weer tevoorschijn. Ze wist dat haar vader andere dingen aan zijn hoofd had, maar ze vond wel dat hij haar nadrukkelijker had kunnen steunen. Ezi zou dat zeker gedaan hebben. Opeens verlangde ze heftig naar haar moeder.

Tegen de avond was het duidelijk dat de toestand ernstiger was dan iedereen zich had voorgesteld. Er werd verslag gedaan van een predikant en zijn gezin, met inbegrip van een baby van vier dagen, die gevangenzaten in grote visnetten, waarna hun lichamen aan stukken waren gehakt met een machete. Er was een fatwa afgekondigd tegen de auteur van het gewraakte artikel en de vicegouverneur van een buurstaat had in de media laten weten dat 'alle moslims waar ook ter wereld het doden van de journaliste dienden te beschouwen als hun religieuze plicht'.

Iedereen was in de woonkamer. Alle ogen waren strak gericht op het tv-nieuws dat continu verslag uitbracht. 'Wat een onverantwoordelijke zak ben jij!' brulde Prince alsof de vicegouverneur in de kamer stond. 'Hoe kun je zoiets zeggen? Het is jouw verantwoordelijkheid dit niet te laten escaleren! Hoe kan zo'n idioot in godsnaam worden verkozen?!'

'Ze had dat niet mogen schrijven', zei Rapu. 'Dat was ook onverantwoordelijk. Wat verwachtte ze nu als het artikel eenmaal was gepubliceerd? Dat ze alom zou worden geprezen?'

'We leven in een vrij land, mam. We hebben hier persvrijheid en vrijheid van meningsuiting.'

'Vrijheid van dit, vrijheid van dat. Wat is al die vrijheid waard zonder gezond verstand?'

Prince begon iets te zeggen, stopte en keek toen naar Mma alsof hij haar om steun vroeg. Mma baalde dat ze vanwege die journaliste niet weg kon uit Kaduna. Ze wilde terug naar huis. Naar Obi. Maar omdat ze de opmerking van Rapu wel heel ver vond gaan, zei ze: 'Vrijheid is het hoogste goed. Dit is een vrij land, de mensen horen vrij te zijn om te schrijven wat ze willen.'

'Vrijheid boven gezond verstand? Het verbaast me niks dat je dat vindt. Van mij mag het leger terugkomen', zei Rapu. Daarna schreeuwde ze naar het dienstmeisje: 'Mmachi! Mmachi! Geef me een glas water. Snel!'

Prince had met zijn ogen gerold toen zijn moeder zei dat het leger wat haar betreft mocht terugkomen. Hij zuchtte: 'Een dictatuur is slecht voor de mensen en ook slecht voor ons imago.'

‘Waar blijft dat kind nu? In mijn tijd hadden dienstmeisjes er de vaart in. Deze loopt als een schildpad. Wat zei je? Denk je dat al die rellen, al dat moorden goed is voor ons imago? Voor ons volk? Denk je soms dat de democratie je vaders winkel zal redden? Of dit huis, als onze buren zich tegen ons keren?’

De tweeling zat er stilletjes bij, rouwend om een missverkiezing die er niet zou komen.

Mike hield zijn ogen op de tv gericht, gespannen afwachtend of zijn winkel zou worden getoond, met de grond gelijkgemaakt. De volgende twee dagen verliepen als volgt: Mike gromde en ijsbeerde door het huis, zich vertwijfeld afvragend of zijn winkel nog overeind stond. Rapu bleef maar zeggen dat ze ten dode waren opgeschreven en dat ze hadden moeten vertrekken toen het nog kon.

Mma had het gevoel te worden gewurgd in dit huis dat met de minuut kleiner werd en liet zich nauwelijks horen. Rapu noch Mike zeiden een woord tegen haar. Mma begon zich te voelen als een bezoeker die het uiteinde van de yamswortel kreeg voorgeschoteld, het stuk dat wordt voorbehouden aan ongewenste gasten.

28

Op dag drie maakte Rapu steeds meer bedekte toespelingen. Mike legde haar niet meer het zwijgen op. 's Avonds aan tafel, tijdens een sombere maaltijd met alleen Mma, haar vader en Rapu, omdat niemand anders in de stemming was om aan tafel te eten, zei Mike tegen Mma dat hij geen geld kon missen, als ze was gekomen in de hoop wat te krijgen. 'Je hebt mijn drie kinderen gezien. Niemand heeft jouw moeder op straat gezet, ze vertrok uit eigen beweging. Zelfs haar eigen moeder smeekte haar te blijven, maar ze wilde er niet van weten.'

Mma kon haar oren niet geloven. Maar wat haar nog meer verraste, was hoe fel ze in de bres sprong voor haar moeder.

Tegenover haar zat Rapu, glimlachend, zelfingenomen. Voldaan. Alles onder controle.

Mma probeerde niet te huilen. 'Ik ben niet gekomen voor geld. Ik ben hier omdat ik nieuwsgierig was, naar mijn vader. Nieuwsgierig naar de man die mij kreeg en zich daarna voor mij verstopte.'

'Ik verstopte me niet. Dat héb ik je al gezegd. Een man die zich wil verstoppen, doet dat heus niet in zijn eigen huis. Je had me kunnen vinden. Jouw moeder gaf er de brui aan. Ik niet. Zij is weggegaan. God is mijn getuige dat ze hier vertrok uit eigen beweging. Heeft ze soms gezegd dat ik haar heb gevraagd weg te gaan? Heeft iemand je dat ooit verteld?'

'En waarom? Waarom ging ze dan weg?' Mma's stem werd luider, haar woede was voelbaar, haar ogen schoten vuur terwijl ze van Mike naar Rapu en weer terug naar Mike flitsten.

Het kon haar geen bal meer schelen of ze onbeleefd was, of ze de familie die ze had gevonden beledigde.

'Ik heb niets gedaan wat veel andere mannen voor mij niet hebben gedaan. Ik had geduld met je moeder. Ik was geduldiger dan de meeste mannen, geduldiger dan haar vader was geweest met haar eigen moeder. Je moeder dacht dat ze de koningin van Engeland was. Ze heeft niets van haar moeder geleerd. Haar moeder waarschuwde haar om niet te vertrekken. Niemand heeft haar weggestuurd. Ze...'

Mma kon het niet langer aanhoren en onderbrak hem. 'Dus dat maakt alles goed? Dat betekent dat je zomaar naar bed kan gaan met de... de...'

'Ja, zeg op! De wát?' zei Rapu tartend. 'Luister, wie of wat ik vroeger ook was, dit is nu *mijn* huis en je doet er verstandig aan dat te onthouden, jongedame. Dacht je soms dat je hier zomaar binnen kon komen om in dit gezin te dringen? Denk eraan dat je nooit van me winnen kan. Zelfs je moeder kon niet van me winnen.' Ze lachte alsof ze waanzinnig was geworden.

'Hou op!' zei Mike. Rapu's lach verstomde. Snel mompelde ze iets, stond toen op. Gehaast liep ze de woonkamer uit naar haar slaapkamer, zo haastig dat haar stoel bijna omkieperde. Mike zat met zijn hoofd in zijn handen en Mma vroeg zich af of ze zich moest verontschuldigen. Ze aten allebei niet meer. Toen ze haar stoel naar achteren schoof en aanstalten maakte om op te staan, hield haar vader haar met een handgebaar tegen. Pas toen ze weer was gaan zitten, keek haar vader haar aan. Alsof hij zich schaamde boog hij zijn hoofd en zei: 'Ze is wel teruggekomen. Eén keer is ze teruggekomen, met jou. Om ons nog een kans te geven, zei ze. Ik dacht dat ze van gedachte was veranderd. Ze was helemaal naar Kaduna gekomen... Ik dacht... Ik was zielsblij. Ik hield van haar. Ik hield echt heel veel van haar. Ze smeekte me Rapu weg te sturen. Maar dat was onmogelijk, want ik was inmiddels met Rapu getrouwd. Ze zei dat ze zou blijven als ik dat deed. Ze wilde dat haar dochter een vader had. Ik smeekte haar om begrip, zei dat ik een vader wilde zijn voor mijn zoon. Het was óf jullie tweeën óf mijn zoon. Wat voor keuze was dat?'

De muren leken op Mma af te komen. Alles en iedereen werd vaag, leek betekenis te verliezen. Nu moest ze weg, ze moest nu echt weg. Het kon haar niet schelen dat er mensen werden gedood, dat de tv beelden had getoond van verkoolde lijken en afgehakte hoofden. Hoe had ze dit ooit kunnen zien als haar grote, grote wens? Hier blijven, bij haar vader en zijn nieuwe gezin! Ze stond op en holde naar haar kamer. Haar vader rende achter haar aan, maar ze vergrendelde de deur voor zijn gezicht, wierp zich op het bed en begon zo te snikken dat haar lichaam schokte. Ze hoorde hem kloppen op de deur. Het klonk of hij haar smeekte, maar haar oren waren te vol van haar gesnik om te verstaan wat hij zei.

Ze huilde om haar moeder. Pas nu zag ze in, begreep ze volkomen dat het voor Ezi ondraaglijk zou zijn geweest als ze was gebleven. Ze huilde om al die keren dat ze had gewenst dat haar moeder dood was, dat ze die otapiapia had gekocht, dat ze dat had willen gebruiken om zich van haar moeder te bevrijden. Ze huilde omdat haar moeder was overleden voordat ze de kans had gekregen om haar echt te begrijpen, om echt respect te tonen voor het offer dat ze had gebracht door haar helemaal alleen op te voeden. Ze huilde totdat ze geen tranen meer had. En de tranen die ze had gehuild brandden nu op haar gezicht.

Ze pakte haar mobieltje en koos Obi's nummer. Ze moest tegen iemand praten. Ze moest hem vertellen wat ze had besloten.

'Obi!' Ze gilde zijn naam toen hij opnam. Hij schrok ervan, ongerust vroeg hij of alles in orde was. Ja, hij had gehoord van de rellen in Kaduna. Maakte ze het goed? Was alles echt in orde?

'Jaja, alles in orde', zei ze ongeduldig. 'Alles is oké.'

'Is er iets gebeurd?' vroeg hij. 'Ik zat zo in de rats toen ik maar niets van je hoorde en vandaag hoorde ik op het nieuws over de rellen.'

'Ja,' zei ze, 'de rellen. Maar daar bel ik niet voor. Ik kom naar huis. Ik heb besloten mijn moeders huis te bouwen.'

'Huh?'

'O, en Obi...'

'Ja? Hoe dat zo opeens?' Hij klonk ver weg, zoals stemmen over de telefoon wel vaker klinken, maar ze hoorde zijn ongeduld.

'Ik ben mijn moeders dochter, Obi. Ik heb haar gedood, Obi. Ik wilde haar dood hebben.'

'Weet je zeker dat alles oké is? Je slaat wartaal uit. Doe eens rustig. Begin opnieuw.'

'Ik heb haar nooit begrepen. Ik vind het zo vreselijk dat ik haar nooit heb gesnapt.' Ze snikte nu.

'Luister, als je weer thuis bent, praten we er rustig over, goed? Je bent behoorlijk van streek en je kunt even niet helder denken. Hé, ik heb nog eens nagedacht... Zodra je terug bent, moeten we het balletje maar eens aan het rollen brengen. Ik wil dat je kennismaakt met mijn ouders. Ik wil met je trouwen. Kinderen wil ik. Laten we voortmaken...'

'Ze moeten dan wel weten van wie ik de dochter ben.'

'Natuurlijk. Ze zullen kennis moeten maken met je vader. Dat weet ik ook wel!'

'Ze moeten ook weten wie mijn moeder was, Obi.'

'Mma? Ben je daar nog?'

'Je neemt me zoals ik ben of je neemt me helemaal niet.'

'Mma?' Het ongeloof denderde door de telefoonverbinding in haar oor. 'Mma? Gaat het? Alles oké?'

Mma verbrak de verbinding en zuchtte diep. Voor zich zag ze het pad dat ze zou bewandelen. Of Obi haar zou vergezellen, wist ze niet zeker, al hoopte ze van wel. Maar één ding stond voor haar vast: het was tijd om haar moeder terug te betalen. Ze zou alles aflossen. Een offer voor elk offer van haar. Mma's bloed voor dat van Ezi. De B stond voor 'bloed'. Dikker dan water. Ze zou teruggaan naar Enugu en beginnen aan haar moeders huis. Haar ziel moest rusten in vrede. Haar geest mocht onbekommerd dansen in haar felrode schoenen.

Voor de deur van haar kamer hoorde ze dat haar vader haar naam riep.

Ik ben dankbaar aan:

Het Vlaams Fonds voor de Letteren,
de UNESCO en de Rockefeller
Foundation, voor verschillende
beurzen en buitenlandse studie-
verblijven.

Harold Polis en David Godwin
voor hun professionele begeleiding.

Hans Schippers, mijn broertje,
voor al zijn hulp.

Jose Branders en Rene Vandenhoudt,
mijn schoonouders; Maggie Wilkinson
aka The W...; Uju Oranugo; Els Baeten
voor de babysitting.

Mijn ouders; mijn zussen en broers;
mijn Jan en onze kinderen voor hun steun.

Openbare Bibliotheek
Bijlmerplein 93
1102 DA Amsterdam Z-O
Tel.. 020 – 697 99 16

De auteur ontving voor de realisatie van deze publicatie een werkbeurs van het Vlaams Fonds voor de Letteren, een reisbeurs van de UNESCO en een verblijfsbeurs van de Rockefeller Foundation.

© 2011 De Bezige Bij Antwerpen en Chika Unigwe
Vertaling © 2011 De Bezige Bij Antwerpen en Hans van Riemsdijk

De Bezige Bij Antwerpen
Mechelsesteenweg 203
B-2018 Antwerpen
www.wpg.be

Vertegenwoordiging in Nederland
Uitgeverij De Bezige Bij
Van Miereveldstraat 1
1071 dw Amsterdam
www.debezigebij.nl

Boekverzorging: Herman Houbrechts
Zetwerk: Karakters, Gent

Alle rechten voorbehouden. Niets uit deze uitgave mag worden verveelvoudigd, opgeslagen in een geautomatiseerd gegevensbestand of openbaar gemaakt, in enige vorm of op enige wijze, hetzij elektronisch, mechanisch, door fotokopieën, opnamen of op welke wijze ook, zonder voorafgaande schriftelijke toestemming van de uitgever.

ISBN 978 90 8542 255 6
NUR 301
D/2011/0034/258

© Koen Broos